KB048452

우리가 빛의 속도로 갈 수 없다면

김초엽 소설집

우리가
빛 의
속도로
갈 수
없다면

허블

차례

순례자들은 왜 돌아오지 않는가

소피. 어디서부터 이야기를 시작해야 할까.

이 편지가 네게 도착했을 때는 이미 내가 떠났다는 소문이 퍼진 이후이겠지. 어른들이 많이 화가 났을까. 그동안 나처럼 성년이 되기 전에 마을을 뛰쳐나온 사람은 없었으니까. 괜찮다면 대신 이야기를 전해줄래? 여전히 그분들을 많이 사랑한다고, 하지만 내 결정을 후회하지 않는다고 말야.

너도 내가 왜 이런 선택을 했는지 궁금할 거야.

믿을지 모르겠지만 나는 지금 '시초지'로 가고 있어. 맞아. 우리가 순례를 다녀오는 그 장소를 말하는 거야. 신랄한 말투로 나를 타박할 네 모습이 눈앞에 그려지네. "어차피 곧 갈 곳을 왜 사고까지 쳐가면서 먼저 떠나는 거야?"

방금 진짜 똑같은 말투로 따라 했는데, 네가 이걸 듣지 못한 게 아쉬워.

순례에 관해 이야기해볼까. 지금도 성년식의 풍경을 눈 감고도 선명히 떠올릴 수 있어. 아마 너도 그렇겠지. 우리는 매년 그 길을 따라갔으니까. 열여덟 살이 된 순례자들이 시초지의 방식으로 차려입고 마을 광장에 모여들었는데, 그 풍경은 낯설고도 재미있었어. 순례자들은 어른들이 절대로 몸에서 떼어놓지 말라고 당부하는 작은 금속 토막을 하나씩 받아든 다음, 우리가 꽃과 보석 가루를 뿌려둔 길을 따라 출발 지점으로 걸어갔지. 우리는 그 길에서 선망과 아쉬움, 약간의 질시가 섞인 마음으로 손을 흔들며 작별을 고했고, 그렇게 긴 행렬이 이어진 끝에는 낡고 삐걱거리는 이동선이 문을 연 채로 기다리고 있었어.

이동선 말인데, 생각해보면 아무도 그 이상한 기계가 어떻게 작동하는지를 말해준 적이 없었어. 별문제 없을 거라는 어른들의 말만 믿는 수밖에. 물론 순례 의식에 참여하는 그 누구도 겁먹은 표정을 드러낸 적은 없지. 당연하게도, 어른이 되러 가는 길에 고작 낡은 기계에 겁을 먹는 건 부끄러운 일이니까.

이동선이 떠나는 순간을 어른들은 늘 보지 못하게 했어.

너도 기억나? 떠나는 순례자들 앞에 서서 한 사람씩 손을 잡고 뺨을 부비며 작별 인사를 하고 나면, 어른들은 묘한 향기가 나는 음료를 우리에게 한 모금씩 마시게 했잖아. 언젠가 학교에서 선생님이 그 물의 의미를 설명해주었어. 앞으로 한 해 동안 순례자들의 길에 뒤따를 고난과 갈등을 함께 나누어 마시는 것이라고. 또 다른 어른들은 그냥 성년식을 기념하는 술이라고 둘러댔지만, 몰래 술을 마셔본 적도 있으니 그 음료가 술이 아니라는 것쯤은 알아. 그걸 마신 다음에는 잠시 어지러워 짧게 기억을 잃었지.

5분에서 10분쯤. 정신을 차려보면 이동선은 이미 떠나 있었어.

그 이후로 꼬박 1년이 지나면, 마치 한날 한시에 약속이라도 한 것처럼 순례자들은 같은 이동선을 타고 다시 돌아왔어. 그들은 귀환의 길을 걸어 영웅처럼 마을에 들어서고, 마침내 한 사람의 어른으로 인정받았지. 하지만 떠난 사람에 비해 돌아오는 사람의 수는 늘 적었어. 잘 알고 지내던 언니와 오빠들의 얼굴이 귀환 행렬에서 보이지 않는 경우는 아주 흔했고, 이상하게도 그들의 이름은 곧 우리의 마을에서 '망각'되었지.

망각. 그것은 내가 순례의식에 대해 가진 최초의 의문이기도 해. 만약 내게 일기를 쓰는 습관이 없었다면 나 역시 돌아오지 않은 사람들의 존재를 잊어버렸을 거야. 매년 순례의식이 끝난 후 집에 돌아오면 나는 일기에 적어둔 그 질문을 손끝으로 더듬으며 흔적을 되새겼어. 그러면서 어쩌면, 소피 너도 한 번은 나와 비슷한 의문을 가져본 적이 있지 않을까 생각했어. 망각의 약이었을지도 모르는 그 한 모금의 음료가 우리에게서 지워버렸을 그 질문을.

어떤 순례자들은 왜 돌아오지 않을까.

이 편지는 그 질문에 대한 답이야. 동시에 왜 내가 시초지로 가고 있는지에 대한 답이기도 하지. 편지를 끝까지 읽고 나면 너도 나를 이해하게 될 거야.

그래. 그 이야기를 해야겠다.

지난봄, 귀환의 날에 대해서.

떠났던 순례자들을 환영하듯이 아름다운 날이었지. 며칠 전까지만 해도 추위에 움츠려 있던 꽃들이 때마침 활짝 피어났어. 그날 소피 너는 조향사들을 따라갔던가? 우리는 하루 종일 떨어져 있었지. 나는 화동 대표로 뽑혀서 순례자들을 위한 꽃다발을 만들었어. 특별히 예쁜 꽃을 잘 골라 묶어내는 능력을 인정받은 셈이었으니 무척 뿌듯했던 기억이 나. 그때 바람에 실려 오던 향기가 좋았는데, 그중 어느 것이 네가 만든 것인지는 모르겠지만 정말 멋졌어.

하늘은 파랗게 맑고, 부드러운 바람은 꽃인지 향수인지 모를 향을 길에 흩뿌리고, 어느새 도착한 이동선에서 내린 귀환자들이 모랫길을 따라 걸어왔지.

우리 화동들은 미리 구역을 맡아 나누어 섰어. 귀환자들을 환대하는 장식을 머리에 쓰고 있었어. 우리도 어른들도 떠난 사람들 중 채 절반도 돌아오지 않는다는 사실을 알았지만, 꽃다발은 항상 떠났던 사람들의 수만큼 준비되었지. 이동선에서 모든 귀환자들이 내려 길 끝으로 걸어왔을 때, 이번에는 절반보다도 훨씬 더 많은 꽃이 남았어. 내가 남은 꽃다발을 보여주자 어른들은 당연한 일이라는 듯, 이것들을 오두막으로 가져가달라고 했지. 귀환의 마지막 절차, 대면식이 이루어지는 장소를 장식하는 데에 쓰라는 이야기였어. 그런데 왜 그중 아무도 절반이 넘게 남은 꽃다발의 의미를 말하지 않았을까.

귀환의 날을 앞두고 선생님에게 물었던 적이 있어. "혹시 순례자들은 시초지에서 험한 일을 당하는 건가요? 무서운 일이 생기나요? 그래서 돌아오지 못하는 걸까요?" 선생님은 아주 귀엽고 재미있는 이야기를 들었다는 듯이 웃더니, "데이지, 그럴 리가 있겠니? 순례자들은 그곳에서 선택을 하는 거란다. 누구도 그 선택을 강요하지 않아." 하고 알 듯 모를 듯한 대답만 돌려주셨지. 험한 일 같은 건 없다는 이야기일까? 그 말을 믿지 않을 수도 있었겠지만, 선생님의 웃음이 너무 환하고 또 쓸쓸해 보여서 나는 되물을 생각도 하지 못했어.

귀환자들의 대부분은 표정이 밝았지. 오랜만에 만나는 선생님들에게 다들 활짝 웃으며 인사를 건넸고 그중에는 그리웠다며 우리를 꼭 안아주는 귀환자들도 있었어. 분명히 우리와 크게 차이가 나지 않는 체격이었는데도 이상하게 정말로 어른이 되어 돌아온 것 같았어.

마을의 어른들은 귀환자들을 오두막 안으로 데려갔어. 우리 아이들은 간식 더미를 선물로 잔뜩 받은 다음 얼른 자리를 떠나야 했어. 순례를 떠나기 전까지는 시초지의 이야기를 들어서는 안 되니까. 나는 화동 대표답게 마지막까지 남아 일을 도왔지만 어른들이 이제 가보라는 눈치를 주었고, 그때는 정말로 가야 했어.

나는 오두막의 문을 열고 나왔어. 주위에는 아무도 없는 것 같았지. 이제 마을 중심부로 다시 돌아가려고 하는데, 바로 그때 나무 사이를 뛰어넘는 다람쥐 한 마리를 보았어. 그리고 그 다람쥐를 눈으로 쫓다가 오두막 뒤편에 시선이 멈췄어.

꽃다발이 내던져져 있었어. 내가 만들었던 꽃다발이라는 걸 한눈에 알아봤지. 신경 써서 묶은 꽃이 이렇게 버려져 있다니. 속상한 마음에 다시 주워서 집에 꽂아두기라도 해야겠다고 생각하며 꽃다발을 주우려고 갔는데…….

거기에 누가 있었어. 버려진 꽃다발은 그 남자의 것이었어.

그는 울고 있었어.

남자는 내가 다가오는 것을 보고 화들짝 놀라 자리에서 일어났어. 이렇게 말해도 될지 모르겠지만, 나는 이 마을에서 누군가가 그렇게 비참하고 절망적인 표정을 짓고 있는 걸 처음 봤어. 모든 것을 다 잃어버린 듯한, 비탄에 잠긴 얼굴. 그런 감정은 뭐랄까, 그런 감정이 존재한다는 것은 알고 있었지만……. 그건 어디까지나 책 속의 이야기라고 생각했으니까.

"무슨 일 있으세요? 도와드릴까요?"

그는 고개를 저었어. 그리고 나를 유심히 관찰하더니 내가 아까 꽃을 내밀었던 화동이라는 사실을 알아차린 것 같았어. 그의 손에는 아주 낯선, 마치 이 마을 밖에서 온 듯한 기계 같은 것이 들려 있었는데, 내가 그것을 빤히 바라보자 움찔하며 등 뒤로 감췄어.

"그게 뭐예요?"

"너도 언젠가는 알게 될 거야."

"그 물건 때문에 슬프신가요?"

"나는 시초지에 두고 온 것 때문에 슬퍼."

"뭘 두고 오셨는데요?"

그는 대답하지 않았지. 나는 더 캐물어봐야 소용이 없다는 걸 알았어. 그는 퉁퉁 부은 눈으로 자리에서 일어나 오두막 뒤의 숲속으로 아주 사라져버렸어.

마을로 돌아간 나는 혹시 올해 귀환자들에 대해 아느냐고 아이들에게 물었어. 그 남자는 누구였을까? 돌아온 사람들은 누구이고, 돌아오지 않은 사람들은 또 누구일까? 그는 무엇을 두고 왔을까? 두고 온 '것'이라고 말했지만 그건 물건이 아니라 사람인 건 아닐까? 혹시 돌아오지 못한 사람 중 누군가가 그가 말한 '두고 온 것'일까?

네게도 같은 질문을 내가 했던가?

순례를 떠나기 전까지 시초지에 관해서 추측하지 않는 금기 때문에 우리는 순례자들이 시초지에서 무슨 일을 겪는지 전혀 몰랐어. 나를 포함한 아주 소수의 아이들만이, 돌아오지 않는 순례자들이 있는 이유가 시초지에서의 비극으로부터 비롯된 것이 아닐까 조심스럽게 추측했어. 하지만 대부분은 그렇게 생각하지 않았어. 너도 아마 그중 하나였던 것 같아. 네가 이렇게 말했던 걸 기억해.

"정말로 그 순례가 위험하다면, 왜 그렇게 위험한 곳에 우리를 보내겠어?"

나도 그 말에 무심코 고개를 끄덕였어. 그래도 지금 생각해보면 진심으로 믿었던 건 아니었어. 저 밖에 아주 무섭고 두려운 곳이 있고 어른들이 우리를 그곳으로 떠민다는, 그런 상상을 하기가 괴로웠던 거야.

언젠가 과거 인류의 성년식에 관한 문서를 읽은 적이 있어. 역사상 수많은 곳에서 수많은 방식으로 행해진 성년식을 비교한 책이었는데, 그중에는 우리 마을처럼 먼 곳으로 성년이 되는 소녀, 소년들을 보내는 관습들도 있었어. 그들은 아이가 어른이 되었다는 증명을 위해 가혹한 시험을 했어. 혼자서 맹수를 잡아 오라고 요구하기도 했고, 날카로운 칼날 위를 걷게 하기도 했지. 엄격한 시험에 응하고 살아남은 이들만이 제대로 된 어른으로 받아들여졌어. 이전까지는 그런 관습들이 과거의 야만성에 불과하다고 생각했지만, 어쩌면 그건 성년식 자체가 내포하고 있는 시험의 속성인지도 모른다는 생각이 그제야 들었던 거야.

그때부터 생각해본 적 없었던 질문들이 물밀듯이 머리로 밀어닥쳤어.

왜 책 속의 세계에는 갈등과 고난과 전쟁이 있는데 이 마을은 이렇게나 평온한 걸까?

왜 이 마을에는 어른이 적고 아이들만 이렇게 많을까?

떠난 순례자들은 왜 돌아오지 않을까?

그 남자는 왜 그렇게 세상을 다 잃은 듯 울고 있었을까?

소피, 너도 기억할까. 우리가 학교에서 시초지의 역사에 관해 배우면서 꾸벅꾸벅 졸던 어떤 수업 시간에, 총명한 오스카가 이런 질문을 던진 적이 있었어.

"선생님, 그런데 왜 우리에게는 역사가 없나요?"

선생님은 웃으면서 답했지.

"우리에게 왜 역사가 없겠어? 너희도 모두 릴리와 올리브의 이야기를 잘 알잖아. 이 마을의 설립자들. 그들이 우리에게 이 아름다운 마을을 물려주었고, 시와 노래와 축제를 가르쳤단다."

"하지만 그건 시초지의 역사에 비하면 너무 짧고 비어 있잖아요."

"오스카. 어른이 되면 모든 사실을 알게 될 거야. 기다려야 한단다."

말하기 부끄럽지만 나는 오스카가 그런 질문을 하기 전까지는 우리의 역사에 관해 생각해본 적이 없었어. 어쩌면 일상의 균열을 맞닥뜨린 사람들만이 세계의 진실을 뒤쫓게 되는 걸까? 나에게는 분명한 균열이었던 그 울고 있던 남자와의 만남 이후로, 나는 한 가지 충격적인 생각에 사로잡혔어.

우리는 행복하지만, 이 행복의 근원을 모른다는 것.

소피, 혹시 뒤뜰에 대한 소문을 들은 적 있어? 학교 뒤뜰에는 금서들을 모아둔 도서관이 있어. 너도 가서 확인해볼 수 있을 거야. 그곳은 아주 평범한 정원처럼 보여. 키가 큰 꽃들이 잔뜩 심겨 있어 시야를 가려대는 통에 무언가 수상한 공간이 있다는 사실조차 눈치채기 힘들어.

어쨌든 그곳에 가서 아주 유심히 정원을 관찰하다 보면 이상하게 뻣뻣한 꽃들이 심겨 있는 직사각의 화단이 있을 거야. 한참이나 관찰하고 나서야 알게 된 건데, 거기 심긴 꽃들은 바람이 불어도 흔들리지 않아. 옆에 가서 꽃에 손을 뻗어보면 짜릿한 감각이 팔을 타고 흘러. 정말 놀랍지.

소문은 다른 게 아니라, 그 뒤뜰을 지킨다는 문지기에 관한 거였어. 뒤뜰에서 무슨 이야기라도 하려고 하면 갑자기 벽에서 요란한 소리가 나면서 침범한 사람들을 쫓아낸다는 거야. 나는 마을에 숨겨진 거대한 금서 구역에 관한 이야기를 들은 적이 있었고, 그 문지기가 지키고 있는 건 사실 뒤뜰이 아니라 금서 구역일 거라고 확신했어.

그곳에 접근하려면 인내심을 가져야 해. 나는 문지기의 환심을 사기 위해 열흘이나 그 뒤뜰에 가서 꽃들을 돌보았어. 내가 화동이어서 꽃들의 성질을 잘 아는 게 다행이었지. 분명히 문지기는 어딘가에서 나를 보고 있을 텐데도 아무 말도 하지 않았어.

이쯤이면 지난 10년 중에서도 지금의 뒤뜰이 가장 아름다운 모습이지 않을까. 그런 생각이 들었을 즈음에야 나는 용기를 냈어.

나는 화단 앞에 서서 말을 걸었지.

"문지기 님. 거기에 계신가요?"

허공중에서 목소리가 들려왔어.

"너는 누구인가."

"저는 마을에 사는 데이지입니다."

"순례 의식을 치렀는가?"

"아직 아닙니다. 금서 구역을 찾고 있어요."

"이곳은 아이들에게는 허락되지 않는 공간이다."

"저는 세계의 진실을 알고 싶어요."

"세계의 진실은 여기에 있는 게 아니야."

"하지만 그 진실을 어디서 찾아내야 하는지는 있을 거예요. 저를 들여보내주실 수 없을까요? 궁금해서 매일 밤잠을 설치고 있어요."

문지기의 무시무시한 목소리 앞에서 전혀 떨지 않았다고 하면 거짓이겠지. 그렇지만 내가 틀린 말을 한 건 아니었어. 정말로 매일 밤마다 세계의 진실이 무엇일지 추측하느라 잠을 잘 수가 없었으니까.

문지기는 오랫동안 고민했어. 10분, 아니, 한 시간. 그보다 더 길었을까. 나는 움직이지 않았어. 문지기가 결정을 내리기를 기다렸지. 아주 까마득하게 느껴지는 시간이 흐른 후에 철컥하는 소리가 들렸어. 그가 말했어.

"내가 알던 한 아이를 닮았구나."

화단 뒤의 벽면으로만 보이던 것이 갑자기 다른 빛을 내기 시작했어. 그건…… 서가로 향하는 문이었어. 나는 보이지 않는 문지기를 향해 허리를 깊게 숙여 인사했고, 서가로 들어갔어.

금서 구역의 서가는 아주 좁았고 퀴퀴한 냄새가 났어. 햇볕이 잘 들지 않아서 어두웠어. 지난 몇 년간 누군가 찾아오긴 했을까 싶을 정도로 먼지가 쌓여 있었고 책들은 이상하다 싶을 만큼 작고 얇았지.

이게 책이란 말야? 나는 중얼거렸어.

서가에서 릴리와 올리브의 이름을 찾았어. 릴리, 올리브,
이 마을을 만든 사람들. 순례의 의식을 시작한 사람들. 모
든 사람들이 칭송하고 존경하는 설립자들.

그곳에 올리브의 기록이 있었어.

아주 작고 얇은 책을 서가에서 뽑아 펼치는 순간 나는
그게 진짜 책이 아니라는 사실을 알았지. 펼쳐진 종이 위
에서 눈부신 빛이 쏟아졌고 허공중에 어떤 그림을 그렸어.
마치 금서 구역의 바깥문을 나타내던 방식 같았어.

그건 우리에게 허락되지 않은 시초지의 기술이었어.

펼쳐진 그림 위에 한 여자가 있었어. 눈이 마주친 것 같
았지.

아, 나는 그 얼굴을 이미 알고 있었어. 올리브. 이 마을
의 역사. 하지만 초상화에서 보았던 나이 든 모습은 아니
었어. 올리브는 고작해야 방금 순례를 마친 귀환자들만큼
이나 어려 보였어.

2170. 10. 2.

그림에 겹쳐진 숫자가 떴어.

'우리는 왜 이곳에 왔는가.'

글씨가 깜빡였어.

올리브 뒤로 펼쳐진 풍경이 마구 일그러지며 변하기 시작했어. 그곳은 아주 먼 곳…… 여기에는 없는 세계처럼 보였어. 올리브는 어떤 기록을 남기듯, 손목에 맨 기계 가까이 입을 가져가 담담하게 말하기 시작했어.

"릴리는 나를 너무 사랑해서 이 도시를 만들었다.

그 사실을 알게 된 건 1년 전의 일이다."

* * *

"릴리 다우드나를 찾고 있는데요."

자연사박물관의 인포메이션을 지키던 남자는 목소리가 들려온 곳으로 고개를 돌렸다. 로비의 거대한 코끼리 모형 아래 한 여자가 서 있었다.

여자는 후드를 쓰고 있었다. 후드에 반쯤 가려진 얼굴에는 아주 커다란 흉터가 있었는데 화상 흉터처럼 보였다. 얼룩덜룩한 피부가 흉측해 남자는 무심코 미간을 찌푸렸지만, 곧 아무렇지 않게 자리에서 일어났다.

"어떻게 들어오셨죠?"

"입구를 통해서요."

"닫아놨을 텐데요. 관람 시간은 지났습니다."

저녁 7시였다. 관람객들의 출입이 허가된 시각은 이미 훌쩍 지났다. 여자는 남자의 말을 이해하지 못한 듯 물끄러미 그를 쳐다보았다. 남자는 조금 짜증이 났다. 분명히 모든 출입구를 잘 단속하라고 했는데 신입 경비 직원이 또 실수를 한 모양이었다. 하지만 실수로 잠그지 않은 문이 있더라도 바깥에는 벨벳 차단봉이 놓여 있을 텐데. 설마 무시하고 들어온 걸까?

여자가 물었다.

"릴리 다우드나에 관한 정보는 어디에 있죠?"

직원은 어느새 창구 앞으로 가까이 걸어온 여자의 얼굴을 살폈다.

"이봐요. 성함이 어떻게 되십니까?"

"올리브입니다."

"올리브 씨. 지금은 박물관이 문을 닫았어요. 모두 여기서 나가야 합니다. 안타깝지만 예외는 없어요. 내일 다시 오시죠."

직원은 그렇게 말하며 자신의 인내심과 친절함에 내심 감탄했다. 하지만 전혀 감흥이 없어 보이는 여자는 콧등을 살짝 찡그리더니 말했다.

"어쨌든 여기에 다우드나에 관한 정보가 있다는 말씀이시죠?"

들은 척도 않는 눈앞의 여자를 보며 직원은 조금 화가 났다.

"당연히 있죠. 릴리 다우드나를 모르는 사람이 이 박물관에서 근무할 수는 없을 겁니다. 내일 아침이 밝으면, 오전 10시 정각에 2층으로 가서 '신인류' 관을 둘러보세요. 그 여자에 관해서라면 온종일이라도 지겹게 살펴볼 수 있을 테니까요."

직원은 스스로의 목소리가 신경질적으로 변하는 것을 느꼈다. 박물관 일을 10년째 했지만 다우드나를 이렇게 집요하게 찾는 사람은 또 처음이었다. 여자는 내키지 않는 표정을 지었지만, 직원이 완강하게 나오자 어쩔 수 없다는 듯이 몸을 돌렸다.

직원은 감시 화면을 통해 여자가 정말로 밖으로 나갔는지를 확인한 다음 자리에 다시 앉았다. 오늘 제출할 서류 작업이 남아 있지 않았더라면 아예 여자를 데리고 나가서 확실히 내쫓았을 것이다.

밤이 되면서 남자는 무척 불안한 기분에 휩싸였다. 아까 그 여자를 그렇게 보내버려서는 안 되었다는, 윽박지르기라도 해야 했다는 생각이 뒤늦게 들었던 것이다.

자신이 '신인류' 관 이야기를 했던가?

남자는 2층의 신인류 관으로 올라가보았다. 긴장하며 불을 켰지만 당연하게도 아무도 없었다. 보안 시스템에도 문제는 보고되지 않았다. 누군가의 침입 흔적도 보이지 않았다. 남자는 흡족스러운 표정으로 관을 한 바퀴 돌고는 입구를 나왔다.

아니, 나오려고 했다.

순간 무언가를 알아챈 남자의 표정이 굳었다.

전시장에 있던 릴리 다우드나의 연구 노트가 사라져 있었다.

올리브가 처음 도착한 곳은 사막 한가운데였다. 이동선에 내장된 프로그램은 '동부로는 접근할 수 없다'라는 말만 한참이나 반복하더니 결국 서부 황무지로 배를 처박았다. 이동선은 작동도 하지 않는 쇳덩이가 되었다. 충전을 어떻게 하는지도 알 수 없었다. 올리브는 겨우 통역 모듈과 사전을 건져냈다.

문지기의 말대로였다. 무작정 지구로 향한 건 너무 무모한 행동이었다. 마을의 진실, 그리고 그녀의 어머니 '릴리'

의 과거에 대해 알아내겠다는 포부만으로는 이곳에서 살아남을 수 없을지도 모른다는 생각이, 지구에 도착한 첫날부터 올리브를 잠식했다. 한참 걸어서 겨우 모하비 사막의 유일한 도시 이타사를 발견하지 않았더라면 진실에 관해 알아내기는커녕 일주일 만에 굶어 죽었을지도 모른다.

올리브의 행색은 도시에서 지나치게 눈에 띄었다. 도시의 사람들은 몸에 딱 달라붙는 플라스틱 소재의 슈트를 입고 다녔는데, 밤이 되면 화려한 색채가 옷을 휘감았다. 그에 비하면 올리브가 입은 것은 넝마에 가까웠다. 도시 외곽에서 본 소년들은 그나마 올리브와 비슷한 신세였다. 그들은 낡은 천을 걸치고 관광객들의 주머니를 털러 다녔는데, 올리브의 옷차림을 흘끗 보고는 털어 갈 것도 없다고 생각했는지 금세 눈길을 돌렸다.

머무를 숙소를 잡는 일조차도 쉽지 않았다. 마을을 떠나기 전 문지기가 해주었던 말에 의하면 인식카드는 지구에서 즉시 사용할 수 있도록 처리된 것이었지만, 문제는 인식카드가 아닌 다른 데 있는 듯했다. 사람들은 올리브가 길가의 쓰레기라도 되는 것처럼 대했다.

도시에 도착한 지 사흘째, 마침내 올리브는 그 이유를 분명히 알게 되었다. 지구와 마을에 관한 단서를 찾기 위해 도시 곳곳을 살피다가 통역 모듈이 제 일을 못 한다는 사실에 절망하게 되었을 무렵 어떤 노인이 말을 걸어온 것이다.

"아가씨, 그 얼굴은 어떻게 된 거요?"

"네?"

노인은 마을에서 한 번도 본 적이 없는 눈빛으로 올리브를 보고 있었다. 위협하는 기색은 아니었지만 올리브는 그의 시선이 마음에 들지 않았다. 그는 아마 올리브의 얼굴에 있는 얼룩에 대해 묻는 것 같았다. 올리브는 살짝 웃어 보인 다음 말했다.

"저는 태어날 때부터 이랬어요."

"안타깝군."

"왜 안타까우신가요?"

올리브의 질문에 노인은 더욱 동정하는 듯한 얼굴을 했다.

"시술을 받지 않았소? 태생 시술 말이오. 그 정도의 큰 결함이라면 스크리닝에 분명히 잡혔을 텐데."

올리브는 통역 모듈이 작동하지 않는 게 분명하다고 생각했다. 노인의 말을 전혀 이해할 수 없었던 것이다.

"태생 시술이 뭔데요?"

노인은 안쓰럽다는 듯 한숨을 내쉬었다.

"미안하네. 괜한 말을 했어."

그러더니 노인은 주머니를 뒤적거려서 무언가를 꺼냈다.

"이타사에서의 삶이 쉽지는 않을 걸세. 어쩌다 젊은 아가씨의 얼굴이 그렇게 되었는지……."

노인이 혀를 차며 건넨 것은 문지기가 '크레딧 칩'이라고 부르던 물건이었다. 올리브는 받지 않으려고 했지만 노인은 크레딧 칩을 올리브의 손에 막무가내로 쥐어주었다. 노인은 어디론가 빠른 걸음으로 사라져버렸다.

올리브는 불쾌한 감정을 느꼈다. 하지만 그 이유를 잘 설명할 수가 없었다. 마을에서는 해본 적 없는 경험이었다.

어쨌든 분명한 사실을 확인한 셈이었다. 지구의 사람들은 올리브를 무언가 다르게 본다는 것. 그리고 올리브의 얼굴에 자리 잡은 커다란 얼룩이 그 이유 중 하나라는 것.

도시 외곽에 머무르면서 올리브는 이곳의 생태를 천천히 익혔다. 외곽에는 올리브와 비슷한 사람들이 많았다. 얼굴에 커다란 얼룩이 있는 건 아니지만 적어도 그런 것처럼 취급받는 특성들을 가지고 있는 사람들이었다. 그들은 스스로를 비개조인이라고 불렀다. 올리브가 보기에 그들에게는 아무 문제도 없었지만, 비개조인들은 자신들에게 문제가 있다고 믿었다. 그들은 자신이 지능이 낮거나, 외모가 흉측하거나, 키가 작고 왜소하거나, 병들어 있다고 생각했다.

그들의 분류에 따르면 올리브도 비개조인이었다.

도시 외곽에서 올리브는 몇 가지 허드렛일을 구할 수 있었다. 도시의 중심부는 관광객들이 많이 찾아오는 번화한 곳이었는데 매일 밤 쇼와 파티가 열렸다. 외곽에는 밤낮없이 일하는 사람들이 살았고 그들은 도시 중심부에 가져갈 물자와 먹을 것을 만들었다. 중심부에서는 올리브를 고용하는 곳이 없었다. 외곽에서 올리브는 로봇을 고용하는 것보다 사람을 고용하는 값이 싼 일거리들을 얻었다.

통역 모듈이 지구의 말에 적응하기까지는 시간이 걸렸다. 문지기는 '100년 전의 언어라 약간 다를 수도 있다'라고만 했지, 이 정도로 차이가 난다고는 말하지 않았다. 통역기 자체는 지구에서도 흔히 쓰이는 물건이었지만 내뱉는 말이 워낙 고릿적 말투였기 때문인지, 사람들은 올리브가 무슨 말을 할 때마다 웃음을 터뜨리거나 미간을 찌푸렸다.

올리브는 두 달도 지나지 않아 마을이 너무 그리워졌다.

이곳에는 도무지 올리브가 찾는 진실 같은 건 없는 듯했다. 문지기는 왜 여기에 답이 있을 거라고 했을까?

밤이 되면 올리브는 사람들이 많이 모인 술집으로 향했다. 마을에서는 상상도 할 수 없던 농담들이 오가는 장소였다. 그곳에서 올리브는 대화를 나누는 이들 사이에 슬쩍 끼어들어 '릴리'를 아느냐고 묻곤 했다. 반응은 대부분 "릴리? 내가 아는 릴리가 스무 명인데, 그중 누구를 말하는 거야?" 하고 시큰둥하거나 아예 무관심했다. 릴리는 지구에서 너무나 흔한 이름이었고, 사람들은 올리브가 약간 정신이 돌아버린 여자라고 생각하는 것 같았다.

세 번째로 옮긴 가게에서 올리브는 델피를 만났다. 델피는 가게의 칵테일 바에서 오랫동안 술을 팔았던 바텐더로, 올리브에게 간단한 주방 보조 일을 가르쳐주었다. 델피는 힘이 셌고 성격도 거칠었다. 난동을 부리는 손님이 있으면 망설임 없이 총을 꺼내 협박했는데, 마지막으로 총을 쏜 건 몇 년이 넘었다고 했다. 물론 그건 총을 꺼낸 델피 앞에서 난동을 이어갔던 손님이 더는 없기 때문이었다. 로봇을 다루는 솜씨도 매우 뛰어나서 가게 근처의 로봇들은 주인이 아닌데도 그녀의 명령을 따랐다. 가끔 말을 듣지 않는 기계 때문에 난감해진 옆 가게의 주인이 달려오면, 델피는 투덜거리면서도 몇 분 정도 손을 보아서 로봇을 멀쩡하게 되돌려놓곤 했다.

하지만 올리브가 델피에게 끌린 이유는 그런 게 아니었다. 델피는 무언가 조금 다른 사람이었다. 델피는 이타사에서 올리브를 끔찍하게 여기지 않는 유일한 사람 같았다.

지구에 와서 올리브는 사람들의 불편한 시선을 많이 받았다. 그 시선들은 올리브를 경멸하거나 동정했다. 이게 대체 무슨 문제라는 거지? 올리브는 이해할 수 없었다. 델피는 올리브와 마찬가지로 그게 무슨 문제인지 이해할 수 없다고 말하는 단 한 명뿐인 사람이었다.

올리브가 이유 없이 손님에게 뺨을 맞을 뻔한 날에, 델피는 크게 화를 내며 손님을 내쫓았다. 다시 가게에 나타나면 죽여버리겠다고 문 앞에서 욕설을 퍼부었다. 하지만 문을 닫고 돌아선 델피의 표정은 슬퍼 보였다.

"다들 멍청해서 그래. 내세울 게 없어서. 그렇지만 세상이 이렇게 된 것도 우리 탓만은 아니니 그들 욕만 하기는 좀 그렇지."

"그럼 세상이 이렇게 된 게 누구 탓인데?"

정말로 궁금했다. 지구는 왜 이렇게까지 마을과 다른지. 델피는 유리잔을 닦더니 어깨를 으쓱했다.

"글쎄, 100년 전에 나타나 신인류를 만들어버린 일군의 해커들? 이봐, 올리브. 넌 대체 어디서 온 거야? 왜 이런 상식 중의 상식을 묻고 있지?"

올리브는 대답할 말이 없어 입을 다물었다. '마을'에 대해서 지구의 사람에게 어떻게 설명할 수 있을까. 델피는 올리브가 곤란해하는 것을 지켜보더니 재미있다는 듯이 웃었다.

"이따 퇴근하고, 오늘 새벽에 시간 되면 가게에 다시 들러. 문 닫을 때쯤이 좋겠다."

대체 무슨 말을 하려는 건지 짐작할 수 없어 잔뜩 긴장하며 가게로 온 올리브는 텅 빈 가게에서 피아노를 연주하고 있는 델피를 보았다. 가게의 피아노는 종종 연주자를 초청해 공연할 때 쓰다가 얼마 전부터는 먼지만 쌓여가고 있던 것으로, 마을에서 보았던 피아노보다 훨씬 둔탁한 소리가 났다. 관리가 잘되지 않은 낡은 피아노 같았다.

하지만 델피의 연주에서는 다른 소리가 났다. 그녀는 태어날 때부터 피아노 연주자였던 것처럼 건반 위에서 손을 움직였다.

"마음에 들어?"

올리브는 가슴이 벅차서 고개를 끄덕였다. 마을에서 들

던 음악과는 완전히 달랐다. 그래서 더욱 아름다웠다.

델피는 자신이 실패한 개조인이라고 말했다. 그녀의 부모는 딸을 뛰어난 음악가로 만들고 싶어 했다. 그건 그들의 이루지 못한 꿈이었다. 그러나 델피의 부모는 거금을 내고 유전자 시술을 맡길 재정적 여유가 없었다. 저렴한 값에 시술을 맡았던 해커는 델피의 배아를 풍부한 예술적 재능을 가지도록 개조하는 데에는 성공했지만, 다른 태생적 문제와 성격 결함을 안겨주었다.

10대 후반에 델피는 집을 나왔다. 그리고 그녀를 억압하고 통제하던 부모가 다시는 그녀를 찾을 수 없도록, 서부로 와서 유전자 지문을 바꾸는 시술을 받았다. 돌팔이 의사에게 시술을 받은 부작용으로 델피는 한쪽 귀가 거의 멀었다.

"네가 난폭하다니. 말도 안 돼."

"글쎄. 사장은 내가 너에게만 다정하다고 투덜거리던데?"

올리브는 그 말에 얼굴을 붉혔다. 델피가 사탕을 와작 씹으며 물었다.

"넌 대체 뭘 찾고 있어? 낮마다 도서관에 가잖아. 이타사에서 그렇게 학구열이 높은 여자는 처음 봐. 말도 아직 잘

못하면서, 글은 잘 읽어? 그 요상한 기계가 해주는 건가."

"나는……."

올리브는 솔직하게 말할까 하다가 멈칫하고는, 어깨를 으쓱하며 말했다.

"그냥 산책 같은 거야. 도서관에 가면 책 냄새가 나서 좋잖아."

델피는 믿지 않는 눈치였지만 더 캐묻지도 않았다.

이제 올리브는 통역 모듈을 쓰지 않고도 이곳의 언어로 말할 수 있었다. 자료를 찾을 때는 통역 모듈이 여전히 필요했다. 릴리에 관한 조사는 전혀 진척이 없었다. 올리브는 가끔 모든 걸 포기하고 마을로 돌아갈 방법을 찾을까 생각했다. 그러나 그런 생각을 할 때면, 이상하게도 델피의 이름이 혀끝에 맴돌았다.

이타사는 분리주의 정책을 고수하는 도시 중 하나였다. 도심은 개조인들의 구역으로, 도시 외곽은 비개조인들의 구역으로 철저하게 구분되었다. 도심은 화려하고 단정하고 아름다웠고, 외곽은 버려진 이들의 세계였다. 외곽에서는 다툼과 시비가 자주 일어났다.

어느 날은 가게가 문을 닫을 무렵, 중년 남자들이 무리를 지어 들어왔다. 델피가 영업이 끝났음을 알리자 그들은 투덜거리며 다시 밖으로 향했지만, 무리 중 한 남자는 아니었다. 남자는 올리브를 보더니 재미있는 것을 발견했다는 듯한 표정으로 다가왔다.

그가 실실 웃으며 올리브의 어깨에 팔을 얹었다.

"나, 이 여자 알아. 맞지? 그 정신 나간 여자."

델피가 인상을 찌푸린 채로 이쪽을 보고 있었다. 올리브는 초조해졌다.

"맞잖아. 다른 술집에서 자주 봤어. 이상한 여자라는 소문이 있지. 네가 릴리라는 여자를 그렇게 애타게 찾는다며? 예전 애인이야? 혹시 릴리 그 여자는 눈이 멀었나? 비위가 좋은가 보지? 얼굴에 그런…… 끔찍한 게 있는데 말야."

남자는 낄낄거리며 모욕적인 손동작을 했다. 올리브는 남자보다도 뒤에서 보고 있을 델피가 더 신경 쓰였다. 다른 술집에서 릴리에 관해 묻고 다닌 것은 사실이었지만, 델피에게 들키고 싶지는 않았다. 괜한 오해라도 한다면.

동행한 다른 남자들은 올리브에게 시비를 거는 남자를 히죽거리며 두고 보기만 했다. 올리브는 입을 꾹 다물었다.

어느새 다가온 델피가 남자에게 날카로운 무언가를 겨누었다.

"이제 나가."

남자는 비웃으며 무기를 잡아채려고 했다. 델피가 더 빨랐다. 날에 얕게 베인 남자의 팔뚝에서 피가 흘러내렸다. 뒤에 서 있던 남자가 협박하듯 말했다.

"손님에게 이게 무슨 짓이지? 경찰을 부를 거야."

델피는 굴하지 않았다.

"여긴 비개조인들의 구역인데 경찰이 올 것 같아? 당장 꺼져."

델피는 칼날을 내민 채 턱짓으로 가게 입구를 가리킬 뿐이었다. 남자들은 기가 차다는 듯한 표정을 지으면서도 물러났다.

문이 닫히자 델피는 입을 다물었다. 올리브는 울 것 같은 기분이 되어 말했다.

"방금 저 남자들이 한 말은 신경 쓰지 마. 릴리라는 그 여자는 절대로……."

"나, 네가 찾는 '릴리'를 알아."

델피의 입에서 나온 예상하지 못한 말에 올리브는 당황했다.

"어떻게?"

"글쎄. 멍청한 서부 놈들은 모르겠지만 나는 교육을 제대로 받았거든. 대학을 나온 놈들이라면 그 사람을 모를 수가 없고. 하지만 네가 정말로 그 릴리 다우드나를 찾는 줄은 몰랐어. 우리는 보통 디엔이라고 부르니까."

올리브는 릴리의 성이 다우드나라는 것을 몰랐다. 하지만 이 순간은 직감으로 알 수 있었다. 델피가 말하는 '릴리'는 올리브가 찾고 있던 릴리다.

델피가 물었다.

"릴리 다우드나와는 무슨 관계야?"

올리브는 문지기가 했던 말을 떠올렸다. 문지기는 지구에서 절대로 릴리와 올리브의 관계를 그대로 털어놓지 말라고 했다.

"그냥 개인적으로 관심이 있어서 조사하는 거야. 잘 아는 사이는 아니고."

델피는 고개를 저었다.

"그렇게 말해도 소용없어, 올리브. 그 릴리에게도 너와 똑같은 흉터가 얼굴에 있었다지."

올리브의 표정이 굳었다.

델피는 올리브의 얼굴을 보고 있었다. 아니, 얼굴의 흉터를 보고 있었다. 올리브가 기억하는 한 델피가 올리브의 흉터에 관해 직접 말을 꺼낸 건 처음이었다.

"우연이라고 생각했어. 하지만 방금 릴리 다우드나를 찾고 있다는 말을 듣고 확신했지. 혹시 다우드나가 네 조상이야? 고조할머니보다도 더 되었겠군. 한 번도 실제로 만난 적은 없겠지만."

"아니, 나는……."

대답하려다가 올리브는 무언가 이상한 점을 느꼈다. 그래서 대신 물었다.

"왜 릴리가 그렇게 오래전의 사람이라고 생각하지?"

"난 바보가 아냐."

델피는 어깨를 으쓱했다.

"릴리 다우드나는 100년도 전의 사람이야. 그리고 바로 그녀가 이 악몽 같은 세계를 만들었지."

* * *

다음은 올리브의 음성 기록이다.

릴리 다우드나는 2035년에 콜롬비아 보고타에서 태어났다. 그녀는 일곱 살 때 가족을 따라 보스턴으로 이주했다. 릴리는 생명공학계에서 이름을 알린 친척 과학자들의 이야기를 듣고 자랐고 그녀의 관심과 재능을 이르게 발견

했다. 엘리트 과학자로의 성장은 순조로웠다. 그녀는 MIT
를 졸업하고 박사 과정을 밟으며 빠르게 커리어를 쌓아갔
다. 그러다 어느 날, 모든 일을 그만두고 사라져버렸다.

당시는 바이오해커 집단이 본격적인 활동을 시작하던
무렵이었다. 간편한 유전자 편집 기술의 보급, 지구상의
거의 모든 종에 관한 유전체 지식과 '미니 랩'의 보편화로
약간의 지식을 가진 사람이라면 누구나 집에 실험실을 차
리고 유전자 조작 생물체를 만들어낼 수 있었다. 대부분
은 처참하게 실패했지만, 어떤 이들은 유전체에 관한 직감
과 지식으로 기업체에서도 실패한 유전 퍼즐들을 풀어냈
다. 그중 일부는 프리랜서 바이오해커로 수많은 기업체들
의 러브콜을 받으면서도 독립적인 활동을 했다.

릴리 다우드나가 다시 나타난 건 익명의 프리랜서 바이
오해커 '디엔'으로서였다. 보스턴 어딘가에 인간배아 디자
인을 해주는 해커가 있다는 소문이 퍼졌다. 처음에는 아무
도 믿지 않았다. 유전자 편집 기술이 발달하면서 인간배아
디자인을 시도해본 사람들은 있었지만 그것은 거의 항상
실패했기 때문이다.

그런데 디엔이라고 불리는 익명의 해커는 인간배아 디
자인을 완벽하게 해냈다. 거금을 지불할 수 있는 부유층

중심으로 디엔의 명성이 알려졌다. 그녀는 다른 해커들과 같은 툴을 썼지만, 다른 해커들처럼 '청사진'을 짜는 데에만 그치지 않았다. 디엔은 발생 과정과 그 이후까지 관여했다. 그녀는 별도의 인공 자궁에서 의뢰받은 아이들을 키웠고 기계와 로봇으로 신생아들을 양육했다. 정확히 6개월이 되었을 때 의뢰자들의 현관문 앞에 아이를 안은 보육로봇과 유전자 검증 서류가 함께 도착했다.

바이오해커들은 디엔이 인간배아 디자인에 성공한 이유가 발생과 후성유전적 변형을 완벽하게 통제했다는 점에 있으리라고 추측했다. 해커들은 디엔을 모방하려고 했고, 그녀의 작은 연구실과 인공 자궁 배양실에 침입을 시도하기도 했다. 대부분은 디엔의 자취조차 찾아내지 못했다. 그러나 디엔의 클라이언트들에게서 새어나온 정보로 해커들은 디엔의 방식을 조금씩 습득하기 시작했다.

디엔의 정체가 릴리 다우드나라는 사실도 친친히 알려졌다. 하지만 아무도 디엔이 왜 그런 짓을 하는지, 좋은 대학을 나와 과학자로서의 성공 가도를 달리던 그녀가 왜 갑자기 불법 바이오해커가 되었는지에 대해서는 알지 못했다. 무성한 추측만이 있을 뿐이었다.

디엔이 보스턴에 나타난 지 약 5년 만에 미국 전역에서 인간 배아 시술이 유행했다. 실패한 시술로 인한 끔찍한 기형아들이 태어났다. 누구도 원본, 즉 디엔의 실력을 따라가지는 못했다. 디엔은 인간배아 디자인 금지 법안에 따라 수배 명단에 올랐지만 끊임없이 집을 옮겨 다니며 새 연구실을 차렸고 쉴 틈 없이 의뢰를 받았다. 릴리의 손을 거친 아이들이 수천, 수만이라는 소문까지 돌았다. 전혀 과장 같지 않은 소문이었다.

인간배아 시술이 흔해지면서 물밑에서 바이오해커들을 모아 일종의 배아 디자인 기업을 운영하는 경우도 생겨났다. 그래도 여전히 포섭되지 않는 해커들은 많았고, 거기에는 디엔의 존재가 한몫했다. 디엔은 연구 결과들을 온라인으로 공개했다. 해커들이 독자적으로 연구한 '유전 블록'이 쉽게 끼워 맞출 수 있는 레고 블록처럼 공유되었다. 설계된 아이들이 한 세대를 이룰 만큼 많아졌다. 사람들은 디자인에 의해 만들어진 아름답고 유능하고 질병이 없고 수명이 긴 새로운 인류를 '신인류'라고 통칭했다. 캘리포니아 대지진으로 서부 도시들이 황폐화되자, 신인류로 태어나지 못한 비개조인들이 서부로 밀려났다. 재앙 이후에도 굳건했던 동부의 도시는 대부분 개조인들의 거점이 되었다.

그리고 이 모든 일의 시작점이자 원흉으로 지목되는 디엔, 릴리 다우드나는 어느 날 아주 갑작스럽게 사라졌다.

그녀가 사라진 시점은 디엔이 바이오해킹 활동을 시작한 지 약 20년 후, 디엔의 나이가 막 40대 중반에 접어들었을 무렵으로 추정된다. 누군가는 디엔이 인간배아 디자인 반대 단체의 사주로 살해당한 것이 아닌지 혹은 연방 정부의 은밀한 추적으로 붙잡힌 것은 아닌지 의심한다. 그러나 어느 문건에도 디엔의 마지막 행방에 관한 단서는 남아 있지 않다.

내가 가장 사랑했던 릴리가 다름 아닌 이 지옥을 만든 사람이었다니. 당장 마을로 돌아가 릴리에게 따져 묻고 싶었다. 이미 릴리가 영원한 동면에 들어간 이후였으니 얼어붙은 릴리의 멱살이라도 잡고 싶었다.

하지만 나는 아직 지구에서 알아내야 할 일이 있었다.

이 자료는 그다음에 일어난 일들에 대한 것이다. 릴리 다우드나가 왜 갑자기 보스턴에서 사라졌는지, 그리고 왜 '마을'로 왔는가에 관한 이야기다.

나는 릴리가 마지막 순간에 남긴 자료를 찾아 헤맸다. 그리고 델피는 나의 그 모든 여정에 함께해주었다.

릴리가 주로 활동했던 동부 전역을 돌아다닌 끝에 나는 마침내 스미소니언 자연사박물관에서 소장하고 있던 자료 하나를 찾아냈다. 그것은 릴리가 사라지기 직전 작성했던 기록이었다. 기록은 영어가 아닌 불가해한 언어로 작성되었고 언뜻 여가 시간에 휘갈겨 쓴 그림처럼 보였다. 연구자들은 그 노트를 단순한 낙서로 생각했고 기록을 진지하게 생각하지 않았으며, 관람객들을 위한 전시물로 활용했다. 하지만 릴리는 보안을 위해 자신이 고안한 새로운 형태의 알파벳을 사용했고 일부러 데이터 파일 대신 수기를 남긴 것으로 보인다. 그리고 그 문자는 우리가 마을에서 사용했던 문자이기도 했다. 나는 어렵지 않게 릴리의 기록을 해독할 수 있었다.

그것은 릴리가 지구에서 사라지기 전 남겼던 마지막 기록이자, 혼란과 고통에 관한 기록이었다.

릴리는 오랫동안 자신의 삶을 증오한 것으로 보인다. 릴리에게는 나와 같은 질환, 얼굴에 결코 지워지지 않는 흉측한 얼룩을 남기는 유전병이 있었다. 마을에서 자란 사람들에게는 릴리의 얼룩이 특별한 정보값을 갖지 않는 하나의 특성일 뿐이었지만 지구의 사람들에게는 그것이 릴리를 마음껏 멸시하고 혐오할 수 있는 하나의 낙인이었다.

이민자의 딸, 그리고 흉측한 외모를 가진 음침하고 빼쩍 마른 소녀. 릴리는 생애 초반기에 어느 누구와도 제대로 된 관계를 맺지 못한 듯했다.

릴리는 스스로를 괴물과 같은 존재라고 생각했다. 자신이 병을 가지고도 그대로 태어난 것은 부모의 잘못된 결정이라고 생각했다. 릴리의 부모는 가난했고 병원에서 권유하는 유전병 사전 진단을 전혀 받지 않았다. 사전 진단에서 해당 질환이 정말로 발견되었을지는 모르는 일이지만 릴리는 모든 문제가 자신이 태어나기로 결정된 그 순간에 있다고 생각했다.

릴리가 하필 인간배아 디자인에 손을 대게 된 계기는 정확히 기록되어 있지 않다. 하지만 그 이유를 짐작할 수는 있다. 릴리는 태어나는 아이에게 아름다움을, 아무런 병도 갖지 않고 오직 뛰어난 특성들로만 구성된 삶을 선물하는 것이 그녀가 할 수 있는 일종의 선행이라고 믿었던 것 같다. 결과적으로 릴리의 배아 디자인 연구는 세상을 배제의 층계로 나누었을 뿐이나, 릴리는 어느 시점까지는 자신의 일에 관해 어떤 의심도 품지 않았다. 릴리는 자신이 하는 일이 옳은 세상을 위한 것이라고 믿었다.

마흔 살이 되었을 때 릴리는 '처음으로 아이를 갖고 싶어졌다'라고 쓰고 있다. 그 전까지 누구와도 연인 관계를 맺은 흔적이 없고 결혼도 하지 않았던 릴리가 왜 갑자기 아이를 원했는지는 알 수 없다. 하지만 릴리의 심경 변화로 보아 그녀는 오직 혼자서만 도망치는 삶에 싫증이 난 것으로 보인다. 바이오해킹으로 어마어마한 돈을 모은 릴리는 부유했고, 뛰어난 해커인 그녀를 단지 외모만으로 멸시할 사람들은 이제 주위에 존재하지 않았을 것이며, 그녀의 삶은 안정기에 접어들었을 것이다.

릴리에게 아이를 만드는 일은 아주 쉬웠다. 릴리는 먼저 자신의 클론 배아를 만들었다. 그런 다음 릴리가 그녀 자신에게 주고 싶었던 가장 좋은 특성들, 아름다움과 지성, 호기심과 매력을 모두 유전자에 새겨 넣었다. 그녀는 자신의 딸을 인공 자궁에 조심스럽게 옮겼고 발생 과정의 모든 유전학적 노이즈를 섬세하게 통제했다.

그리고 내가 생겨났다.

릴리가 나의 '결함'을 눈치챈 것은 발생 초기였을 것으로 추정된다. 디자인이 예정대로 되었는지를 확인하는 절차는 전체 프로세스에 항상 포함되는 과정이었다. 실수는 늘 일정 비율로 일어났고 그것을 처리하는 것도 어렵지 않았다. 배아는 배아일 뿐이다. 폐기하고 다시 만들면 그만이다. 인간은 수정되는 순간부터 존재하는 것이 아니라 발생 과정을 통해 완성된다. 아직 인간이 되지 못한 존재를 폐기하는 것은 릴리에게 어떤 종류의 죄책감도 불러일으키지 못했을 것이다. 릴리는 내가 그녀와 똑같은 유전병을 가진 것을 알았을 때 나를 즉시 폐기할 수 있었다.

그런데 릴리는 그렇게 하지 않았다.

릴리는 무슨 생각을 했던 걸까?

나의 결함을 발견한 순간 이후에 남아 있는 릴리의 기록은 제대로 해독하기가 어렵다. 알아볼 수 있는 부분은 단한 줄이었다.

릴리는 이렇게 쓰고 있다.

'이로써 나는 태어날 가치가 없었던 삶임을 증명하는가?'

릴리는 나에게서 스스로를 보았던 것인지도 모른다. 세상이 원치 않았던 존재로 태어난 릴리. 세계에서 배제된 릴리. 그러나 악착같이 살아남아 어떤 방식으로든 삶의 가능성을 입증한 릴리 다우드나.

그녀의 결정에 대해 무슨 말을 해야 할지 아직도 나는 모르겠다. 릴리는 자신의 삶을 증오했지만, 자신의 존재를 증오하지는 못했다.

당시까지만 해도 릴리가 발생 과정 중에 있었던 나를 인간으로 생각하지 않았음은 분명하다. 릴리가 나를 폐기하지 않은 것은 내가 인간이었기 때문이 아니다. 그것은 가능성의 문제였다. 어떤 존재에게 살아갈 권리가 부여되는가를 결정하는 문제였다. 결국 릴리는 나에게 태어날 가치가 없다는 낙인을 찍지 못했다. 그건 릴리 자신의 문제이기도 했기 때문이다.

바이오해커 디엔이 활동을 그만두고 완전히 잠적한 것은 그 무렵으로 추정된다.

그다음의 일은 아주 막연한 기록들로만 추측할 수 있을 뿐이다. 릴리는 기계 속에서 성장 중인 나를 냉동시켰다. 계획이 성공하기까지 오랜 시간이 필요하다고 판단했을 것이다. 릴리는 그 전까지의 배아 디자인 연구들을 모두 폐기했다. 이미 미국 전역에 퍼진 신인류들의 탄생을 되돌릴 수는 없었지만, 적어도 그녀 자신이 만들어낸 연구 결과의 원본은 모두 사라졌다. 릴리는 대신 새로운 유전자를 연구하기 시작했다.

그녀는 얼굴에 흉측한 얼룩을 가지고 태어나도, 질병이 있어도, 팔 하나가 없어도 불행하지 않은 세계를 찾아내고 싶었을 것이다. 바로 그런 세계를 나에게, 그녀 자신의 분신에게 주고 싶었을 것이다. 아름답고 뛰어난 지성을 가진 신인류가 아니라, 서로를 밟고 그 위에 서지 않는 신인류를 만들고 싶었을 것이다. 그런 아이들로만 구성된 세계를 만들고 싶었을 것이다.

지구 밖에 '마을'이 존재하는 것은 그녀의 연구가 성공했다는 증거이기도 하다.

내가 마을에 살았을 때, 나는 사람들이 나의 얼룩에 관해 무어라고 흉보는 것을 단 한 번도 느낀 적이 없다. 나는 나의 독특한 얼룩이 자랑스럽기까지 했다. 마을에서 사람들은 서로의 결점들을 신경 쓰지 않았다. 그래서 때로 어떤 결점들은 결점으로도 여겨지지 않았다.

마을에서 우리는 서로의 존재를 결코 배제하지 않았다.

* * *

이제 너도 알게 됐을 거야. 소피.

왜 책 속의 시초지와 우리의 마을은 이렇게나 다른지. 왜 우리는 모두 같은 기계 자궁에서 태어나는지. 이 행복의 근원은 어디에 있는지. 우리는 슬픔을 알지만 그럼에도 지속적인 갈등과 고통, 불행은 왜 항상 상상의 개념으로만 남아 있는지.

하지만 아직 나는 내가 마을을 떠나는 이유를 설명하지 않았지. 지금부터는 그 이야기를 하려고 해.

나는 올리브가 이 기록을 남긴 이후 무엇을 했는지 궁금했어. 마을의 진실을 알아낸 올리브는 돌아와 평생 마을에 머물렀을까? 자신을 너무 사랑해서 이 세계를 만들어낸 릴리를, 다시 사랑하게 되었을까? 내가 올리브의 기록을 끝까지 들었을 때 문지기가 이렇게 말했어.

"올리브는 그 기록을 남긴 후 10년이 지나고 다시 지구로 갔단다. 올리브는 지구에서 생을 마쳤어."

그건 또 하나의 놀라운 이야기였어. 올리브가 지구로 돌아갔다는 사실은 그날 이후에도 한참이나 남아서 내 마음을 자꾸 건드렸어. 나는 올리브가 마을로 돌아온 이유를, 그리고 다시 지구로 내려간 이유를 계속해서 상상했어. 문지기는 내 추측에 확답을 주지는 않았지만, "그럴듯한 이야기구나"라고 말해주었지.

문지기는 나에게 올리브가 델피의 옆에 영원히 잠들었다고 알려주었어. 지구에 가면 그 무덤 앞에 꽃을 놓아달라고도 말했지. 지구로 다시 내려간 올리브가 어떤 삶을 살았는지에 관한 기록은 아주 적어. 하지만 문지기가 말해주었어.

그녀의 묘비는 보고타에 있는데, 이렇게 쓰여 있어.

'델피의 올리브. 분리주의에 맞서는 삶을 살다.

그녀의 사랑은 여기에 잠들고 결실은 후에 올 것이다.'

올리브는 델피와 함께 지구에 남았어. 그리고 델피와 분리주의에 저항했지. 그녀의 어머니, 릴리가 지구에 남긴 흔적을 조금이라도 바꾸어보려고 애썼던 거야.

어쩌면 지구로 떠나기 전, 올리브가 마을에 남긴 마지막 흔적이 바로 이 순례의 관습인지도 몰라. 우리는 자라면서 바깥 세계에 관한 호기심을 느끼고 이 평화로운 마을 외부에서 어떤 일이 일어나는지 알기를 갈망하게 돼. 그리고 마침내 순례의 길에 오르지.

올리브는 그렇게 우리가 반드시 한 번은 이 세계를 떠나도록 만들었어.

지구에서 그 모든 것을 보고 우리가 무엇을 외면해왔는지, 우리가 우리만의 아름다운 마을에서 살아가는 동안 저 행성에서는 무슨 일이 일어나는지를 보고 오라는 의미였겠지.

그럼 이제 한 가지 질문만이 남았어.

정말로 지구가 그렇게 고통스러운 곳이라면, 우리가 그곳에서 배우게 되는 것이 오직 삶의 불행한 이면이라면,

왜 떠난 순례자들은 돌아오지 않을까?

그들은 왜 지구에 남을까? 이 아름다운 마을을 떠나, 보호와 평화를 벗어나, 그렇게 끔찍하고 외롭고 쓸쓸한 풍경을 보고도 왜 여기가 아닌 그 세계를 선택할까?

소피. 우리가 왜 '서로' 사랑에 빠지지 않는지를 생각해본 적 있어? 시초지의 역사를 배우며 그렇게 많은 과거의 사람들이 사랑하는 것을 보면서도, 우리는 이 마을에서 자란 이들이 서로 연인이 되지 않는 것을 이상하게 생각하지 않았지. 같은 자궁에서 태어나 자매처럼 자란 우리가 서로에게 어떤 낭만적 감정도 성애도 느끼지 못하는 것이 단지 우연이기만 할까?

지구에는 우리와 완전히 다른, 충격적으로 다른 존재들이 수없이 많겠지. 이제 나는 상상할 수 있어. 지구로 내려간 우리는 그 다른 존재들을 만나고, 많은 이들은 누군가와 사랑에 빠질 거야. 그리고 우리는 곧 알게 되겠지. 바로 그 사랑하는 존재가 맞서는 세계를. 그 세계가 얼마나 많은 고통과 비탄으로 차 있는지를. 사랑하는 이들이 억압받는 진실을.

올리브는 사랑이 그 사람과 함께 세계에 맞서는 일이기도 하다는 것을 알고 있었던 거야.

이 모든 이야기들을 믿을 수 있어?

진실을 알아내고 나서부터 나는 매일 밤을 새워 지구를, 순례자들의 생애를 상상했어.

순례자들은 누구를 사랑했을까. 그들은 남미에, 서부 미국에, 인도에, 모두 흩어져서 살겠지. 그들은 아주 다채로운 모습으로 여러 방식의 삶을 살겠지. 하지만 그들이 어떤 모습이건 순례자들은 그들에게서 단 하나의, 사랑할 수밖에 없는 무언가를 찾아냈겠지.

그리고 그들이 맞서는 세계를 보겠지. 우리의 원죄. 우리를 너무 사랑했던 릴리가 만든 또 다른 세계. 가장 아름다운 마을과 가장 비참한 시초지의 간극. 그 세계를 바꾸지 않는다면 누군가와 함께 완전한 행복을 찾을 수도 없으리라는 사실을 순례자들은 알게 되겠지.

지구에 남는 이유는 단 한 사람으로 충분했을 거야.

편지를 쓰는 지금도 나는 계속 생각해. 우리 이전의 순례자들은 지구를 조금이라도 바꾸어놓았을까? 그곳은 올리브가 갔던 수백 년 전만큼이나 여전히 비탄과 고통으로 가득 차 있을까? 분명 세계 곳곳에는 순례자들의 흔적이 남아 있을 텐데, 그들은, 릴리와 올리브의 후손들은 세계를 바꾸기 위해 무엇을 했을까……. 나는 내가 알고 있는

것을 직접 보지 않고는 견딜 수 없었어. 궁금해서 더 기다
릴 수가 없었지.

소피. 마지막으로 한 가지 말할 것이 남았어. 내가 처음
으로 마을에 대해 의문을 품게 되었던 계기, 그 오두막 뒤
에 있던 귀환자 말야. 정해진 성년식보다 조금 더 빨리 지
구에 가기로 결심했을 때 나는 그 남자에게 몰래 찾아가
물었어. 혹시 지구에서 무슨 일이 있었던 거냐고.

그는 슬픈 진실을 말해주었지. 지구에서 그가 사랑했던
사람과 그의 쓸쓸한 죽음에 관해. 그가 남겼던, 행복해지
라는 유언에 관해.

나는 말했어. 당신의 마지막 연인을 위해 당신이 할 수
있는 일이 있지 않겠냐고. 나는 그에게 지구로 다시 함께
가겠냐고 물었어.

떠나겠다고 대답할 때 그는 내가 보았던 그의 수많은 불
행의 얼굴들 중 가장 나은 미소를 짓고 있었지.

그때 나는 알았어.

우리는 그곳에서 괴로울 거야.

하지만 그보다 많이 행복할 거야.

소피, 이제 내가 먼저 떠나는 이유를 이해해줄 거라고

믿어.

그럼 언젠가 지구에서 만나자.

그날을 고대하며,

데이지가.

스펙트럼

젊은 시절 할머니의 사진을 본 적이 있다. 흰 우주복을 입고 있는, 툭 치면 뒤로 넘어져버릴 것 같은 거대한 헬멧을 쓰고 우주탐사선에 오르는 할머니. 초소형 광자 추진체를 단 우주선은 무척 작았다. 겨우 여객기쯤 되어 보이는 크기였다. 그렇게 작은 우주선이 시공간을 도약해 우주 반대편으로 사람들을 실어 나를 수 있다는 사실이 알려졌을 때, 사람들은 우주에 대한 기대감으로 들떴다. 지금 생각해보면 헬멧 속의 할머니는 활짝 웃고 있었던 것 같기도 하다. 우주에서 어떤 일을 겪게 될 줄 하나도 예상하지 못한 것처럼.

할머니는 스카이랩의 촉망받는 연구원이었다. 스카이랩은 우주 어딘가에 있을 외계 생명체를 탐사하기 위해 설립되었다. 초소형 광자 추진체를 최초로 개발한 우주항공 회사가 전폭적으로 지원하는 연구소였다. 할머니가 탐사 대원으로 합류하던 시기는 이미 앞선 탐사를 통해 수백 종류의 외계 유기물질과 미생물들이 발견되어 다들 흥분 해 있던 때였다. 하지만 정작 사람들이 간절히 찾는 질문 에 대한 답은 아직 찾지 못한 채였다.

'정말로 우리는 혼자인가? 이 넓은 우주에 정말 우리뿐 인가?'

할머니는 스카이랩의 서른세 번째 생물학자로 탐사선에 올랐다. 엄마는 그때 아직 어린아이였고, 할머니는 엄마가 어른이 되기 전에 꼭 돌아오겠다고 엄지를 맞대고 약속했 었다. 그리고 얼마 뒤, 탐사선은 흔적도 없이 사라졌다. 광 자 추진체의 결함으로 도약 과정에서 문제가 생긴 것이라 는 조사 결과가 나왔다. 회사는 강하게 부인했지만, 공방 끝에 결국 추진체의 설계 결함을 인정했다. 사라졌을 때 할머니의 나이는 서른다섯 살이었다.

할머니는 태양계 밖을 떠돌다 구조되었다. 개인용 탈출 셔틀에 탄 채로 구조된 할머니는 극심한 영양실조 상태였 고, 인지 능력이 저하되어 있었다. 자신의 나이도 몰랐다. 실종된 지 40년 만이었다.

40년 동안 지구에서는 첫 '접촉'이 있었다. 인류가 처음으로 외계 지성체의 존재를 알아차린 사건이었다. 인근 항성계에서 이상 신호를 수신한 탐사선이 대화를 시도했다. 하지만 접촉은 처참한 실패로 끝났다. 그들은 지구인과의 어떤 교류도 원하지 않으며 방해받고 싶지 않다는 의사를 분명하게 표해 왔고, 허가 없이 자신들의 행성계로 접근한 탐사선을 흔적도 없이 사라지게 만들었다. 지구에서도 위험을 무릅쓰고 더 접촉하려는 시도를 하지 않았다. 그 이후로 그들도 그들의 행성도 인간의 탐사선에 결코 포착되지 않았다. 인류는 그들의 외양은커녕 목소리조차 알아낼 수 없었다. 우주에 지성 생명체들이 없던 것이 아니라, 단지 그들이 지구인들을 원하지 않는 것인지도 몰랐다.

첫 번째 접촉이 실망스럽게 끝난 이후 할머니가 구조되었을 때, 할머니는 즉시 세계의 주목을 받았다. 바로 자신이 최초로 외계 지성 생명체를 발견한 사람이라고 할머니가 주장했기 때문이다. 할머니는 지구 밖에 인간과는 다른 지성 생명체들이 살아가고 있으며, 자신은 그들과 오랜 시간을 보내고 돌아왔다고 말했다. 할머니의 말이 맞다면 인간은 이미 두 종의 외계 지성체를 조우했으며, 인류 역사상 최초의 접촉도 20년 정도 더 앞당겨지는 상황이었다.

그러나 곧 사람들은 할머니를 외면하기 시작했다. 그건 어느 정도 할머니가 자초한 바도 있다.

　"그래서, 대체 그 외계인들이 어디에 있단 말입니까?"

　할머니는 정작 그 행성의 위치에 대해서는 한마디도 입을 열지 않았다. 외계인들이 실존한다는 증거도 전혀 내어놓지 않았다. 외계인들을 만났을 때 할머니는 기록도구 외에는 어떤 장비도 없이 조난당했던 상황이므로 사진과 영상은커녕 외계인의 발성 언어를 녹음한 자료조차 없다고 했다. 처음에 할머니는 허언증 환자로 몰렸다. 다음에는 동정의 시선이 쏟아졌다. 할머니의 주장에 귀 기울일 점이 있다고 생각하는 사람들도 드물게 있었다. 하지만 할머니의 계속된 침묵에 그들도 고개를 내저으며 떠났다. 결국 할머니는 40년간 우주를 홀로 떠돌며 외로움에 반쯤 미쳐버린, 그러다 가엾게도 자신의 상상을 진실로 믿어버린 노인이 되었다.

　그래도 할머니는 단 한 가지 주장만은 결코 포기하지 않았다.

　"나는 최초의 조우자였지."

　할머니는 죽을 때까지 그 이야기를 하곤 했다.

                                    * * *

　조난 열흘째에 희진은 그들을 처음 만났다.

　항해 중에 우연히 발견한 행성은 그냥 지나치기에는 너무 매력적인 곳이었다. 원거리의 측정 자료만으로도 지구와 매우 유사한 특성이 보였기 때문이다. 선장은 정해진 경로를 잠시 이탈해서 궤도 탐사라도 시도해보자고 제안했고, 아무도 반대하지 않았다. 다들 기대감에 휩쓸려 있었다. 경로를 바꾸어 행성에 접근하는 과정에서 무언가가 잘못되었다. 사소한 결함이 재난으로 번졌다. 겨우 탈출셔틀에 올라탔지만 희진은 마지막 순간을 기억할 수 없었다. 정신이 들었을 때는 이미 낯선 행성의 지표면이었다.

　희진은 챔버 옆에서 눈을 떴다. 강물에 떠내려 온 것인지 챔버는 침수되어 있었다. 근처 어디에도 탈출셔틀의 본체가 보이지 않았다. 떨어진 곳에서 너무 멀리 왔거나, 혹은 바다에 떨어져 가라앉았거나. 부정적인 추측 외에는 할 수 없었다. 셔틀의 상태가 위험할 때 탑승자를 셔틀로부터 밀쳐 보내는 안전 시스템이 있다고 들었다. 하지만 그 시스템이 작동한 게 사실이라면 상황은 더욱 절망스러웠다. 셔틀이 없다면 지구로 구조신호를 보낼 수도 없을 테니까.

희진은 입고 있던 옷을 더듬어 가진 물건을 모두 꺼냈다. 소형 발전기가 달린 연구 기록장치와 응급 상자가 가진 전부였다.

희진은 계속해서 걸었다. 행성은 지구의 황무지를 옮겨 놓은 곳 같았다. 식물들은 지구에서 자라는 평범한 나무와도 비슷했다. 기록장치로 셔틀의 신호를 추적했지만 수신되는 것은 없었다. 거대한 생물들을 몇 번이나 목격했다. 지구의 파충류를 닮은 동물들을 맞닥뜨렸을 때는 두려움에 떨며 도망쳤다. 일주일째에 희진은 견디지 못하고 행성의 열매를 따서 먹었다. 열매에서는 역한 맛이 났지만 죽지는 않았다. 희진은 토하기 직전까지 열매를 입안에 쑤셔넣었다.

타는 듯한 햇볕 아래에서 그늘을 찾으며 희진은 한참을 걸었다. 희진은 모든 것이 착각일지도 모른다고, 어쩌면 이곳이 지구 어딘가의 사막일 수도 있다고 믿고 싶었다. 그러나 밤마다 떠오르는 다섯 개의 위성들은 이곳이 지구가 아님을 증명하듯 빛났다. 기록장치만이 희진에게 익숙한 지구식 시간의 흐름을 알려주었다.

마침내 그들을 만났을 때, 희진은 자신이 환각을 보고 있다고 생각했다. 사람이 있었다. 이족 보행을 하는, 팔다리를 가진 사람들. 누군가 드디어 희진을 구하러 온 걸까. 아니다. 그럴 리가 없었다. 이곳은 낯선 행성이다. 쿵쿵거리던 심장이 천천히 진정되었다. 그들의 모습이 시야에 제대로 들어왔다. 희진은 거대한 바위 그늘 뒤에 몸을 숨겼고, 마치 미끄러지듯 흙 위를 걸어가는 그들을 관찰했다. 그들은 사람이 아니었다.

어릴 적 희진은 에일리언 콘텐츠의 세례 속에 자랐다. 희진의 나이 일곱 살 때 처음으로 인류의 시공간 도약 항해가 성공했고, 몇 달 뒤에 첫 번째 우주 미생물이 발견되었다. 우주 미생물은 유기화합물 외에도 비소와 금속 원소로 구성되어 있었다. 그 영향인지 한동안은 영화에서 찬란하게 빛나는 표면을 가진 갑각류를 닮은 외계인들이 계속 나왔다. 이후의 상상은 점점 더 인간의 형태와 멀어져서, 인간과 아주 다른 모습의 외계인을 묘사할수록 그것이 진실에 근접한 것이라고 믿는 분위기가 있었다. 희진의 머릿속에 자리 잡은 외계인 역시 그랬다. 운이 좋아서 언젠가 우주 어딘가의 지성 생명체와 마주치게 된다면, 그들은 인간과는 너무 다른 모습을 하고 있을 것이라고, 이전에는 상상해본 적 없던 모습일 거라고 희진은 믿고 있었다.

그런데 이렇게 식상한 모습이라니. 희진은 속으로 생각

했다. 환각으로 보는 외계인치고는 진부한 모습이었다. 눈앞의 그들은 인간보다 훨씬 키가 컸지만 인간의 먼 친척 같은 신체를 가지고 있었다. 회색의 피부 위로 동물의 가죽으로 추정되는 옷을 둘러맸고, 굽은 자세였지만 이족보행을 하며 팔과 다리가 있었다. 대여섯 개체가 무리 지어 움직였고 옷 위에는 용도를 알 수 없는 도구를 잔뜩 매달아두었다. 그들은 걷다가 자리에 멈추어 섰는데, 잠시 주위를 둘러보며 저희들끼리 대화를 나누는 것 같았다. 희진이 해석하기 힘든 소리였다.

그 진동이 희진의 귀에 닿자, 현실감이 희진을 덮쳤다. 희진은 자리에 얼어붙었다. 상상이 아니다. 그들은 이 자리에 실재하고 있다. 낯선 행성에 조난당한 이후로 모든 현실이 꿈이기를 간절히 바랐지만, 지금 이 순간만은 결코 꿈일 수가 없었다.

도구의 사용, 상징언어의 존재, 사회적 상호작용…… 분명한 지성의 증거.

말을 걸어도 될까. 그들이 정말로 지성을 가진 생명체라면 희진이 살아남는 데에 도움을 줄 수도 있다. 행성에서 발견한 다른 생물들은 모두 저들보다 거대하고 위험했다. 지금 저들에게서 도망치더라도, 얼마나 더 살아남을 수 있을까. 그때 또 다른 생각이 희진을 가로막았다. 그들이 호의적이지 않다면? 단지 죽음을 앞당기는 역할만을 한다면?

대면은 접촉의 최종 단계였다. 원칙대로라면 지성 생명체와의 접촉은 원거리에서 근거리로, 순차적으로 이루어진다. 위험요소를 완전히 분석하고 신변의 안전을 확보한 후에야 대면 접촉을 시도할 수 있다.

하지만 지금은 원칙이 무의미했다. 희진은 무력했고, 가진 도구도 장비도 없었으며, 죽어가고 있었다.

"도와줘."

그들의 시선이 희진을 향했다. 알아들으리라고 기대한 것은 아니다. 다만 그들이 희진의 무력함을 알아채주기를 바랐다. 말을 하는 존재라는 것을, 살려두고 관찰할 가치가 있는 존재임을 알리고 싶었다. 그러나 잘못된 판단이었을까.

무리 중 누군가가 무기를 꺼내들었다.

"아무것도 방해하지 않을게. 그냥, 돌아갈 방법을 찾을 때까지만……."

움직임은 빨랐다. 도망칠 틈도 없었다. 순식간에 가까이 온 개체가 희진에게 칼을 휘둘렀다. 희진은 눈을 꽉 감았다.

고통이 느껴졌지만, 견딜 수 없을 정도는 아니었다.

눈을 떴을 때 희진은 누군가가 공격을 막아주었다는 것을 알았다. 칼은 허공중에 멈추어 있었다. 다른 개체들이 칼을 잡고 있는 개체에게 무어라고 말하고 있었다. 도저히 이해할 수 없는 언어들 사이에 '루이'라는 소리만을 희진은 유일하게 알아들었다. 희진은 고개를 들어 자신을 도운 개체를 마주보았다. 까맣고 긴 눈이 희진을 응시하고 있었다. 너무나 낯설어서 도저히 읽을 수 없는 시선.

희진은 그렇게 첫 번째 루이를 만났다.

거대한 동굴 거주지에 도착했을 때 희진은 이들이 군락을 이루어 산다는 사실을 알았다. 무리를 지어 사는 습성. 말라붙은 강을 사이에 둔 수백 개의 동굴들이 층을 이루고 있었다. 희진은 루이를 따라 층과 층 사이로 길게 이어지는 비탈을 걸었다. 동굴마다 한두 개체가 자리 잡고 있었다. 무리인들이 희진을 경계하듯 노려보았으므로 희진은 동굴 안쪽을 보지 않으려고 애썼다. 그들은 키가 매우 컸다. 그들의 옆에 서는 것만으로도 위압감이 느껴졌다.

루이의 방은 절벽의 가장 위쪽에 있는 동굴이었다.

동굴 안은 볕이 잘 들었다. 안에는 가죽으로 만든 깔개와 단단하고 평평한 바위, 뿔과 금속으로 만든 도구들이 놓여 있었다. 특히 시선을 끄는 것은 동굴 안쪽 벽에 걸린 그림들이었다. 특정한 형체가 없는 그림은 마치 인간들의 추상화 같았다. 풍부한 색채들이 각각의 공간을 차지하며 느슨하고 부드러운 선으로 구분되어 있었다. 그림은 동굴 밖에서 지는 햇빛을 받아 오묘한 색으로 물들어갔다. 루이는 희진을 남겨놓고 밖으로 나갔다. 희진은 그림들을 가까이에서 살펴보고 싶었지만, 동굴 안쪽으로의 접근을 막을 목적인지 돌과 금속 도구들이 울타리처럼 쌓여 있어 들어갈 수 없었다.

루이는 잠시 뒤에 돌아와 희진에게 물을 주었고, 가죽 깔개 위에 열매들을 놓아두었다. 그러나 루이는 그 이상으로 희진에게 신경을 쓰지 않았다. 대신 평평한 바위 앞으로 가서 일을 시작했다. 칼로 뿔을 깎아서 도구를 만드는 작업인 것 같았다.

그는 왜 희진을 구한 것일까?

희진은 루이의 뒷모습을 흘끔 살피며 깔개 위의 열매들을 집어 들었다. 궁금한 것이 너무 많았지만 급격한 갈증과 허기가 느껴졌다. 이 행성에서 훨씬 더 오랜 시간을 버텨야 할지도 모르니 먹을 수 있는 것들을 파악해둘 필요도 있었다. 희진은 압축 응급키트에 들어 있던 마지막 면역캡

슢을 삼켰고 루이가 가져온 가죽 주머니의 물을 마셨다. 열매들 중에는 끔찍한 맛이 나는 것도 있었지만 모두 그렇지는 않았다. 심지어 약간의 단맛을 내는 열매도 있었다.

조난 이후 처음으로 허기를 채우고 나자 견딜 수 없는 피로감이 찾아왔다. 기절하듯 잠들었다 깨어났을 때는 시간이 꽤 지나 있었다. 동굴 밖은 어두웠다. 천장에는 둥근 광원이 매달려 바위 위를 비추었다. 루이는 아직도 작업을 계속하고 있었다. 여전히 그가 희진을 동굴로 데려온 이유를 짐작할 수 없었다. 루이가 희진을 구해준 것은 분명했지만, 지금은 완전히 무관심해 보였다.

희진은 루이의 뒤를 지나쳐 동굴의 입구로 걸어갔다. 루이의 시선이 희진을 잠시 향했다가 다시 바위 위로 돌아갔다. 어둠이 짙게 깔린 협곡 위로 하늘이 푸르스름하게 물들고 있었다. 아침이 오는 모양이었다. 하늘을 둥글게 둘러 싼 다섯 개의 위성이 보였다. 이곳은 지구와 같이 해가 졌다 뜨고 땅 위에는 생물들이 모여 살아가는 행성이었다.

희진은 이 행성이 두려웠다. 그러나 동시에 궁금해졌다.

원하든 원치 않든 희진은 이미 인류 최초의 조우자였다. 인간이 우주에 홀로 있는 것이냐는 물음에 대해 지금은 오직 희진만이 그 답을 가지고 있었다. 혼자가 아니었다. 우주 어딘가에서 그림을 그리고 상징 언어로 대화를 나누는 지성 생명체들이 무리를 이루고 살아가고 있던 것이다. 희진은 그들에 대해 알아낼 의무가 자신에게 있다고 생각했다.

루이는 희진의 손목에 작은 뿔 장신구를 달아주었다. 희진을 향해 위협적으로 다가오던 다른 무리인들은 그 장신구를 보면 위협을 멈추었다. 희진은 루이의 소유물처럼 여겨지는 것 같았다.

루이와 함께 지내며 희진은 무리인들에 관한 몇 가지 사실을 알아냈다. 무리인들은 협곡 밖으로 단체로 나가 사냥을 하고 식물을 채집해 왔다. 협곡에서 약간 떨어진 장소에서는 소규모의 농사도 이루어지고 있었다. 사냥에 쓰는 무기들은 대개 원시적인 형태였지만, 협곡의 양쪽 끝에는 식물의 줄기를 엮어 만든 복잡하게 생긴 설치형 함정들도 있었다. 무리인들 중 가족처럼 보이는 단위들이 하나의 방을 함께 사용하기도 했는데, 아마도 무리인들은 유성생식을 하는 것 같았다.

무리인들을 서로 구분하는 일은 쉽지 않았다. 다행히도

그들은 장신구를 좋아했다. 루이는 목에 건 작고 붉은 광물로 알아볼 수 있었다. 팔의 개수도 달랐다. 루이는 인간처럼 팔이 두 개였다. 그러나 다른 무리인들은 대개 팔이 세 개 이상이었다. 신체적 조건은 그들 사이에서도 서로의 힘과 능력을 과시하는 용도로 쓰이는 듯했다. 루이의 몸집은 무리인들 중에서는 작은 편에 속했다. 또한 다른 개체들에 비해 눈에 띄게 침착하고 온순했다.

루이는 사냥에 합류하지 않았고 아주 가끔 채집에만 참여했다. 다른 무리인들과의 교류도 적었다. 대신 루이는 하루의 거의 모든 시간을 도구를 깎고 그 도구로 그림을 그리는 데에 보냈다. 이따금 다른 무리인들이 루이의 그림을 받아갔다가 다음 날 다시 돌려주었다. 때로 동굴 밖에 나가보면 누군가가 두고 간 것 같은 잎종이 뭉치가 놓여 있었다. 그림은 동굴의 가장 안쪽에 겹겹이 걸렸고, 오래된 것들은 묶여서 바닥에 쌓였다. 그림은 그들에게 중요한 의미가 있는 것 같았다.

희진은 무리인들의 사냥이 끝난 후 남은 가죽을 얻어 몸에 걸치고, 루이나 다른 무리인들이 식물을 채집하러 갈 때 옷 아래에 기록장치를 숨기고 따라 나섰다. 탈출셔틀의 신호를 추적하기 위해서였다. 설령 셔틀이 망가져 있더라도 잔해를 뒤져보면 구조신호 발신 모듈을 찾을 수 있을 것이다. 그러면 근처 우주선에 구조 신호를 보낼 수 있을지도 모른다.

무리인들과의 고차원적인 소통은 실패했다. 관찰한 바에 따르면 무리인들은 분명히 고도로 발달한 언어 체계를 가지고 있는 것 같았는데, 희진은 그들의 말을 알아들을 수 없었다. 그들의 음성 언어는 인간의 가청주파수 범위를 벗어나는 듯했다. 희진에게 호기심을 보이며 다가오던 일부 무리인들도 희진에게 대화를 시도하지는 않았다. 그들은 대부분 각자의 일로 매우 바빴다. 루이는 그나마 희진을 돌보고 신경 쓰기는 했지만 루이의 삶에서 그 이상으로 희진에게 내어줄 시간은 없어 보였다.

외계의 지성 생명체를 처음으로 발견했다는 흥분감은 점차 사그라들었다. 무리인들에게는 낯선 생명체와의 조우가 놀랍지 않은 일인 걸까? 희진이 다른 행성에서 왔을지도 모른다는 인식이 그들에게도 있을까? 대화가 통하지 않으니 물어볼 수도 없는 상황이었다. 어쩌면 광대한 우주에서 고독한 스스로의 위치를 인식하고, 타자와의 조우를 갈망하는 그 자체가 고도의 자기 인지 능력을 요구하기 때문일까. 무리인들은 아직 그 정도의 철학과 자아 개

넘을 발명하지 못한 것인지도 모른다. 점점 회의감이 생겼다. 희진은 문자 언어의 흔적을 찾기 위해 협곡을 몰래 살펴보았지만, 문자로 보이는 것은 찾지 못했다.

낮에는 무리인들을 따라 다니며 셔틀의 신호를 찾고 밤에는 아무런 소득 없이 잠드는 날이 계속되었다. 놀라운 발견을 했음에도 불구하고 그 발견의 의미조차 제대로 알아낼 수 없다는 사실이 괴로웠다.

희진은 학자였다. 알아내고 분석하는 것이 본래의 업이었다. 그러나 지금 어떤 도구도 없는 이곳에서 희진은 너무나 무력했다. 만약 일이 제대로 풀렸다면 희진은 탐사선의 수많은 장비들을 이용할 수 있을 것이다. 소수언어 분석 프로그램은 가청주파수를 넘어서는 음파들로부터 반복되는 패턴을 읽고 무리인들의 언어를 분석해줄 것이다. 무리인들이 오늘의 사냥과 열매들의 위치에 관해서 이야기하는지, 그들의 거주지에 갑자기 나타난 낯선 생명체에 대해서는 어떤 대화를 나누는지 알아낼 수 있을 것이다. 하지만 지금 희진에게 있는 것은 희진의 신체와 감각뿐이었다.

몇 주 뒤에 희진은 황무지에서 부품 하나를 주웠다. 아주 작은 금속 부품이었다. 탈출 셔틀이 남아 있을지도 모른다는 단서였다. 황무지에 부는 강한 바람에 휩쓸려 굴러 온 것일 테니 셔틀이 근처에 있으리라는 보장은 없었다. 그러나 행성 어딘가에 아직 셔틀이 있다면, 분명 언젠가는 그 셔틀을 찾아낼 수도 있다.

"루이, 나 드디어 찾았어."

희진은 부품을 손에 잡고 흔들며 동굴 안으로 들어섰다. 괜히 루이에게 말을 걸고 싶었다. 루이는 희진을 응시하며 무언가 긴 소리를 냈지만 희진은 전혀 이해할 수 없었다. 잠시 뒤에 루이는 다시 바위 위의 그림으로 시선을 돌렸다. 역시 말이 통할 리가 없지. 부품에 호기심이라도 가져주면 좋을 텐데. 낯선 기계 부품을 보여주면 루이가 궁금해할지도 모른다고 기대했던 희진은 내심 실망했다.

그날 저녁 루이는 평소보다 훨씬 더 많은 열매를 가지고 나타났다. 희진이 놀란 표정을 짓자, 루이는 희진이 부품을 숨겨놓은 주머니를 가리켰다. 마치 희진에게 좋은 일이 생겼음을 축하하는 듯한 행동이었다. 의미가 조금이나마 전달된 것일까? 희진은 무척 기뻐서 루이를 안아주고 싶은 심정이었다.

루이와 함께 지내는 시간이 길어지면서 희진은 무리인 들에게도 비언어적 표현이 풍부하다는 사실을 알게 되었다. 구체적인 의미 전달은 어려웠지만 그들의 표정과 동작을 통해서 긍정적인 반응과 부정적인 반응을 구분할 수 있었다. 루이 역시 희진을 처음보다 더 능숙하게 대했다. 처음에는 루이의 손에 붙잡히는 것만으로도 멍이 들었다. 단단한 피부를 가진 그들에 비해 희진이 쉽게 다친다는 것을 루이가 이해하지 못해서였다. 이제 루이는 훨씬 약한 힘으로 희진을 잡았다. 루이 외의 다른 무리인들도 더는 처음처럼 희진을 위협하지 않았고, 때로는 채집 중에 나타난 다른 생물로부터 보호해주기도 했다. 친절함, 배려, 상냥함. 인간이 갖는 긍정적 특성이라고 생각되는 것들을 무리인들도 갖고 있었다.

무리인과 인간 사이의 공통점만큼 이 행성과 지구의 생태에도 많은 공통점이 있었다. 행성에서의 생명체 진화가 지구와 독립적으로 이루어졌다는 사실을 생각해보면 이러한 공통점들은 매우 놀라웠다. 무엇보다도 희진이 행성에 있는 열매들과 사냥의 산물들을 섭취하면서 여전히 살아남아 있다는 것은, 행성과 지구 생물들의 생화학적 기본 요소들이 일치한다는 증거였다. 어쩌면 이 행성은 미생물-외계생명 씨앗 가설을 증명하는 현장일지도 모른다. 우주먼지를 통해 퍼져나간 지구의 고대 미생물이 다른 행성에서 생명의 근원이 되었을지도 모른다는 가설 말이다.

만약 그렇다면, 이 행성의 생명체들과 인간은 공통 조상을 지니게 된다.

새로운 사실을 알아낼수록 가슴이 벅찼다. 더 많은 것을 알아내고 싶었다. 하지만 당장은 탈출 셔틀을 먼저 찾아야 했다. 희진의 신변이 확보되지 않는다면 행성에 관해 아무리 많은 사실을 알아내더라도 소용이 없다. 그 사실을 전달받을 사람이 없을 테니까. 지구로 돌아갈 방법을 먼저 찾아야 한다. 그런 다음에 기술의 도움을 받아서 이 행성에 대해 더 깊이 이해할 수 있을 것이다.

좌절과 결심을 반복하며 희진은 셔틀의 신호를 추적했다. 무리인들이 쓰는 잎종이를 얻어 동굴 거주지 근처의 지도를 그렸다. 무리인들은 매번 다른 곳을 향해 사냥과 채집을 떠났고 덕분에 지도의 영역은 점점 더 확장되었다. 신호는 여전히 잡히지 않았다.

두 번째 흔적을 찾기까지는 몇 달이 더 걸렸다. 셔틀의 존재를 알리는 신호는 아니었다. 황무지에서 발견한 두 번째 부품이었다. 아마도 첫 번째 부품과 비슷한 방식으로 이곳에 도달했을 부품. 하지만 그건 불길한 암시에 가까웠다. 강한 바람에 탈출셔틀이 부서지는 중이라면 셔틀을 늦게 찾아낼수록 구조 가능성은 낮아질 것이다. 희진은 부품을 꽉 쥐었다. 일말의 가능성이라도 믿고 싶었지만, 아무 것도 없는 모래 위를 더듬고 있는 것 같았다.

그날 두 번째 부품을 들고 방에 돌아온 희진은 동굴 안의 한기를 느꼈다. 루이가 바위 앞에 엎드려 잠들어 있었다. 희진은 루이가 그렇게 잠든 모습을 처음 보았다. 작업 중이던 그림이 루이의 상체 아래에 깔려 있었다. 도구들은 엉망진창으로 흩어져 있고, 염료는 바닥으로 흘러 내렸다. 희진은 그 자리에 굳었다. 루이는 잠든 것이 아니었다.

루이는 죽어 있었다.

* * *

이야기가 이쯤에 이르면, 할머니는 말을 멈추고 나를 서재로 데려갔다. 이미 몇 번을 들은 이야기였고 할머니가 늘 거기서 잠시 쉬어간다는 것을 알면서도 나는 매번 모른 척 할머니의 뒤를 따랐다. 할머니의 서재는 항상 무언가로 꽉 채워진 방이었다. 책상 위에는 염료와 물감, 연구서들이 두서없이 놓여 있었다. 서재 전체에서는 옅은 먼지 냄새가 났다. 서재의 커튼을 걷으면 오후의 햇살이 방 안으로 쏟아졌고, 책의 입자가 섞인 먼지들이 빛의 자취를 따라 늘어섰다. 장식장들을 가득 채운 유리들이 반짝였다.

할머니는 지구에 돌아온 이후로 평생 동안 유리를 수집했다. 할머니의 서재를 채우는 유리 수집품은 무척 다양했다. 유리로 만든 공예품에서 프리즘, 렌즈, 거울에 이르기까지. 할머니는 그 유리들로 책이나 그림을 들여다보기도 하고, 손전등을 그 위에 비추기도 했다. 유리를 모으는 이유를 할머니가 직접 말해준 적은 없다. 하지만 나는 그 이유를 짐작해보곤 했다. 빛을 모으고, 분리하고, 보통의 감각으로 볼 수 없는 대상을 보게 하는 도구. 할머니가 행성에 머물며 가장 절실히 원했던 것들은 아마 그런 도구들이었을 것이다.

무리인들이 지구인에 비해 무척 짧은 수명을 가졌다는 사실과, 아무리 길어야 3년에서 5년의 삶을 산다는 것을 할머니가 알게 된 건 좀 더 나중의 일이다.

몇 번을 들어도 놀라웠던 것은 할머니가 묘사하는 무리인들의 가장 독특한 속성이었다. 무리인들은 죽음에 이른 다음에도 죽지 않는다고 스스로 믿는다. 무리인들의 믿음 안에서 자아는 결코 끊어지지 않는다. 몸을 바꾸어가며 끊임없이 전달될 뿐이다.

"그들은 영혼이 이전 개체에서 다음 개체로 이어진다고

믿더구나. 얼마 지나지 않아 나는 두 번째 루이를 만났어."

* * *

며칠 뒤 새로 동굴에 나타난 개체를 다른 무리인들은 똑같이 '루이'라고 불렀다. 희진은 두 번째 루이가 목에 장신구를 걸고 나타난 것을 알아차렸다. 이전의 루이가 가지고 있던 것과 동일한 광물이었다. 두 번째 루이는 희진의 어깨 높이 정도로 키가 작았지만 하루가 다르게 쑥쑥 자라 곧 성체만 한 몸집이 되었다.

혼란스러웠다. 그는 첫 번째와 같은 루이일까?

희진은 루이의 장례에 참석했었다. 장례는 짧고 간소한 절차로 치러졌다. 죽은 개체의 유해를 토기에 담아 강에 실어 보냈고, 건너편에서는 어린 개체가 뗏목을 타고 건너왔다. 그 절차에 종교적인 의미가 있으리라고는 생각했지만, 그게 한 개체의 영혼과 자의식을 넘겨주는 과정인 줄은 몰랐다. 무리인들은 희진을 불러 새로운 루이를 가리키며 '같다'라고 손짓했다. 강 건너편으로 보낸 루이를 가리키면서도 '같다'라는 동작을 했다.

다른 두 신체 사이에서 의식이 이어진다는 것이 가능할

까. 희진은 당연히 불가능하다고 생각했다. 그러한 믿음은 일종의 원시 신앙에 불과해 보였다. 하지만 두 번째 루이는 너무나 첫 번째 루이와 닮아 있었다.

두 번째 루이도 첫 번째 루이와 마찬가지로 그림을 그렸다. 첫 번째 루이와 마찬가지로 희진을 돌보았고, 열매를 구해다 주었고, 다른 무리인들이나 동물들의 위협으로부터 보호했다. 뿔 장신구를 걸어주었고, 희진의 말을 유심히 들었다. 이해하는 것 같지는 않았지만 나름대로의 반응도 보였다. 두 번째 루이는 여전히 희진의 주인처럼 굴었다. 이 협곡에서 희진에게 가장 다정한, 무조건적인 호의를 베푸는 개체. 그런 존재는 루이뿐이었다.

모든 것이 같지는 않았다.

두 번째 루이는 첫 번째에 비해 더 오랜 시간동안 그림을 그렸고, 더 화려한 색채의 그림들로 동굴을 장식했으며, 희진의 행동에 더 많은 관심을 가졌다. 희진이 그린 협곡 주변의 지도에도 호기심을 보였다. 희진이 쓰는 문자나 음성 언어를 이해하지는 못했지만 그는 희진의 언어에 어떤 패턴이 있다는 것을 알고 있는 듯했다. 두 번째 루이는 희진이 어떤 열매와 가죽을 더 선호하는지를 파악했고 희진의 손짓을 예전의 루이보다 더 잘 이해했다. 무리인의 팔은 인간과 다르게 움직여서 신체언어가 서로 일치하지는 않았지만, 희진과 루이는 몇 가지의 동작을 공유할 수 있게 되었다. 미안해, 고마워, 안녕. 이제 그런 말들을 나눌 수 있었다.

-잘 자.

처음으로 잘 자라는 인사를 하고 깔개 위에 몸을 뉘었을 때 희진은 문득 울고 싶었다. 고작 그 정도의 말을 건네는 것만으로도 누군가를 더 소중하게 여기게 된다는 사실을 예전에는 몰랐다.

다음 날 희진은 무리인들의 채집을 평소처럼 따라 나서지 않았다. 대신 잎종이를 엮어 만든 공책과 긁으면 검게 묻어나는 식물의 줄기를 들고 협곡의 바닥으로 향했다.

그날부터 희진은 행성의 풍경을 그려 기록으로 남겼다.

손으로 행성을 기록하는 일에는 늘 아쉬움이 뒤따랐다. 행성 식물들의 독특한 내부 구조, 반짝이는 광물질을 가진 작은 동물들, 바위에 붙어 자라는 버섯을 닮은 생물. 형태를 세심히 관찰하고 보이는 그대로를 옮겨보려고 해도 결과는 언제나 원본과 조금씩 달랐다. 루이가 그림을 그릴 때 쓰는 특이한 염료와 도구는 아무리 따라 써도 제 색깔이 나지 않았다.

그렇지만 희진은 이 행성을 눈으로 보고 손으로 남기는 일에, 지구의 도구들 없이 행성 자체를 감각으로만 받아들이는 일에 천천히 익숙해져갔다. 오랜 시간동안 희진은 볼 수도 들을 수도 없는 것, 관념적인 것, 감각의 바깥에 있는 것들을 다루어왔다. 원래 희진의 세계는 현미경 속에, 정량화된 데이터 속에, 그래프와 숫자 속에 있었다. 그러나 이 행성은 오직 희진을 둘러싼 풍경으로만 존재했고 희진은 그 사실을 수용해야 했다.

희진은 무리인들이 수의 개념을 이해하고 이진법을 쓸 수 있다는 사실을 알아냈다. 무리인들이 낮의 하늘과 밤의 하늘을 관측하고 이 행성 바깥의 세계에 대한 가설을 세운다는 것을 알아냈다. 그들은 자신을 탐구하고 세계를 탐구하는 존재였다.

알아낸 사실들 이면에는 여전히 답을 알 수 없는 질문들이 있었다. 희진은 이곳의 생명체들이 무엇으로 구성되었는지 궁금했다. 그들을 지배하는 센트럴 도그마는 무엇인지, 그들은 지구의 생명체들과 같은 단백질과 유전체를 공유하는지, 그들이 세계를 지각하는 방식은 어떤지 궁금했다. 그들의 시신경에 닿는 이 세계의 풍경이 궁금했다. 희진은 무엇보다도 루이가 이따금 희진을 향해 입을 길게

찢으며 일그러진 표정을 지어 보일 때, 그것이 희진을 따라 미소 짓는 것인지가 궁금했다. 알 수 있다면 마주 웃어 줄 텐데.

두 번째 루이는 2년 뒤에 죽었다.

며칠 뒤 세 번째 루이가 찾아왔을 때 희진은 그를 도저히 어떻게 받아들여야 할지 알 수 없었다. 그들은 정말 같은 영혼을 가졌을까? 같은 루이일까?

세 번째 루이는 이전의 루이들처럼 그림을 그렸고 희진을 상냥하고 다정하게 대했다. 세 번째 루이도 다른 무리인들보다 몸집이 작았고 팔이 두 개뿐이었다. 그리고 그는 이전의 루이들보다 더 짧은 시간을 살다 죽었다.

희진은 루이들이 다른 무리인들에 비해 수명이 짧은 이유가 희진 자신에게 있을지도 모른다고 생각했다. 만약 무리인과 지구 생명체들이 서로의 생화학적 구성을 공유한다면 희진이 가져온 수많은 지구에서의 미생물들은 그들의 신체에 치명적일 수도 있었다. 그리고 그 가정은 희진을 슬프게 했다.

세 번째 루이의 장례가 예정된 날, 무리인들의 천적이 동굴 거주지를 집단으로 공격해 왔다. 희진에게는 숨거나 도망칠 곳이 없었다. 루이도 없는 동굴 안에 혼자 남겨져 두려움에 떨었다. 해가 저물 때까지 공격은 계속되었다. 무리인들은 천적을 몰아내는 데에 성공했지만 이번의 공격으로 많은 무리인들이 죽었다.

다음 날부터 이틀에 걸쳐 장례가 진행되었다. 세 번째 루이의 장례는 이른 오후에 치러졌다. 다른 개체들이 희진에게 알려주었지만, 희진은 강으로 가지 않았다.

대신 희진은 동굴 안쪽으로 갔다. 그림들이 동굴 안쪽에 쌓여 있었다. 그동안 루이들은 희진에게 너그럽게 굴면서도 그림만큼은 손을 대도록 허락하지 않았다. 희진이 그림 가까이에 머무르거나 건드리는 시늉을 하면 루이는 부정적인 표현을 했다. 희진은 왜 루이가 그렇게 그림을 중요하게 여기는 지가 궁금했다. 그림을 그리는 데에 삶의 모든 시간을 쏟기에는 루이의 수명은 너무 짧았다. 그렇다면 그림은 그들의 짧은 생을 다 바칠 만큼의 의미가 있어야 했다.

희진은 묶여 있던 그림 뭉치를 집어 들었다.

희진은 그림들을 계속해서 보았다. 의미를 알 수 없는 추상화들. 잎종이를 가득 채우는 색과 비정형의 얼룩들. 그동안은 단지 그들의 미술이 녹특하게 발달했다고만 생각했었다.

한참을 들여다보며 희진은 그림들에서 어떤 일정한 패턴을 발견했다. 어떤 귀퉁이에는 계속해서 같은 배색의 얼룩이 나타났고, 또 어떤 얼룩은 두 번에 한 번을 건너뛰어 나타났다.

그림들이 동굴 바닥으로 흩어졌다. 희진은 그림들을 나란히 바닥에 펼쳐놓았다. 도저히 겹칠 수 없을 것 같은 복잡한 배색들 중에도 동일한 패턴이 계속 반복되곤 했다. 그동안 희진은 문자 언어의 형태를 찾아 헤맸다. 하지만 형태가 아니라 색의 차이, 색의 패턴을 보아야 했던 것이다.

어떤 생각이 스쳐 갔다.

만약 이 그림들이 무리인들이 사용하는 언어라면. 그들이 형태가 아닌 색상의 차이를 의미 단위로 받아들인다면.

루이들이 예술과 감정을 표현하고 있던 것이 아니라, 의미를 기록해오고 있었다면.

네 번째 루이가 동굴 안으로 들어왔다. 아직 희진의 어깨까지밖에 오지 않는 작은 몸집에, 어떤 감정도 담겨 있지 않은 표정을 한 새로운 루이. 희진이 만난 모든 루이들이 그랬다. 처음 만났을 때는 늘 무신경한 시선으로 희진을 보았고, 모르는 대상을 대하는 것 같았다. 그리고 그들은 어느 순간부터 다시 원래의 '루이'처럼 변했다. 그 순간이 언제였더라.

희진은 네 번째 루이가 다음 행동을 하기를 기다렸다.

네 번째 루이는 무관심하게 희진을 스쳐 지나 동굴 안으로 들어갔다. 루이는 흩어진 그림들을 주워 들었고, 익숙하게 그림들을 정리했다. 루이는 평평한 바위 앞에 앉아 천천히 그림을 살피기 시작했다. 바위 위로 비스듬하게 쏟아지던 햇빛이 점점 더 면적을 키웠다가, 다시 좁아졌다. 루이는 숨소리도 내지 않고 그림들을 살폈다. 동굴 안의 모든 그림을 빠짐없이 읽으려는 것처럼. 희진은 루이를 지켜보는 동안 아무것도 할 수 없었다.

시간이 한참 지나 있었다.

네 번째 루이가 자리에서 일어났다. 희진은 네 번째 루이의 태도가 달라졌음을 알아차렸다. 희진을 향하는 시선, 표정. 여전히 읽을 수 없는 감정.

희진은 뒷걸음질 쳐 동굴의 입구로 물러났다. 루이는 천천히 희진에게 다가왔다. 희진은 물러서다 휘청거렸다. 루이가 팔을 뻗어 희진을 가볍게 붙잡았다.

희진은 순간 눈앞의 루이에게서 익숙한 얼굴을 본 것 같았다.

그들이 정말로 색채를 의미로 읽는다면, 동굴의 그림들

은 다음의 루이에게 이전의 루이에 관한 정보를 알려주는 지도 모른다. 루이들은 계속해서 기록해왔을 것이다. 루이 자신에 관해, 무리인들에 관해, 희진이라는 낯선 존재에 관해. 만약 루이들이 그들의 역사를 기록할 의무를 맡았다면, 루이의 동굴이 가장 햇볕이 잘 드는, 늘 일정하게 많은 빛이 쏟아지는 가장 높은 곳에 있는 것은 우연이 아닌지도 모른다.

갑자기 웃음이 나왔다. 마음이 느슨해졌다. 루이가 바로 며칠 전까지 함께 지내던 바로 그 루이처럼 느껴졌다. 루이는 희진을 보고 있었다. 그리고 희진의 뒤로 펼쳐진 노을을 보고 있었다.

"그럼 루이, 네게는."

희진은 루이의 눈에 비친 노을의 붉은 빛을 보았다.

"저 풍경이 말을 걸어오는 것처럼 보이겠네."

희진은 결코 루이가 보는 방식으로 그 풍경을 볼 수 없을 것이다. 하지만 희진은 루이가 보는 세계를 약간이나마 상상할 수 있었고, 기쁨을 느꼈다.

희진은 네 번째 루이에게 색채 언어를 배워보려고 시도했다. 그들이 색을 인지하는 방식에 관해서도 알고 싶었다. 루이가 서로 다른 광원 아래에서 다르게 보이는 색들을 어떻게 같은 색으로 인지하는지, 의미 단위로 받아들여지는 것은 색상 자체인지 혹은 인접한 색과의 차이인지. 그들의 '그림'에서 형태는 아무런 역할을 하지 않는지 아니면 특정한 역할을 수행하는지. 네 번째 루이도 그 전의 루이들처럼 온종일 무언가를 기록하느라 바빴지만, 이번에는 희진이 기록들에 마음껏 접근하도록 허락해주었기에 희진도 하루 대부분의 시간을 색채 언어를 분석하며 보낼 수 있었다. 특히 희진은 무리인들이 사용하는 독특한 염료의 성질에 매료되었다. 단순한 혼합만으로 사용자의 기술에 따라 놀랍게 다양한 색을 내는 이 염료의 존재가 무리인들의 색채 언어에 필수적인 것이었음이 분명했다.

그러나 여러 시도 끝에 희진은 결국 색채 언어를 완전히 이해하려는 노력을 포기했다. 루이가 본격적으로 희진에게 색을 구분하는 법을 알려주려 할 때쯤에는, 희진은 이것이 그들의 음성 언어를 알아듣는 것만큼이나 불가능한 일임을 깨달았다. 무리인들의 음성 언어는 인간의 가청주파수 영역을 넘나들기 때문에 희진은 그들의 발음을 구분할 수 없었다. 무리인들의 색채 언어를 이해하는 데에도 같은 문제가 있었다.

루이가 '다르다'라고 표시하는 수많은 붉은색들 사이의 차이점을 희진은 알 수 없었다. 수많은 파란색, 수많은 보라색, 수많은 초록색과 노란색이 있었다. 루이는 그 색상들을 모두 다른 의미로 받아들이는 것 같았다. 만약 지구에 있다면, 인간의 감각을 넘어서는 기계들이 있다면 희진은 그들의 언어를 간접적인 방식으로나마 이해할 수 있을 것이다. 그러나 지금 이곳에서는 불가능했다.

희진은 고개를 내저으며 그림을 바닥에 내려놓았다.

"도저히 안 되겠어. 루이."

그럼에도 한 가지 분명한 사실은 있었다.

희진은 도저히 이해할 수 없는 방식으로, 그들은 이전 개체가 남긴 기록을 읽고 습득하여 그들의 감정과 생각을 받아들인다. 이전의 루이들이 희진을 돌보고 아꼈기 때문에 새로운 루이도 희진을 돌보기로 결정한다. 그 과정에는 어떤 대단한 결단의 과정이 없다. 그들은 당연하다는 듯이 '루이'가 된다.

그들은 분절된 개체이다. 희진은 한 루이가 죽고 다른 루이가 다시 그 자리를 채울 때 연속적이지 않은 두 자아 사이의 어긋남을 목격했었다. 영혼은 이어질 수 없다. 그 사실만은 분명하다. 그들은 다른 루이로 출발했다.

그러나 그들은 결국 같은 루이가 되기로 결정했다. 여기에는 어떤 초자연적인 힘도 작용하지 않는다. 루이들은 단지 그렇게 하기로 했다. 그들은 기록된 루이로서의 자의식과 루이로서의 모든 것을 받아들였다. 경험, 감정, 가치, 희진과의 관계까지도.

그렇다면 희진도 그들을 같은 영혼으로 받아들일 수 있을 것이다.

그런 생각에 도달했을 때, 희진은 루이가 가까이 걸어오는 것을 보았다. 눈앞에는 회색의 축축한 피부를 가진 여전히 낯선 존재가 서있다. 마음을 다해 사랑하기에는 너무 빨리 죽어버리는, 인간의 감각으로는 온전히 느낄 수도 이해할 수도 없는 완전한 타자.

하지만 희진은 이해하고 싶었다. 불가능하다는 것을 알면서도 믿고 싶었다. 루이의 연속성을, 분절되지 않은 루이의 존재를.

그때 네 번째 루이가 희진을 보며 입가를 일그러뜨렸다.

희진은 그것이 미소임을 알았고, 그래서 마주 웃어주었다.

* * *

할머니의 이야기는 늘 갑작스럽게 끝이 났다.

세부 사항은 자주 변했지만, 이야기의 끝은 언제나 예기치 못하게 찾아온 마지막 밤이었다. 네 번째 루이가 떠나고 다섯 번째 루이를 막 만났을 무렵, 무리인들의 천적이 또다시 동굴 거주지를 습격해 왔다. 한밤중 루이는 무기를 들고 공격에 맞서 싸웠고 할머니는 도망치는 대열에 휩쓸려 협곡을 떠밀리듯 떠났다. 다시는 원래의 협곡으로 돌아갈 수 없었다. 다시는 루이를 찾을 수 없었다. 그렇게 도착한 또 다른 협곡에서 할머니는 10년 만에 극적으로 탈출 셔틀의 신호를 수신했다.

탈출 셔틀에는 우주로 구조 신호를 발신하는 모듈이 탑재되어 있었다. 그 덕분에 할머니는 구조되어 지구로 돌아올 수 있었다고 한다.

할머니는 마지막 순간들에 대해 구체적으로 이야기하지 않았다. 그때의 일을 다시 떠올리는 것이 너무나 괴롭기 때문이라고 했다. 하지만 나는 할머니가 그 이상으로 무언가를 숨기고 싶어 한다는 느낌을 지울 수 없었다.

마지막 이야기에는 거짓이 있다. 할머니는 그 행성에서

구조 신호를 발신한 적이 없다. 할머니의 셔틀이 구조된 장소는 망망대해 같은 우주의 진공 한가운데였다. 할머니는 무리인들의 행성에서 10년을 보냈다고 했지만, 실제로 할머니가 구조된 건 조난 이후 40년 만이었다. 시공간 여행의 시차를 고려하더라도 할머니는 20년 이상을 다시 혼자가 되어 떠돌았다는 이야기가 된다. 그 오랜 시간동안 할머니는 대체 무엇을 한 걸까? 어쩌면 할머니는 어떻게든 행성에서 멀리 떠날 방법을 찾아냈던 것인지도 모른다. 그리고 누구도 그 행성의 위치를 추적할 수 없을 장소에 도달한 다음에야 마침내 구조 신호를 보낸 것인지도.

어쨌든 모든 것은 추측에 불과하다. 할머니는 단 한 번도 그 시간의 빈틈에 대해서는 이야기해준 적이 없다.

"루이는 정말로 죽었을까요?"

그런 질문에도 할머니는 빙긋 미소만 지었을 뿐이다.

그 외에도 할머니의 이야기를 의심하지 않았던 것은 아니다. 행성에서의 시간들을 회고하는 할머니의 말은 종종 앞뒤가 맞지 않았고, 과학적으로는 도저히 납득할 수 없을 정도여서 상상의 산물이 아닐까 싶었던 이야기들도 있다. 행성의 위치에 대해 어떤 단서조차 내놓지 않겠다는 할머니의 고집은 이해할 수 없을 정도로 완고했다. 정부와 기업, 연구소에서 수도 없이 사람을 보내 할머니를 설득했지만 할머니는 굳게 입을 다물었다. 수십 년의 고독과 외로움에 지쳐 상상 속에서 허구의 세계를 만들어낸 것이라고 사람들이 수군거렸던 것도 그렇게 이상한 일만은 아닌 셈이었다.

그래도 나는 오랜 시간에 걸쳐 서서히 할머니를 믿게 되었다. 할머니의 이야기 중 일부는 정말로 왜곡되었을지도 모르지만, 그 기억의 바탕에는 진실이 있을 것이라고 생각했다.

지구에 돌아온 할머니는 이유를 알 수 없는 잔병을 자주 앓았다. 의사들은 할머니의 말이 진실이라고 가정한다면 외계에서 유래한 병원체에 의해 생긴 병일 수도 있다고 말했다. 면역캡슐이 완벽한 것은 아니었을 테니, 할머니가 그 행성에서 미지의 병원체에 감염되어 죽지 않았다는 사실은 기적이었다. 아마 무리인들이, 특히 루이가 할머니를 각별히 돌보고 아꼈을 것이다.

루이의 선량함을 생각할 때면, 나는 아직도 지구 어딘가에 남아 있다는 작고 단절된 마을을 상상한다. 할머니는 무력하고 유약한 이방인이었기에 환대받을 수 있었던 것인지도 모른다. 할머니는 고작해야 그들의 어린 개체만 한 몸집에 그들을 해칠 만한 어떤 힘도 무기도 없는 존재였다.

하지만 우리가 그들을 다시 만날 때는, 우리는 더는 유약한 이방인이 아닐 것이다. 우리는 도구를 가져갈 것이다. 그들에 관한 정보를 눈으로 확인하기 전부터 이미 알고 있을 것이다. 그들의 말을 분석하고 그들의 문자를 분석할 것이다.

루이와 할머니의 관계는 재현될 수 없을 것이다. 나는 할머니를 이해할 수 있었다.

마지막 탈출 때 할머니가 협곡에서 가지고 올 수 있었던 것은 오직 한 뭉치의 종이뿐이었다. 할머니의 말대로 종이 위의 색채들은 마치 누군가 수백 종의 물감을 흩뿌려놓은 것처럼 다채로웠다.

"이건 루이가 나를 기록하고 관찰한 일기였어. 일종의 연구노트라고 할까. 내가 그들을 관찰하고 탐색한 것처럼 루이에게도 나는 연구대상이었던 셈이지. 어쩌면 그들은 내가 아주 먼 곳에서 온, 도구가 없어 무력한 학자임을 이미 알고 있었는지도 몰라."

할머니는 나에게 루이가 쓴 기록의 내용을 읽어주셨다. 지구에 돌아온 이후로 할머니는 여생을 색채 언어의 해석에만 몰두했다. 내용의 대부분은 그렇게까지 시간을 들여가며 알아낼 필요가 있었을까 싶을 정도로 정말 평범한 관찰 기록이었다. 그러나 그중 잊히지 않는 한 문장만큼은 지금도 떠오른다.

"이렇게 쓰여 있구나."

할머니는 그 부분을 읽을 때면 늘 미소를 지었다.

"그는 놀랍고 아름다운 생물이다."

숨을 거두기 전 할머니는 연구노트의 처분을 나에게 맡겼다. 나는 기록의 사본을 남기고, 원본은 할머니와 함께 화장했다. 찬란했던 색채들이 한 줌의 재로 모였다.

나는 할머니의 유해를 우주로 실어 보내 별들에게 돌려주었다.

공생
가설

류드밀라 마르코프에게는 한 번도 가본 적 없는 장소에 관한 기억이 있었다.

　그 기억이 언제부터 어떻게 류드밀라에게 자리 잡았는지는 불분명하다. 어린 시절 류드밀라가 자랐던 보육원의 교사는 자신의 회고록에서 이렇게 회상했다.

　"그 아이는 다섯 살부터 자신이 '그곳'에서 왔다고 주장했어요. 우리 교사들은 별로 진지하게 생각하지 않았지요. 어린아이들이 그런 공상을 펼치는 것은 흔한 일이고 정상적인 발달 과정의 일부이니까요. 다만, 류드밀라는 그 믿음에 집착하는 성향이 있었어요. 교사들 중 누군가가 그 세세의 존재를 조금이라도 의심하는 태도를 보이면, 류드밀라는 아주 슬퍼하고 괴로워했어요. 그래서 암묵적인 규칙이 있었답니다. 류드밀라의 앞에서 결코 그걸 의심하는 티를 내지 않는 규칙이었죠. 그러면 아무 문제가 없었어요. 우리는 다들 그 몽상이 류드밀라가 어른이 되면서 자연스럽게 없어질 현상이라고 생각했거든요."

그러나 교사들의 예상과 달리 그곳에 관한 류드밀라의 기억은 성장한 이후에도 결코 사라지지 않았다.

류드밀라의 재능은 어린 나이부터 두드러졌다. 보육원 교사들의 말에 의하면, 류드밀라는 색연필을 쥘 수 있는 나이부터 그 몽환적이고 아름다운 세계를 탁월하게 재현해냈다고 한다. 그러나 류드밀라의 생애 초기 작품들은 미술에 재능이 있는 소녀의 습작 정도로 여겨져 그녀가 보육원을 떠날 때 모두 폐기되었고, 지금은 어디에도 남아 있지 않다. 보육원은 색연필보다는 빵과 비스킷을 더 필요로 하는 곳이었다. 소녀 시절의 류드밀라는 그림을 그리는 시간보다 공상에 잠겨 있는 시간이 더 길었다.

열 살 무렵 그녀는 모 다국적기업의 재능발굴사업 대상으로 선정되어 보육원에서 런던의 아카데미로 옮겨 갔다. 그 이후로 류드밀라는 단 한 번도 배를 굶주리거나 벌레가 나오는 방에서 잠들지 않았다.

류드밀라는 아카데미로 옮겨간 직후부터 '그곳'을 그린

작품을 공개 발표하기 시작했다. 아카데미 학생들의 그림을 전시하기 위해 대여한 작은 갤러리에서 그곳의 풍경이 처음으로 공개되었다. 류드밀라의 작품은 전시회 첫날부터 눈길을 끌었다. 사람들은 그림 앞에 멈추어 서서 눈물을 흘렸다. 대체 누가 이 그림을 그린 것이냐는 질문이 쏟아졌다.

"어떻게 이런 세계를 상상해낸 거니?"

아카데미 교사들은 거듭 감탄했다. 류드밀라는 아직 기술적인 면에서는 서툴렀고 배울 것이 많았다. 하지만 그녀가 그리는 풍경은 언제나 사람들의 마음을 사로잡았다. 캔버스 위로 손을 옮기는 그녀의 모습에는, 무엇을 그릴지에 대한 고민과 머뭇거림이 전혀 없었다.

그 세계에 관한 기억은 어린 시절부터 생애가 끝나는 순간까지 류드밀라를 지배한 강렬한 이미지였다. 어딘가에 존재할 것 같으면서도 실제로는 존재하지 않는 세계. 류드밀라는 평생 그곳의 풍경을 그렸다. 그 세계 자체가 류드밀라의 머릿속에 그대로 있는 것 같았다. 그녀의 모든 그림은 매번 다른 풍경을 묘사했지만 부분의 조합은 전체 세계를 생생하고 치밀하게 직조했다.

"류드밀라, 그곳의 이름이 대체 뭡니까?"

기자들은 집요하게 질문을 던졌다. 류드밀라는 언제나 당혹스러운 표정을 지으며 "제 머릿속에는 그곳의 이름이 있어요. 하지만 말로는 어떻게 그곳을 불러야 할지 모르겠어요."라고 답할 뿐이었다. 처음 몇 번은 지구의 어느 언어에도 없는 말로 그곳의 이름을 발음했다. 그러나 기자들이 받아쓸 수 없는 이름에 짜증을 내는 일이 이어진 후에 류드밀라는 그곳을 그냥 '행성'이라고 불렀다.

이름이 없는 행성. 그곳의 이름을 말로 표현할 수 없다는 사실은 오히려 그 신비한 세계에 몽환적인 상상을 덧대었다. 사람들은 그곳을 류드밀라의 행성이라고 불렀다. 행성의 실존과는 무관하게 그런 이름으로 합의된 어떤 세계가 있었다. 류드밀라가 기억하는, 류드밀라가 가보았던, 류드밀라가 창조한, 류드밀라가 일관적으로 그려내는 분명한 세계.

류드밀라의 초기 작품에 나타나는 행성의 모습은 다소 추상적이다. 주로 푸른색과 보라색 계통으로 채색된 그 세계에는 명확한 형태를 가진 생명체들과 형태가 없는 생명체들이 공존한다. 지표는 대부분 바다로 덮여 있고 발광성 원핵생물들이 바다를 부유하며 행성을 빛으로 물들인다. 바다 아래와 공기 중에는 그보다 복잡한 모습의 생명체들이 고유한 생태계를 이룬다. 짧은 낮과 긴 밤이 있고, 매일 해가 뜨고 지며 풍경에 기묘한 색채를 더한다.

류드밀라가 성년기에 접어들면서 행성의 모습은 아주 구체적으로 변해갔다. 그때부터 그녀는 작품에 데이터를 입히는 일을 주저하지 않았다. 행성의 모든 특성과 속성이 정밀하게 수치화되었다. 행성 생명체를 묘사하는 그녀의 모습은 마치 현장의 생물학자 같았다.

캔버스와 종이 위에 작업하던 초기 회화 작품들을 지나 그녀는 평면에서 시뮬레이션으로 몇 단계를 건너뛰었다. 당시 부상하던 시뮬레이션 아트에 류드밀라는 망설임 없이 진입했고 곧 대중과 평론가들의 찬사를 거머쥐었다. 그녀는 기술과 기교만 존재하던 시뮬레이션 아트에 실재성을 불어넣었다는 평을 받았다.

그런 찬사를 들을 때 류드밀라의 반응은 항상 같았다.

"당연하죠. 그 행성은 정말로 있으니까요. 저는 본 대로 그려낼 뿐입니다."

사람들은 류드밀라의 행성을 사랑했다. 세계 어디서나 류드밀라의 행성을 볼 수 있었다. 덕분에 류드밀라의 행성은 상상 속 세계로 남아 있는 것이 아니라 마치 이 지구 위에 실존하는 것 같았다. 행성에 쏟아지는 애정은 단지 작품에 대한 관심에만 그치지 않았다. 그림을 기반으로 행성의 모습을 재해석한 영화와 연극이 제작되었다. 고전 작품도 동시대의 미술도 오직 상품으로만 소비되는 시대였으나 류드밀라의 작품만은 기이할 정도로 주목받았다. 행성의 영향력은 곳곳으로 뻗어나갔다.

그녀 작품의 가장 주된 특징은 무국적성이었다. 모스크바에서 유년기를, 런던에서 청소년기를 보내고 아카데미를 졸업한 이후에는 세계 각국을 떠돌아다니며 살았던 그녀의 삶이 작품에 반영된 것인지도 몰랐다. 류드밀라의 행성은 지구의 어느 장소와도 닮지 않았고 세계에서 완전히 동떨어져 존재하는 것 같았다.

그런데도 행성 연작은 사람들에게 특정한 종류의 향수를 불러일으켰다. 류드밀라의 행성을 볼 때 사람들은 무언가 놓고 온 것, 아주 오래되고 아득한 것, 떠나온 것을 떠올렸다. 사람들은 자신이 무엇을 그리워하는지 모르면서도 눈물을 흘렸다. 평론가들은 류드밀라의 작품이 어디에도 없는 세계를 묘사해내기 때문에 역설적으로 모든 사람의 마음에 존재하는 세계를 자극하는 것이라고 말했다.

한편 류드밀라에게는 잘 알려지지 않은 다른 작품들도 있다. 류드밀라가 평생에 거쳐 작업했던 또 다른 연작이다. 단 한번도 공개 발표된 적 없는 그 연작에는 이런 제목이 붙어 있다. '나를 떠나지 말아요'. 그 작품들은 행성 연작과는 달리 강렬한 감정의 이미지만 존재할 뿐, 류드밀라 특유의 다른 세계에 대한 세밀하고 분명한 묘사가 드러나지 않는다. 작품들은 극단적으로 추상적이고, 쓸쓸한 공기에 잠겨 있으며, 무언가를 간절히 호소하는 듯하다.

류드밀라는 그 연작에 관한 인터뷰를 거부했다. 그녀가 죽은 이후 다락방에서 수십 점의 작품들이 같은 제목이 붙은 채로 발견되었을 뿐이다. 한때 연구자들은 그 연작을 류드밀라의 숨겨진 연인에 대한 그리움을 표현한 것으로 해석했다. 그러나 류드밀라의 사생활에 대해서는 남은 기록이 하나도 없었고, 곧 추측도 해석도 잊히고 말았다.

세상을 떠나면서 그녀는 작품들을 누구나 자유롭게 사용할 수 있도록 했다. 류드밀라의 행성을 활용한 시뮬레이션과 게임이 끝도 없이 쏟아져 나왔다. 사람들은 시뮬레이션 속을 거닐며 류드밀라의 세계를 그리워했고 그곳을 자신들의 이상향이라고 생각했다. 결코 찾아낼 수도 없고 도달할 수도 없지만, 상상하는 것만으로도 작은 위안을 주는 아름다운 세계. 비록 류드밀라는 세상을 떠났지만, 그녀가 남긴 가상의 세계는 모든 사람의 마음속에 영원히 머무를 것이라고 사람들은 믿었다.

그 세계가 실제로 발견되기 전까지는 말이다.

어느 날 심우주를 여행하던 우주망원경이 지구로 데이터 하나를 보내왔다. 어떤 다항성계의 특수한 궤도를 갖는 작은 행성에 관한 데이터였다. 데이터는 행성에 생명체가 존재할 가능성을 암시하고 있었다. 행성은 아주 멀리 있었고 그곳까지 탐사선을 보낼 기술이 없어 정말로 생명체가 있는지를 검증하려면 시간이 걸릴 터였다. 그러나 그 발견은 한동안 조용하던 천문대를 시끌벅적하게 만들었다.

다음 며칠 내내 관측소 오퍼레이터들은 행성에 관해 이야기했다. 수신에 오류가 없다면 데이터가 의미하는 바는 아주 흥미로웠다. 지금까지의 심우주 탐사는 외계행성의 생명체 존재 가능성을 막연히 제시했을 뿐 이번 행성만큼 명쾌한 데이터를 보여준 적은 없었다. 관측된 행성의 대기 성분에는 암모니아와 메탄이 절묘한 비율로 섞여 있는데, 항성 자외선에 의해 아주 쉽게 분해되는 그 성분들이 일부만 대기에 섞여 있으려면 반드시 지표면에 탄소 생명체가 존재해야 한다는 추측이 지배적이었다. 망원경이 측정한 전자기파 스펙트럼을 가시광선으로 변환하자 오묘한 푸른빛이 드러났다. 마치 우주 어딘가에 있는 또 다른 지구, 더욱 환상적인 지구의 존재를 발견한 것 같았다.

그때 조용히 도시락을 먹고 있던 누군가가 이렇게 말했다.

"그런데 그 데이터, 류드밀라의 행성 같지 않아?"

"에이, 설마."

"잘 생각해봐. 류드밀라의 행성은 시뮬레이션으로 남아 있잖아. 류드밀라는 행성의 측정치를 구체적으로 남겼고, 과학자들이 실제로도 그런 행성이 존재할 수 있다고 검증을 마쳤어. 그런데 이번 데이터를 보면, 수치가 이상하리만큼 류드밀라의 행성과 같단 말야. 우연이라고 믿기 어려울 만큼……."

저녁을 먹던 오퍼레이터들은 그 말에 모두 포크를 내려놓았다.

그날 천문대 직원들은 잠들지 못했다. 정말로 그랬다. 관측된 모든 데이터가 그 세계의 실재를 입증하고 있었다. 행성은 류드밀라가 묘사한 세계와 일치했다. 류드밀라가 남긴 행성 시뮬레이션은 관측 데이터의 행성 부피, 질량, 공전 주기와 지름, 평균 온도까지 특성을 전부 동일하게 예측했다.

그 행성이 류드밀라의 행성일까?

그렇다면 류드밀라는 대체 그 행성의 존재를 어떻게 알았던 것일까?

더욱 기이한 사실이 연이어 보고되었다. 그 행성은 이미 오래전 모항성의 거대 플레어 폭발에 의해 불탔고, 우주망원경이 수신한 데이터는 폭발에 휩쓸리기 직전 행성의 모습을 포착했다는 것이었다.

행성 데이터를 처음으로 확인한 오퍼레이터가 카메라 앞에 서 있었다. 기자들의 질문이 쏟아졌고 플래시가 끊임없이 터졌다. 오퍼레이터는 말했다.

"우리는 이미 사라진 행성을 보고 있는 겁니다. 한때 실재했지만, 지금은 사라져버린 류드밀라의 세계를요."

하지만 어떻게 그럴 수 있을까.

류드밀라에게는 미래를, 아니면 아주 까마득히 먼 과거를 보는 초능력이 있었을까? 하지만 그런 능력이 이 세계에 존재할 수 있을까? 이 모든 것은 단지 엄청난 우연의 일치일 뿐일까? 어떤 예술가가 마치 실재하는 것처럼 생생하게 묘사한 행성의 모든 특성이, 정말로 우주 어딘가에 존재했던 행성과 완벽하게 들어맞을 가능성이 존재할까?

모두가 해답을 간절히 알고 싶어 했지만, 실마리를 줄 수 있는 사람은 이미 세상에 없었다.

* * *

　그 이상한 소식이 전파를 타고 세계로 전해지던 시각, 서울 광진구의 한 호수 근처에 위치한 '뇌의 해석 연구소'는 환히 불을 밝히고 있었다.

　새벽 2시였지만 직원들은 모두 분주했고 하나같이 초췌했다. 마감을 앞둔 연구소 특유의 긴장감이 복도에 흘렀다. 정적을 채우기 위해 켜둔 휴게실의 TV에서는 류드밀라의 행성에 관한 뉴스가 보도되었다. 그러나 휴게실에 있는 사람들은 관심이 없었다.

　책임연구원 윤수빈은 한숨을 푹푹 쉬며 앞에 놓인 종이를 한 시간째 노려보고 있었다. 눈이 빠질 지경이었다. 곧 중간보고 미팅인데 기계는 엉뚱한 결과만을 내놓고 있다. 이래서야 미팅 내내 관계자들의 따가운 눈초리만 받고 올 것이 뻔하다. 도대체 태어난 지 2개월 된 아기가 '살아가는 것이 외롭고 무섭다. 동료들이 보고 싶다.' 같은 생각을 한다는 게 말이나 되는가.

　"한 달 전까지는 잘됐는데."

　또 다른 데이터를 들여다보고 있던 한나가 무심하게 말했다.

"한 달 전까지는 고양이였잖아요. 지금은 인간 아기고요."

"고양이나 아기나. 배고파서 밥 달라고 울고, 졸리다고 울고, 무섭다고 울고, 그게 그거지."

한나는 그 말에 픽 웃었다.

"어떻게 확신하겠어요. 알고 보면 아기보다 고양이가 철학적일지."

정말로 고양이가 더 철학적인지는 몰라도, 어쨌든 수빈은 당장 아기들의 울음을 해석해야 했다.

브레인 머신 인터페이스 연구팀은 생각-표현 전환 기술을 연구하고 있었다. 단분자 추적 이미징 기술을 이용해 활성화된 뉴런의 패턴을 읽고, 피험자의 생각을 언어 표현으로 옮기거나 반대로 표현된 언어를 역추적하여 원래 피험자의 생각을 추측하는 기술이었다.

뇌를 판독하려는 시도는 오랜 역사를 가진다. 사람들은 언제나 다른 사람의 생각을 읽고 싶어 했다. 새로운 뇌 연구 방법이 등장할 때마다 모두가 독심술의 발명을 기대했다. 덕분에 21세기 초에 뇌의 해석 연구소가 세워진 이후로 연구비가 끊길 일은 없었지만, 뉴런 활성화 패턴을 미세 수준까지 분석할 수 있는 이미징 기술이 등장하기 전까지의 판독 기술들은 원시적인 수준에 가까웠다. 예컨대 뇌 자기공명 영상을 보고 피험자가 풍경 사진을 보았는지 음식 사진을 보았는지 알아맞힌다든가 하는 정도였다.

패러다임 변화는 2년 전 새로운 단분자 추적 기술이 등장하면서 일어났다. 뉴런 단위로 뇌 활동을 분석할 수 있게 된 것이다. 연구팀은 새 기술을 활용하여 뇌에서 만들어내는 전기적 신호와 패턴을 분석했다. 아직 어떤 특정한 언어로 옮겨지지 않은, 사고언어라고 불리는 순수한 생각의 형태였다. 그리고 이제 연구는 사고언어를 역으로 표현에 맞추어 연결하는 작업에 접어들었다. 아직은 거대한 스캐너가 필요하고, 고작 몇 분간의 생각이나 말소리를 분석하기 위해서 며칠의 분석을 거쳐야 하지만, 발전된 형태의 기술이 갖게 될 무한한 잠재력 때문에 연구는 큰 주목을 받고 있었다.

초기 연구는 개와 고양이의 표현에 관한 실험이었다. 전환은 아주 성공적이었다. 95퍼센트 이상의 정확도로 피험 동물이 내는 소리에서 동물의 욕구를 분석할 수 있었다. 개들이 짖는 소리를 분석해서 껌을 갖다주거나 등을 쓰다듬어주면 개들은 만족스러워했다. 포유류 대상 기술은 이미 상용화가 추진 중이었다. 죽음을 앞둔 반려동물들과 한

번만이라도 대화를 나누어보고 싶다는 돈 많은 클라이언트들의 요구가 쇄도했다. 물론 그들의 생각과 달리 아직 기술은 '대화'를 나누는 일과는 거리가 멀었지만, 만약 의도한 대로 연구가 진행된다면 말 그대로 모든 종과 종을 잇는 범용 통역기로의 발전도 기대할 수 있었다.

연구팀은 곧 분석 대상을 인간으로 바꾸어 새로운 프로젝트를 시작했다. 이 전환기가 인간에게도 작동한다면, 언어표현을 제대로 할 수 없는 사람들은 물론이고 연구에 곤란을 겪고 있는 소수언어 연구자들에게도 엄청난 도움이 될 것이다. 비록 표현이 다를지라도 인간이라는 공통점을 갖는 이상 뇌 활동은 유사하다고 가정할 수 있을 테니까.

성인들을 대상으로 데이터를 수집할 때까지만 해도 전망은 낙관적이었다. 인간의 언어와 사고가 복잡하기에 반려동물들보다 난이도가 무척 높으리라는 것 정도는 예상한 사실이고, 비록 현재 수준은 대화를 번역한다기보다 어떤 심상을 떠올리는지를 추측하여 단순한 문장으로 옮기는 정도였지만 의미 적합도는 80퍼센트 이상을 기록하고 있었다. 이 전환기가 복잡한 언어 구사력을 갖게 하는 것은 앞으로의 도전과제일 수는 있어도, 연구 자체를 가로막는 장벽이 되지는 못할 것이라고 모두 장담했다.

수집한 데이터를 바탕으로 패턴 모델을 만든 다음에는 성인뿐만 아니라 신생아를 대상으로 한 연구도 진행됐다. 아기들의 데이터를 분석하기 직전까지 연구팀은 기대에 찬 대화를 나누고 있었다. 만약 신생아의 울음에 어떤 의미가 있는지를 대략적으로나마 분석할 수 있다면, 부모들의 육아 보조와 보육 로봇 개발에 획기적인 발전을 가져올 것이다. 아이들의 울음 근저에 있는 욕구만이라도 정확히 분석할 수 있다면, 이 기계는 세계 각국의 신생아를 키우는 부모들에게 없어서는 안 될 도구가 될 것이 분명했다.

그러나 연구는 곧 난관에 부닥쳤다.

1차 데이터 분석을 맡은 한나가 데이터 칩을 들고 연구실로 들어왔을 때, 다들 들뜬 얼굴로 한나를 바라보았다. 하지만 한나는 한숨을 푹 내쉬며 말했다.

"결과가 너무 이상해요. 아기들이 할 만한 생각이 아니에요."

분석된 데이터가 화면에 뜨기 시작하자 연구원들은 말문이 막혔다.

기계에 따르면 아기들의 울음은 각각 이런 의미를 가졌다.

「어떻게 하면 더 윤리성을 부여할 수 있을까?」

「다들 거기에 잘 계신가요?」

「아냐, 우리가 살아가야 할 곳은 여기야.」

다들 멍청한 표정으로 분석 화면을 보고 있었다. 완전히 엉망진창인 결과가 나온 것이다. 수빈이 말했다.

"데이터 오염 같은데?"

이미징 시스템의 원리를 생각해보면 오염을 먼저 의심하는 것이 타당했다. 통역은 아직 기초적인 수준에 머물러 있기에 노이즈에 많은 영향을 받았다. 아무리 정밀하게 통제해도 늘 외부의 잡음이 섞여들었고 분석 시간의 대부분은 이 잡음을 제거하는 데에 쓰였다. 성인들의 데이터 분석에도 그런 문제가 있는데, 하물며 아직 언어화가 미숙한 사고를 할 아기들의 데이터라면 말할 나위 없었다.

아기들은 생후 14개월경부터 일상의 언어들을 습득하기 시작하고 간단한 동작어에 반응한다. 아기들이 어린이가 될 때까지, 그리고 어린이가 청소년으로 자라날 때까지 언어구사력은 그들의 사고력과 함께 발달한다. 상식적으로 아기들의 사고내용은 아기들의 발달 단계를 넘어설 수 없다. 사고는 언어 이해에 절대적인 영향을 받는다.

"그러니까 노이즈겠지. 노이즈가 아니라면 아기들의 울음을 해석했을 때 기껏해야 '배고파', '불편해' 정도. 그것도 제대로 된 언어보다는 어떤 감정이나 불쾌한 감각 정도로만 나타나는 게 정상일 거야."

수빈이 말했다. 한나는 고개를 끄덕였다.

"그래야겠죠. 그런데 데이터 오염이라고만 하기에는 미심쩍은 점이 있어요. 여길 보면 약간 성장해서 말을 할 줄 아는 아기들도 말하는 내용과 분석된 사고 패턴이 전혀 맞질 않아요. 여기 이 데이터는, '엄마, 저거 줘'라고 말하는 아기가 실제로는 '세계와 연결되어 있다는 느낌을 받고 싶다'라고 생각하고 있대요. 말이 안 되죠."

"성인들의 뇌 활성 패턴과 아기들의 뇌 활성 패턴이 극단적으로 달라서 이런 결과가 나오는 건 아닐까?"

"가능한 얘기예요."

한나는 울적한 표정을 지었다.

"그러면 처음부터 다시 시작해야겠죠. 모든 작업을요."

불길한 예감이 회의실을 잠식했다. 하지만 문제의 원인이 분명하다면 풀어나갈 방도가 전혀 없는 것은 아니었다.

수빈과 한나는 그동안 수집한 사고-표현 데이터를 전부 연령별로 분리했다. 그런 다음 언어 발달이 덜 된 아기들만의 데이터를 따로 모았다. 활용할 데이터가 많이 줄어 곤란했다. 녹음 자료를 더 보내달라고 협력 기관에 온종일 전화를 돌려야 했다. 그래도 지금의 결과대로 아기들이 자꾸 이상한 소리를 해댄다고 믿는 것보다는 나을 것 같았다.

데이터 분리에 일말의 기대를 걸어보았으나, 분석 결과는 여전히 절망적이었다. 아기들의 뇌 패턴은 연구팀이 처음에 예측했던 것보다 훨씬 더 복잡했다. 차라리 어른들의 패턴을 분석하는 것이 더 쉬울 지경이었다. 실제로 성인 뇌 패턴 분석을 맡은 다른 연구팀에서는 일이 착착 진행되고 있었다. 그들은 언어표현에 문제가 없는 성인들의 뇌 패턴 데이터를 대량으로 수집한 다음, 발성 기관에 문제가 생겼거나 모종의 이유로 언어표현에 어려움을 겪고 있는 피험자들에게 적용하여 생각으로부터 표현을 끌어내는 실험에 돌입했다. 그에 반해 수빈의 연구팀은 아직도 아기들이 철학적인 대화를 나눈다는 분석 결과를 붙들고 괴로워하는 중이었다. 아무리 데이터를 다시 모으고 분석해도, 계속 같은 결과가 나왔다.

"아기들……."

"복잡하고 심오하고 철학적인 아기들."

수빈과 한나는 머리를 쥐어뜯으며 소파에 주저앉았다.

어쩌면 너무 쉽게 생각한 것일까. 수빈은 심오한 고민에 빠졌다. 개와 고양이와는 달리, 인간의 뇌는 너무나 복잡하고 너무나 다채롭게 변화하기 때문에 결코 쉽게 그 비밀을 드러내지 않는 것인지도.

한동안 두 사람은 연구 프로젝트를 중단해야 하는지, 아니면 주제를 바꾸거나 다른 방법으로 접근해야 하는지를 논의했다. 다른 연구원들까지 같이 매달려 이 철학적인 아기 울음 문제에 대한 돌파구를 찾았지만 도저히 답이 나오지 않았던 것이다.

그런데 중간 미팅이 끝나고 프로젝트를 변경하는 것이 좋겠다는 합의에 도달해 연구가 흐지부지되어갈 무렵, 사건은 이상한 방향으로 전개되기 시작했다.

"수빈 언니. 이거 좀 봐줄래요?"

그날따라 출력물을 내미는 한나의 표정이 아주 이상했다. 한나는 무언가를 결심한 듯 입술을 약간 깨물고 있었다. 수빈은 파일을 건네받아 펼쳤다.

몇 장을 넘겨보던 수빈은 표지를 덮었다. 뭔가 잘못 본 것 같았다. 눈이 의심스러웠다.

도저히 말도 안 되는 소설을 보는 기분이었다.

"이게 뭔데? 무슨 의미야?"

"보시는 그대로요. 아기들의 입속말을 분석한 데이터예요. 혹시 그날 기억나세요? 류드밀라의 행성이 발견된 날이요. 그런데 그때 녹음된 데이터가 다 이런 식이었어요."

기억하고 있었다. 그날은 두 사람이 아기들에 관한 실험을 포기해야 할지 처음으로 토론한 날이기도 했다. 그날 이후 수빈이 이미 분석한 데이터들을 붙잡고 괴로워하는 동안, 한나는 미가공 데이터들을 분석하기 시작했다. 그리고 믿을 수 없는 결과를 확인했다. 그 결과가 바로 이 출력물이었다.

"대체, 이게 무슨……."

수빈은 멍하니 글자들을 보았다.

「우리가 시작된 곳이야」

「우리의 행성이 보고 싶어」

「류드밀라」

「류드밀라」

「류드밀라」

「류드밀라는 그곳을 그대로 그려냈는데」

「그리워」

수빈이 입을 다물지 못하는 동안 한나는 이미 수십 번의 확인을 마쳤다고 강조했다.

"저도 도저히 믿을 수 없었어요. 그러니까 이렇게 늦게 보여드리는 거죠. 그날 아기들이, 다들 이런 생각을 하고 있었다고요."

한나는 자신이 개인적으로 작업한 수만 개의 데이터 처리 결과를 가져왔다. 연구팀이 무의미한 데이터라고 판단해 제대로 분석하지 않았던 대화들이었다. 한나는 이 분석 결과들이 노이즈가 아니라는 전제하에, 결과에서 반복되는 의미들을 추출했다. 수만 개의 데이터를 분석한 도표는 연구팀이 실패했다고 생각해서 폐기한 아기 표현 분석모델을 그대로 사용했다.

데이터들은 아기의 뇌 속에서 무언가가 서로 대화를 나누고 있음을 보여주었다. 그 대화는 마치 독립적인 여러 존재가 하나의 뇌 속에 공존하며 의견을 주고받는 것처럼 보였다.

「괜찮아? 방금 이상한 소리가 들렸는데.」
「얘가 잘못 움직여서 그래. 의자를 넘어뜨렸거든.」
「아까 그 화면에 정신이 팔려 있었던 거지.」

「벌써 바다에 관심을 갖는 거야?」

「나중에 바다로 가면 좋겠다.」

"이 데이터는 한 아기에게서, 동일 시간대에 나온 데이터예요. 보시다시피."

한나가 출력물을 넘겼다.

"아기의 뇌 속에는 여러 인격이 존재하는 것처럼 보여요. 아니, 그런 멍청한 소리 듣는다는 표정 하지 말고 그냥 읽어보세요. 공통적으로 등장하는 의미를 추출해서 정리했어요. 선배가 안 믿을까 봐 후처리까지 완벽하게 해 왔죠. 자, 봐요."

그들은 마치 아기의 양육자 같았다. 그들은 도덕에 대해 말하고 있었다. 그들은 인간의 삶에 대해 말하고 있었다. 그들은 아기를 키우고 돌보는 관찰자처럼 서로 대화했다.

수빈은 황당한 기분으로 한나의 말을 듣고 있었다. 분석한 결과들은 도저히 받아들일 수 없는 당혹스러운 결론을 향해 달려가는 중이었다.

"무언가가 아기들의 뇌 안에 있어요."

한나가 말했다.

"인간이 아닌 무언가요. 이건 외부의 어떤 요인을 도입하지 않고는 설명이 안 돼요."

"노이즈일 거야."

"노이즈라고 가정해도 말이 안 되죠. 노이즈가 이렇게 일관적인 대화를 나눌 수가 있나요? 노이즈가 도덕, 윤리, 이타성에 관한 대화를 나눌까요? 그게 더 이상한 일 아닐까요?"

"하지만 어떻게…… 우리가 수집한 데이터는 수천 명의 아기들한테서 왔어. 모두 다른 아기들이라고. 그런데 그 모든 뇌 안에 아기를 돌보는 것마냥 행세하는 무언가가 있다고?"

"그게 아니라면 뭐라고 말할 수 있겠어요?"

가끔 한나는 누구보다도 급진적이고 파격적인 주장을 펼쳐서 모두를 기가 막히게 했다. 그러나 지금 이 순간은 그 어느 때보다도 더욱 황당했다.

"그러니까, 네 말은……."

수빈은 문자 그대로 말문이 막히는 경험을 잠시 했다가, 진정하고 다시 물었다.

"아기들의 머릿속에 우리와 다른 지성적 존재가 있다는 거야?"

"그렇게 설명하면 모든 것이 명쾌해요."

수빈은 일단 한나의 가설을 다른 연구진에게는 말하지 않기로 했다. 아기들의 뇌 속에 자리 잡은 어떤 존재라니. 너무나 허황된 가설이었다.

그러나 일단 한나의 이야기를 진지하게 고려해보기로 하자 이전에는 시야에 들어오지 않던 정보들이 보이기 시작했다.

신생아부터 이제 막 언어를 배운 아이들까지 데이터는 일관된 경향성을 보이고 있었다. 겉으로 표현되는 울음 혹은 입속말과 뇌의 의미 패턴이 전혀 다르게 나타나는 것이다. 아이들 뇌의 의미 패턴은 피험자의 연령에 맞지 않는 고차원적인 사고 결과물을 출력하며, 한나가 표현한 대로 마치 한 사람의 머릿속에서 여러 인격이 대화를 나누는 것처럼 보인다.

수빈과 한나는 그 인격들을 '그들'이라고 부르기로 했다.

그들은 감정과 마음, 사랑, 이타심에 관해 토론한다. 그들은 아기들에게 무언가를 가르치려고 하는 것처럼 보인다.

두 사람은 신생아들 외에도 언어를 배우기 시작한 아이들의 데이터를 대량으로 수집했다. 나이대별로 아이들의 말소리를 정렬했다. 겉으로 들리는 '엄마', '아빠', '저거 줘' 같은 소리 이면에 혹시 그들의 대화가 여전히 숨어 있을까. 결과는 예상한 대로였다. 아이들의 표면적인 의사 표현과 그들의 대화가 혼합되어 나타났다. 하지만 오직 일곱 살까지만 그랬다. 세 살 이후로 그들의 대화로 추정되는 패턴은 급격히 줄어들었고, 각 아동마다 차이가 존재하지만 대략 일곱 살 전후로는 패턴이 사라졌다. 그 괴상한 대화는 아이들이 자기 표현을 완벽하게 하기 전까지만 존재했다. 어느 순간부터는 '그들'이 모습을 완전히 감추는 것처럼 보였다.

수빈은 그들에 대해 생각하느라 잠을 자지 못했다. 아직 '그들'에 대한 가설을 아는 것은 수빈과 한나뿐이었다. 미분석 데이터를 처리하며 그들에 관한 새로운 단서를 찾았다. 다른 팀 연구원들은 날이 갈수록 초췌해져가는 두 사람을 걱정했다. 실패하더라도 어쩔 수 없고, 과학 연구란 원래 시행착오를 통해 더 나은 방향으로 나아가는 것이니 너무 속상해하지 말라는 위로까지 전해 들었다.

수빈은 끝까지 해석 오류일 수도 있음을 염두에 두었다. 그러나 더 많은 데이터를 분석할수록 오직 한 가지 결론에 도달할 수밖에 없었다. 분석은 정확했고, 아기들의 머릿속에는 '그들'이 있었다.

하지만 그들은 도대체 어디서 오는가? 어떻게 모든 아기들의 뇌 속에 자리 잡았다가 때가 되면 떠나는 것인가? 그들의 존재를 입증할 결정적인 증거는 무엇인가?

"상자 속의 아이들."

며칠 뒤 소파에 늘어져 있던 수빈이 말했다.

"네?"

한나가 꾸벅꾸벅 졸다가 고개를 들었다.

"몇 년 전에 말야. 보육자의 접촉이 아기에게 필수적인지를 확인하기 위한 실험이 있었어. 기억나?"

그제야 한나도 무언가를 떠올렸는지 눈을 크게 떴다.

"맞아요. 그, 보육 로봇을 이용한 육아 실험……."

"그 데이터를 활용할 수 있을지도 몰라."

"어떻게요?"

상자 속의 아이들 실험은 로봇만으로 아이들을 키워도 괜찮은지를 증명하려는 목적으로 설계되었다. 신생아들을 태어날 때부터 바깥 세계와 완전히 격리해서 자라게 하고, 오직 보육 로봇만을 이용해서 아기들을 키우는 실험이었다. 그 외의 모든 양육 환경은 잘 통제되었다. 말하자면 거대한 인큐베이터에서 아기들을 좀 더 오래 기르는 것과 비슷했다. 연구진은 실험이 결코 아기들에게 해가 되지 않도록 엄격하게 통제할 것을 전제로 당국의 허가를 받았다고 밝혔지만, 실험 윤리에 대한 논란이 컸다. 실험 결과가 밝혀지자 연구는 국제적인 문제가 되었고 큰 비난을 받았다.

"결과가 아주 엉망진창이었지."

한나가 고개를 끄덕였다.

"기억나요. 아기들은 보육 로봇에게서 길러지는 동안 오직 욕구만을 위해 행동했고, 인간성이나 선한 성향이 전혀 발달하지 않았다고요. 다행히도 상자 밖에서 자라면서 괜찮아졌지만요."

"맞아. 그런 실험을 해선 안 됐지. 하지만 그 실험 이야기를 들을 때마다 난 뭔가 이상하다고 생각했어."

수빈은 허공으로 시선을 옮겼다.

"보육 로봇은 인간 보육자를 완벽하게 재현하거든. 그런데 단지 보육자가 사람인지 아닌지에 따라 아이들의 성향이 그렇게까지 달라진다고? 난 항상 그 실험 결과가 의심스러웠어. 인간 보육자야말로 감정과 상황에 지나치게 영향을 받는 불완전한 보육자란 말야. 그런데 만약, 그렇게 된 결과에 다른 이유가 있다면……."

만약에 뇌 속의 '그들'이 인간에게 태생적으로 존재하는 것이 아니라 외부에서 유입되는 것이라면 어떨까? 마치

기생충이나 미생물이 사람에게서 다른 사람으로 전염되듯 말이다. 그들은 공기 중에 분포해 있거나, 바이러스처럼 환경에 널리 퍼져 있을 수도 있다. 하지만 어느 쪽이든 감염을 위한 최초의 접촉이 필요할 것이다.

그렇기에 상자 속의 아이들이 밖으로 나오기 전까지 '그들'을 받아들일 기회가 없었던 것이라면?

한나는 자리에서 벌떡 일어났다.

"영상이 남아 있을 거예요. 그 아기들의 울음을 분석해 봐요."

온라인에서 영상을 찾는 것은 어렵지 않았다. 댓글란에는 어떻게 이런 잔인한 실험을 아기들에게 할 수 있냐는 비난이 잔뜩 달려 있었다. '아기들을 로봇에게 맡기다니, 끔찍한!' '아이들에게는 따뜻한 사람의 손길이 필요해요. 이 불쌍한 아이들이 피도 눈물도 모르는 존재로 자란 건 너무 당연한 일이에요!'

그러나 중요한 건 인간 보육자의 유무가 아닐 수도 있다. 인간 보육자가 아니라 '그들'이 아기들을 피와 눈물이 있는 존재로 키우는 것일지도 모른다. 어쩌면 가장 중요한 특성은 인간 밖에서 오는 것인지도 모른다. 수빈은 그 증거를 확인하려 하고 있었다.

수빈은 영상에서 소리 데이터를 추출해서 전환기에 넣었다. 그냥 듣기에는 다른 평범한 아기들과 별반 다를 바 없는 울음이었다. 그러나 만약 '그들'의 유무가 아기들에게 영향을 미친다면, 여기서는 다른 결과가 나타날 것이다. 그들의 대화가 아닌 아기들의 욕구를 확인하게 될 것이다. 두 사람은 긴장된 얼굴로 결과를 기다렸다.

곧 의미 분석 프로그램이 실행되기 시작했다. 1차 결과는 추상적인 의미 단위에 가까웠다. 아직은 해석할 수 없었다.

한나는 떨리는 손으로 기계에 손을 올렸다. 버튼을 누르자, 의미 단위가 문장으로 변환되었다. 결과가 화면에 나타났다.

영상 속 아기들의 울음이 가진 의미였다.

「배고파」

「졸려」

「무서워」

수빈과 한나는 흥분해서 서로를 마주 보았다. 기뻐해야 할까? 아니면 이 괴이한 결과에 경악해야 할까?

상자 속의 아기들이 떠올린 것은 생각이 아니었다. 순수한 욕구였다. 사람들이 갓 태어난 아기들에게서 기대하는 그대로였다. 태어난 이후로 외부 세계와 전혀 접촉하지 않은 아기들은, 아마도 '그들'을 뇌 속으로 받아들이지 않았을 아기들은 처음 기대했던 아기들의 뇌 패턴을 보이고 있었다. 아직 언어를 습득하기 전, 세계와 삶에 대한 생각을 시작하기 전, 생존을 위한 욕구만 존재하는 사고 패턴을.

그러나 수빈은 다음에 일어난 일 역시 알고 있었다. 그 아기들은 사람들이 기대한 대로 성장하지 않았다.

상자 속의 아기들은 이타성을 획득하지 못했다.

* * *

아주 이상한 가정 하나를 해보자.

수만 년 전부터 인류와 공생해온 어떤 이질적인 존재들이 있다고 말이다.

미토콘드리아가 세포 내로 들어와 핵과 별도의 DNA를 가진 채로 수십억 년의 공생을 시작한 것처럼, 별개로 출발한 두 종이 서로의 이득을 위해 공생하는 일은 흔하다. 인간은 수많은 체내 미생물들과도 공생한다. 사람들은 외부에서 유래한 그들을 이질적 타자로 생각하지 않는다. 그들은 이미 인간의 일부이다.

하지만 만약 공생의 대상이 지구상의 생물이 아니라면 어떨까? 지구에서도 유래하지 않은 것, 수만 년 전, 어쩌면 그보다 더 오래전에 지구 밖의 어느 행성에서 온 것이라면. 그것이 우리의 뇌에 자리 잡았고, 우리의 유년기를 지배했고, 우리를 윤리적 주체로 가르쳐왔다면. 인간을 비인간동물과 구분하는 명백한 특질들이 사실은 인간 밖에서 온 것들이라면.

"우리가 인간성이라고 믿어왔던 것이 실은 외계성이었군요."

수빈의 가설을 들은 연구팀장이 말했다.

연구원들의 반응은 제각각이었다. 아기들의 대화 분석 내용을 보며 입을 다물지 못하는 사람도 있었고, 재미있게 듣긴 했지만 비현실적인 이야기라고 딱 잘라 말하는 사람도 있었다.

"너무 급진적이에요. 누구도 받아들이기 어려울 겁니다."

"못 믿겠는 건 저도 마찬가지예요."

한나가 말했다.

"하지만 데이터를 부인할 수는 없잖아요?"

수빈은 아기들의 뇌 속을 당장 살펴보고 싶은 마음이 굴뚝같았다. 그들이 정말로 존재한다면 그들을 관찰할 수도 있어야 하는 게 아닐까? 우리가 알아볼 수 있는 그들의 물리적 실체가 존재할까? 그들은 어떤 입자로 이루어져 있을까? 당장은 검증이 어려웠다. 지금 조사하는 것은 살아 있는 인간의 뇌인 데다가, 대상의 물질적 특성에 대해 아무것도 모르는 상태에서 뇌만 살펴본다고 바로 무언가를 발견할 수 있을 리가 없었다. 만약 그게 가능했더라면, 이 연구실에서 그들의 존재를 알아내기 전에 이미 의학계에서 모든 유아의 뇌에 기생하는 생물이 보고되었을 것이다.

"물리적으로 관찰되지 않는 건 어쩌면 당연한지도 모릅니다. 그들이 관찰 가능한 형태의 외견을 가졌다면 그동안 긴 해부의 역사에서 이미 발견되었을 거예요."

수빈은 팀장의 말이 옳다고 생각했다. 그래도 들여다볼 뇌 샘플이 있다면 온종일이라도 보고 싶은 심정이었지만, 그럴 수 없다는 것을 알았기에 그냥 고개를 끄덕였다.

그 외에도 생각해야 할 문제는 많았다. 공생 관계의 생물들은 서로에게 이득을 주기도 하지만, 일방적으로 이득을 얻거나 한쪽 종에게 피해를 주기도 한다. 인간과 그들의 관계는 어느 쪽일까? 인간 아닌 무언가가 유년기 인간의 뇌에 기생한다면 그들이 얻는 이득은 무엇일까? 그들은 인간과 같은 탄소생명체일까? 그들의 대화로 추정되는 것처럼 정말로 그들이 아기들에게 윤리와 이타성을 가르친다면 그들은 그 대가로 인간에게서 무엇을 가져갈까? 다른 생물이 아닌 인간의 뇌에 자리 잡은 이유가 있을까?

"저는 그게 류드밀라의 행성과 관련이 있다고 봐요."

한나가 말했다.

"그들은 류드밀라의 행성을 고향이라고 했어요. 그런데 그 행성은 이미 오래전에 불타버렸죠. 그들은 고향을 떠나 살 곳을 찾아 헤매다 지구로 오게 된 것 아닐까요?"

류드밀라의 행성은 그들의 존재를 알린 결정적 단서였다. 정확히는 실제로 우주 어딘가에 있었고 지금은 사라진, 류드밀라가 생생히 묘사했던, 한때 그들의 터전이기도 했던 행성 말이다.

그들이 인간을 가르칠 만큼 발달한 지성 생명체라면 아마 그들은 자신들 행성의 종말을 미리 예측했을지도 모른다. 모행성을 떠나 그들이 우주를 떠돌다 우연히 지구에 도착하면서, 그들과 인류의 공생이 시작된 것이다.

수빈이 말했다.

"대화에 따르면 그들은 고도의 지성 생명체입니다. 우리 인간의 언어로 그들의 대화를 옮기는 것이 그 대화를 원래보다 단순하게 만드는 것이 아닐까 의심스러울 정도예요. 그들이 인간을 압도적으로 넘어서는 존재일 수 있다는 거죠. 하지만 동시에 그들은 인간의 뇌 활성 패턴을 그대로 이용하고 있어요. 지성 활동을 위해 숙주가 필요한 종류의 생명체일지도 몰라요. 다른 생물이 아닌 인간의 뇌가 필요했던 이유이겠죠. 만약 그들이 정말로 수만 년 전에 지구에 도착한 것이 사실이라면…… 인간 지성의 진화와 문명의 탄생은 그들과의 공생을 통해 촉발된 것일 수도 있습니다. 처음부터 인간을 가르칠 의도가 없었다고 해도, 공생 과정에서 그들의 지성이 인간에게 전이되었을 거예요."

모두 짧은 침묵에 잠겼다. 그들과의 공생이 그렇게 오랜 기간 이어져왔다면, 이 연구실 밖에서도 증거를 발견할 수 있지 않을까. 수빈은 어쩌면 공생 가설의 증거가 인류 사회 전체에 편재해 있을지도 모른다고 생각했다.

"그들에게 직접 말을 걸어보면 어떨까?"

누군가 제안했다. 수빈 역시 같은 의견을 내려고 했고, 다른 연구원들도 비슷한 생각을 했을 것이다. 하지만 선뜻 실행할 수는 없었다. 지금 연구팀은 아이들을 대상으로 연구를 하고 있다. 일상에서 자연스럽게 아이들에게서 얻은 데이터를 분석하는 것과 직접 그들과의 대화를 시도하는 일은 완전히 다르다. 특히 그 대화가 어떤 결과를 불러올지 예상할 수 없을 때는. 대화를 거는 행위가 그들을 자극하게 된다면? 자신들의 존재를 인류에게 숨기고 살아왔던 그들이 인간이 직접 말을 걸어오면 달가워할까? 섣불리 말을 걸었다가 피험자에게 위해를 끼치기라도 한다면?

"그런데, 지금 우리 뇌 속에는 없는 거 맞죠?"

비슷한 걱정을 했던지 누군가가 그렇게 물었다.

수빈은 그들에게 직접 말을 거는 위험을 감수하는 대신 다른 방법을 고안해냈다. 그들의 고향이 정말로 류드밀라의 행성이라면, 아기들에게 류드밀라의 회화 작품이나 시뮬레이션을 보여주는 행위가 특정한 반응을 불러일으킬 것이다. 애초에 아기들이 행성을 보며 했던 생각의 패턴들이 최초의 단서가 된 셈이니, 위험성도 없었다. 그 데이터를 대량으로 수집함으로써 그들에 대한 정보를 더 얻어낼 수 있을 것이다.

"예상대로예요. 엄청난…… 정말로 엄청난 뇌 패턴의 활성 정도가 보여요. 그리고 평소보다 너무나 활발하게 움직여서 오히려 분석이 제대로 안 될 정도예요."

한나의 말 그대로였다. 류드밀라의 행성을 본 아기들은 아기답지 않게 무척 조용해졌고, 움직이는 풍경에서 시선을 떼지 못했다. 패턴을 보았을 때 실제로 열광하는 것은 아기들 뇌 속의 '그들'인 것 같았다. 그들은 뇌 속에서 폭발적인 대화를 나누었다. 보통 때의 대화보다 훨씬 빠르고, 복잡하며 여러 의미가 섞여 있었다. 너무 많은 정보가 혼재되어 있어 분석은 쉽지 않았다. 그러나 그들이 류드밀라의 행성과 밀접한 관련이 있다는 것만은 의심의 여지가 없어보였다.

연구팀은 이 연구 결과를 대중에게 공표해야 할지에 관해 토론했다.

"우리가 숨기더라도 사람들은 언젠가 이들의 존재를 알아낼 거예요. 범용 통역기는 누구나 욕심내는 기술이고 그걸 아기들에게 시도해보는 연구팀이 우리뿐일 리는 없어요."

한나가 말했다.

"설령 사람들이 외계 생명체의 존재에 거부감을 느끼더라도 달라지는 건 없을지 몰라요. 아기들의 뇌에서 그들을 쫓아내는 게 가능할까요?"

"이 분석 결과를 보면 우리가 그들에게 함께 살아달라고 빌어야 할 것 같은데. 그들이 떠나면, 우리는 우리가 인간성이라고 믿어왔던 특성들을 잃게 되니까."

"과연 인류의 자존심이 얼마나 강할지 궁금하군요."

"그런데 여전히 이 결과를 믿기 힘든 건 지금의 우리가 그들과 완전히 분리된 존재처럼 느껴지기 때문이에요. 만약 그런 지성 생명체가 정말로 우리의 뇌 속에 있었다면, 어른이 된 지금의 우리에게도 무언가 남아 있어야 하는 게 아닐까요?"

누군가 중요한 의문을 제시했다. 그들이 인간의 뇌 속에 서식하며 영향을 미친다면, 성인이 된 뇌에도 그들이 머물렀던 흔적이 있을 것이다. 그러나 성인의 뇌에서는 그들의 대화와 유사한 패턴이 전혀 검출되지 않는다. 듣고만 있던 팀장이 조심스레 한 가지 가정을 더했다.

"추측이지만, 유년기 이상으로 성장한 인간에게 머무르는 것은 그들에게 부담을 주는 듯합니다. '떠나고 싶지 않지만 이제는 떠나야 한다'라는 의미의 대화가 몇 군데 있었어요."

마침 데이터를 보고 있던 수빈은 차트에서 한 지점을 짚었다.

"저는 이 시점이 좀 마음에 걸려요. 만약 그들이 우리를 완전히 떠나는 게 사실이라면, 일곱 살 때 무언가 특별한 일이 일어나고 있어요. 데이터는 일관적이에요. 일곱 살 이하의 아이들만이 아주 희미하게라도 그들의 패턴을 나타내죠. 그 이후에는 전혀 없고요."

일곱 살 전후로 표현 분석 결과에서 그들의 대화는 완전히 사라진다. 성장한 어린이들에게서는 성인과 마찬가지로 사고-표현이 완전히 일치한다. '그들'은 인간의 유년기에만 뇌 속에 자리 잡고 있다가 일곱 살의 아이에게 작별을 고하고 떠나는 것 같았다.

"혹시, 유년기 기억 상실과 관련이 있지 않을까요? 일곱 살 이후로 아이들은 어린 시절의 기억을 대부분 잊어버리잖아요."

한나가 말했다.

"그동안은 해마가 장기 기억에 관여하고, 어린아이들의 기억이 상실되는 것은 그 해마의 발달과 관련되어 있다는 게 정설이었죠. 새로운 신경 조직들이 빠르게 성장하면서 어릴 적의 기억은 사라져버린다고요."

아주 어린 시절의 기억, 특히 자전적 사건에 관한 기억들은 일곱 살을 기점으로 대부분 사라진다. 신생아 때의 일이나 세 살 무렵의 사건을 기억하는 어른은 없다. 설령 있다고 해도 과거 사진을 보거나 다른 사람의 회상을 듣고 당시를 기억하는 것처럼 느낄 뿐이다.

"그런데 얼마 전 제가 인상 깊게 본 논문 하나가 있어요. 신경과학 저널에 실린 짧은 리포트예요. 그 신경 발달 가설을 뒤집는 연구 결과가 나왔다는 주장이었죠. 유년기 기억 상실을 겪는 연령대의 아이들을 새로운 이미징 기술로 분석했을 때, 신경 발달 단계와 기억의 상실 정도가 전혀 일치하지 않았던 거예요. 통계적으로 완전히 무관했죠."

한나가 설명하는 동안 연구원들은 논문을 찾아 화면에 띄웠다.

"저자들은 유년기 기억 상실에 다른 외부 요인이 있을 것이라고 막연하게 주장했는데 아주 혼란스러워 보였어요. 굉장히 논쟁적이었어요. 반박하는 논문이 곧장 쏟아져 나왔고요. 하지만 만약 정말로 신경 발달의 문제가 아니라면, 유년기의 기억이 외부 요인에 의해서 상실되는 것이라면 그건 대체 뭘까, 무엇이 아이들의 기억을 데려가는 걸까. 계속 생각했는데, 어쩌면 그 이유가……."

"그들."

수빈이 말했다. 한나가 고개를 끄덕였다.

"그들이 기억과 함께 우리를 떠나는 거야."

* * *

류드밀라의 존재는 이 가설에서 가장 놀라운 부분이었다.

류드밀라는 성인이 된 이후에도 유일하게 그들의 존재를 자각한 사람이다. 류드밀라가 행성 연작을 본격적으로 작업하기 시작한 건 유년기 이후였다. 그들은 류드밀라가 성장한 이후에도 그녀를 떠나지 않았고, 그녀에게 계속해서 영향을 미친 것인지도 모른다. 류드밀라가 죽을 때까지 행성의 풍경을 그려냈고 구체적인 수치를 제시하기까지 했다는 사실은, 그녀가 뇌 속에 있는 그들을 분명하게 인식했거나, 혹은 그들의 기억이 류드밀라에게 완전히 전이되었음을 뜻한다.

"모든 지구인들에게 그들이 머물렀지만 오직 류드밀라만이 그 행성의 존재를 알았으니까요."

연구팀은 류드밀라 마르코프의 생애를 조사했다. 명성에 비해 남겨진 이야기는 적었다. 하지만 분명한 사실은 류드밀라의 삶이 아주 고독했다는 것이다.

"류드밀라는 아주 어릴 때부터 창작에 두각을 드러냈죠. 섬세하고 예민했을 거예요. 내면의 목소리에도 귀를 기울였을 것이고요. 류드밀라는 아마 그들의 존재를 아주 일찍부터 알아차린 걸지도 몰라요. 심지어 어릴 때는 류드밀라를 돌보아줄 사람조차 없는 환경이었으니…… 그들이 류드밀라를 더 특별히 보살핀 것인지도요."

그림을 그리기 시작했을 때 류드밀라는 뇌 속에 자리 잡은 그들이 보여주는 풍경을 옮겨 그렸을 것이다. 풍경뿐만 아니라 그들이 기억하는 행성 자체가 류드밀라의 머릿속에 그대로 있었을 것이다. 류드밀라는 한 번도 거짓을 말한 적이 없다. 그녀는 정말로 행성에 가보았던 셈이다. 류드밀라의 머릿속에 살았던 그들을 통해서.

수빈이 말했다.

"류드밀라가 행성에 관한 그림을 남김으로써 그들과 그 행성을 더욱 분명히 기억하게 된 게 아닐까요. 그들의 기억을 재현하는 운동적 기억이 행성에 대한 삽화적 기억에도 영향을 미쳤을 거라고 생각해요. 두 종류의 기억은 기본적으로 분리되어 있지만 한 종류의 기억이 다른 기억과 연계되기도 하니까요."

"그들이 기억과 함께 유년기의 인간에게서 떠난다는 것

을 생각해보면, 인류에게 자신들의 존재를 드러내기를 조심스러워하는 듯한데요. 그럼에도 류드밀라가 행성을 그림으로 재현하는 것을 막지 않은 이유가 있을까요?"

"우리가 살펴본 대화에 따르면, 그들은 류드밀라가 그리는 행성을 아주 특별하게 생각했어요. 그들도 자신들의 고향을 그리워하고 사랑했을 테니까요."

수빈이 말했다. 일순간 연구실이 조용해졌다.

만약 수만 년 전 사라진 행성에서 이곳 지구로 온 존재들이 여전히 고향 행성의 모습을 기억하고 그리워한다면. 모든 지구인들이 언젠가 그들의 행성을 잊게 되더라도 류드밀라만큼은 그 행성을 기억해주기를 바랐을 것이다. 그 행성을 선명하고 아름답게 재현해내는 데에 성공했던 단 한 사람.

수만 년 전 존재했을 어떤 행성…….

이제 연구팀은 마지막 질문에 도달했다. 사람들은 왜 그렇게 류드밀라의 세계에 열광하고 환호했을까. 왜 사람들은 류드밀라의 세계를 보며 눈물을 흘렸을까. 왜 사람들은 그녀의 그림에서 한 번도 가본 적 없는 세계에 대한 향수를, 오래된 그리움을 느꼈을까. 인류 역사상 수많은 가상 세계가 창조되었지만 왜 오직 류드밀라의 행성만이 독보

적이고 강렬한 흔적을 세계 곳곳에 남겼을까.

"우리에게 그들이 머물렀기 때문이겠죠."

한나가 말했다.

수빈은 그것이 그들의 존재에 대한 결정적 증거일지도 모른다고 생각했다. 뇌에 자리 잡은 그들의 흔적. 막연하고 추상적이지만 끝내 지워버릴 수 없는 기억. 우리를 가르치고 돌보았던 존재들에 관한 희미한 그리움.

류드밀라의 행성을 보며 사람들이 그리워한 것은 행성 그 자체가 아니라 유년기에 우리를 떠난 그들의 존재일지도 모른다.

수빈이 말했다.

"그 연작 말인데요. 다들 기억하시나요? 류드밀라의 또 다른 연작이 있었잖아요."

"나를 떠나지 말아요. 나는 그 연작도 좋아했어. 행성 연작에 비해서 잘 알려지지 않았지만."

연구팀장이 말했다.

"네. 그런 제목이었죠."

여전히 해석되지 않은 채로 남아 있는 그 연작은, 류드밀라의 일생에 관한 가장 중요한 단서일 것이라는 생각이 수빈에게 떠올랐다.

"그건 류드밀라의 부탁이었을지도 모르겠어요."

"부탁?"

"그들의 존재를 유일하게 알아차린 류드밀라가……."

수빈은 어딘가 벅찬 기분이 되었다.

"그들에게 이야기한 거죠. 연작의 제목을 생각해보세요. 그리고 그 연작들이 일관적으로 그려내는 애틋함과 슬픔, 외로움의 정서도요. 혼자이고 고독했던 류드밀라는 그들의 존재가 간절했을 겁니다. 그들은 류드밀라의 유일한 친구였고, 부모였고, 동료였겠죠."

류드밀라는 그들에게 말한 것이다. 떠나지 말라고. 그 아름다운 세계를 가져가지 말라고. 자란 다음에도 계속 곁에 머물러달라고.

연구실은 짧은 정적에 잠겨 들었다.

한나가 중얼거렸다.

"그들은 류드밀라를 끝까지 떠나지 않았던 거예요."

그때 그 장소에 있었던 모두는 같은 풍경을 생각했을 것이다. 류드밀라가 그렸던 행성. 푸르고 묘한 색채의 세계. 인간과 수만 년간 공생해온 어떤 존재들이 살았던 오래된 고향을.

수빈은 순간 이상한 감정에 휩싸였다. 지금껏 단 한 번

도 본 적 없고 느낀 적 없는 무언가가 아주 그리워지는 감
정이었다.

우리가 빛의 속도로 갈 수 없다면

노인은 이미 자리를 잡고 앉아 있었다. 입구를 등진 채로 정거장 밖을 바라보는 뒷모습이 보였다. 남자는 짧게 갈등했다. 놀라게 하지 않기 위해 인기척을 내야 하나 생각하던 차였다. 노인이 고개를 돌려 남자를 흘끗 보았다. 남자는 무심코 목을 살짝 숙여 인사했다. 그녀는 빙긋 웃고는 다시 유리창으로 시선을 돌렸다. 신경 쓰지 않겠다는 건가. 당혹감이 밀려오는 순간, 그녀가 말을 걸어왔다.

"미안하지만 오렌지 주스밖에 없네. 건강검진 장치의 조언에 따르면 더는 카페인을 섭취해서는 안 된다더군."

남자가 눈을 끔뻑거리는 동안, 그녀가 손에 들고 있던 작은 오렌지 주스 팩을 들어 올렸다.

"자네도 한잔하겠나?"

"죄송하지만, 저도 저당류 식단을 권유받아서요."

남자가 사람 좋은 웃음을 지으며 대꾸하자 노인은 어깨를 으쓱했다.

"무가당 주스도 내 개인 우주선에 준비되어 있네. 맛이 좀 끔찍하지만."

아무렇지 않은 척 대꾸하기는 했지만 노인의 첫인상은 어딘가 당혹스러웠다. 게다가 개인 우주선이라니. 남자는 얼굴을 찡그리면서 그녀가 가리키는 통로를 보았다. 외부에서 이곳 대합실로 오려면 거쳐야 하는 통로였다. 통로 끝에는 우주선과의 도킹 상태를 의미하는 초록색 조명이 밝혀져 있었다. 오면서 보았던 초라한 우주선 하나가 그녀의 소유였던 모양이다. 물론 우주선이라고 하기에는 지나치게 작았다. 고작해야 지구 지표면과 이 위성 궤도를 오갈 수준의, 우주선보다는 셔틀이라고 부를 만한 것이었다.

남자가 잠시 생각에 잠긴 동안 노인은 다시 유리창으로 고개를 돌렸다. 쪼르륵, 하고 거의 다 비어버린 팩 주스를 빨아올리는 소리가 정적 속에 울렸다. 노인은 다 마신 팩을 손으로 흔들어보더니 옆의 의자에 올려놓았다.

노인이 앉은 자리는 유리창 바로 옆이었다. 그녀의 뒤로 네 칸짜리 긴 의자가 일렬로 놓여 있었고, 푹신한 가죽 시트는 금속 손잡이로 각 칸이 구분되어 있었다. 그제야 대합실이 시야에 들어왔다. 이 장소는 오래된 교통수단들의 역 로비를 충실히 재현하고 있었다. 남자는 오래전 운행되었던 작은 기차 역 사진을 본 적이 있다. 아마 그곳에 가본 사람이라면, 이 정거장에서 어떤 정취를 찾아내리라는 생각이 들었다.

고개를 돌리자 다른 것들도 보였다. 벽에는 공용어로 '우주 여행자들을 위한 운행 시간표'라고 적혀 있었고, 그 밑에는 흐려져 정확히 알아볼 수 없는 시간들이 빼곡히 있었다. 서너 개가 넘어 보이는 로고들로 판단할 때 여러 회사의 공용 정거장 같았다. 로비 구석에는 인포메이션 창구가 자리했고 창구의 투명한 유리창 안쪽에는 안내 로봇이 서 있었다. 놀랍게도 로봇은 아직 작동했는데, 이마의 불빛을 깜빡이며 안내 방송을 반복하고 있었다.

대합실 한쪽 벽면은 바닥부터 천장까지 투명한 유리창이었다. 궤도를 따라 도는 인공위성들이 각각 다른 속도로 옆을 스쳐 갔고 뒤로는 둥글고 푸른 지구가 배경처럼 펼쳐져 있었다. 남자는 말없이 지구를 바라보고 있는 노인의 옆에 가서 앉았다. 그녀는 신경 쓰지 않는 듯했다. 남자는 선뜻 입을 열지 못했다. 처음부터 본론을 꺼내면 실패할 수 있으니 우선 노인의 이야기를 들어보라던 조언이 떠올랐다. 남자가 물었다.

"저 혹시, 어르신은……."

"안나라고 부르게."

"아, 네, 안나 씨는 어디로 가시는 겁니까?"

그녀는 시선을 창밖에 둔 채로 대꾸했다.

"슬렌포니아 행성계."

"그곳은 아주 멀 텐데요."

"그래서 여기에 와 있는 것이지."

노인은 품에서 무언가를 꺼내 들었다. 오래된 티켓 한 장이었다. 모퉁이가 낡았지만 티켓 자체는 잘 보관된 듯 아주 빳빳했다. 노인이 티켓을 남자 가까이 내밀었다. 티켓에는 언제든지 원하는 시간에 떠날 수 있다는 문구와 목적지가 적혀 있었다. 슬렌포니아 행성계, 제3행성.

"먼 우주로 가는 우주선들이 여기서 출항한다고 들었네. 물론 가까운 우주로 가는 우주선들이 더 많은 모양이네만. 그래도 여기는 나 같은 사람들의 유일한 희망이지."

"여기에 슬렌포니아로 가는 우주선도 있나 보군요."

남자가 쾌활한 어조로 말했다. 안나는 잠시 눈을 가늘게 뜨고 콧등을 찡그리더니 남자에게 물었다.

"자네는 여기 무슨 일인가? 승객으로는 안 보이는데, 직원인가?"

직원이냐는 말에 남자는 흠칫했다.

"말하자면 그런데요. 사실 이 정거장은 처음 와봅니다."

"직원인데 그럴 수가 있나?"

"그냥 파견직이니까요. 지구 궤도에만 해도 어마어마한 수의 인공위성들이 있는데, 회사들이 일일이 관리하기 귀찮으니 위성 관리 업체에 떠넘긴 거죠. 워낙 여러 궤도를 다니다 보니 제대로 파악하기도 어렵습니다. 오늘은 이 정거장에 있지만, 일주일쯤 뒤엔 다른 곳에 가 있을 수도 있거든요. 아, 그때는 안나 씨도 여기 계시지 않겠군요."

그사이에 두 개의 대형 인공위성이 두 사람의 옆을 스쳐 갔다.

"정거장이 점점 많아지는군."

"그렇죠. 우주 개척 시대에 들어선 지도 벌써 한참이 지났는데, 아직 지구가 많이 비좁은 모양입니다."

남자는 노인의 눈치를 보았다. 노인은 말이 없었다.

노인의 이야기를 들으려고 했는데 어쩐지 제 이야기만 한 것 같았다. 조용히 창문만 보고 있는 노인을 힐끔거리며 남자는 무심코 가방 안에 손을 넣었다가, 흠칫하며 다시 손을 빼냈다. 아무 생각 없이 단말기를 꺼냈다간 노인의 눈에 띌 수도 있었다. 남자는 노인이 자신의 행동에 관심이 없었기만을 바랐다.

"슬렌포니아로 가는 우주선은 언제 출발한다던가요?"

"그건 나보다는 자네가 더 잘 알지 않나?"

"글쎄요, 제가 맡은 일은 그냥 간단한 비품 점검이 다라서요."

남자는 창구 로봇을 슬쩍 손짓했다. 로비는 깔끔하게 잘 정리되어 있었다. 아직도 자동 청소 장치가 작동하고 있는 것일까.

"그렇군. 나는 자네가 저걸 고치러 온 줄 알았네."

노인이 무언가를 가리켰다. 남자는 다시 화들짝 놀랐다. 아까는 보지 못했던 것이다. 지구가 보이는 유리창 앞에 안내 로봇이 하나 있었다. 인포메이션 창구에 있던 것과 비슷했다. 하지만 이마의 불빛은 간헐적으로 깜빡였고, 입을 느리게나마 여닫고 있었지만 목소리는 흘러나오지 않았다. 고장 났다기보다는, 죽어가는 것처럼 보였다.

"아, 네, 저런 녀석이 있었군요. 물론 고쳐야죠."

남자는 자리에서 일어나 들고 온 가방을 조금 떨어진 의자 위에 올려두었다. 그리고 유리창에 느슨하게 몸을 기댄 안내 로봇에게 다가갔다. 사실 로봇 수리에 대해서는 전혀 아는 바가 없었다. 고작해야 가정용 로봇의 배터리를 교체해본 게 다였다. 그래도 해보는 수밖에. 로봇의 등 뒤에는 충전용 전선이 바닥으로 길게 늘어져 있었다. 전선은 둥근 로비를 한 바퀴 돌아서 유리창 옆의 배선 시설로 이어졌다.

"쉽지 않네요."

남자는 로봇이 어떻게든 잠시라도 정신을 차리게 하고 싶었지만, 가정용 로봇과는 다른 내부 배선에 진땀만 흘렸다. 안나가 보고 있는지는 확실하지 않았다. 시선이 신경 쓰였다. 남자는 부품을 하나 분리하면서 질문을 던졌다.

"슬렌포니아에는 무슨 일로 가십니까?"

"제3행성에 남편과 아들이 있거든."

"멀리도 떨어져 계셨군요."

슬렌포니아 행성계가 어떤 곳이었더라. 예전에 주요 행성계와 행성들의 특성을 통째로 암기한 적이 있는데도 남자는 기억이 가물가물했다. 안나가 먼저 입을 열었다.

"제3행성은 자원도 풍부하고 살기 좋은 곳이니까. 처음에는 희수 자원을 가져오기 위해서 개발되었지만 거주 환경이 좋아서 개척 이주를 한 사람들이 제법 많았지. 내 남편과 아들도 지구와는 다른 곳에서 살아보고 싶다며 개척

이주 행렬에 동참했던 거라네."

"아, 아마…… 리커다트의 산지였죠."

희소 광물 이야기를 들으니 겨우 생각이 났다. 리커다트
는 이제 잘 쓰이지 않는 광물이었다.

"알고 있군. 한때는 그걸 이용하면 궤도 엘리베이터를
설치할 수 있다고 시끌벅적했는데. 슬렌포니아로 유인 우
주선이 처음 출항했을 때 연일 뉴스가 도배되었지. 그런데
아직도 우리는 구식 셔틀을 타고 있어. 매번 폐가 짓눌리
는 느낌을 받는 것도 이제 신물이 나."

안나는 창밖의 셔틀을 눈짓했다. 궤도 엘리베이터가 또
어느 시기에 나왔던 이야기인지는 잘 모르겠다. 모르는 이
야기라면 화제를 돌리는 게 상책이었다.

"신기술이라는 게 대부분 그렇지요. 그나저나 왜 그때
남편분과 함께 가지 않으셨습니까?"

"자네는 궁금한 게 많군."

아주 잠깐이었지만 남자는 그 말에 드라이버를 돌리던
손을 멈추었다.

"당황하지는 말게. 호기심이 많은 건 젊음의 상징이니
까."

남자는 남의 이야기를 유도해내는 데에는 영 익숙하지

않았다. 혹시 노인이 불쾌감을 느끼면 곤란하다는 생각이 들었다.

걱정과는 달리, 안나는 그다지 신경 쓰는 눈치가 아니었다. 대신 뜬금없는 화제를 꺼내 들었다.

"딥프리징 기술을 알고 있나?"

"네, 물론이죠."

남자는 순순히 답했다.

"냉동 수면 기술의 일종이 아니던가요."

딥프리징은 인체 냉동 수면에 혁명을 가져다준 기술이었다. 하지만 현재는 냉동 수면 자체가 그리 보편적으로 쓰이는 기술이 아니었다. 의료 분야에서 드물게 이용될 뿐이었다.

"맞네, 정확히는 냉동 수면 중에서도 베타 부동액과 나노봇을 이용하는 방법을 말하지. 나는 한때 딥프리징 기술을 연구했다네. 그 기술의 핵심 부분을 내가 개발했다고 해도 과언은 아닐 걸세. 물론 흔히 그렇듯이 기술만 남고 학자의 이름은 잊히지만, 당시만 해도 꽤 영향력 있는 연구자였지. 그거 내 생의 얼마 안 되는 자부심이네."

남자는 고개를 끄덕이며 안나를 바라봤다. 지금 노인의 모습은 한때 이름이 알려졌던 학자라고 보기에는 믿을 수 없이 초라했다.

"우주 개척 시대의 서막이 열린 때였어. 워프 항법이 상용화되고, 여러 행성의 개척에 성공하면서 연방 정부가 우주로 확장된 시기지. 다들 다른 행성에서의 새로운 삶을 꿈꾸던 시대였고, 그건 내 남편과 아들도 예외가 아니었네."

워프 항법이 널리 쓰이던 시기에 관해서라면 남자도 배운 적이 있었다. 인류가 고작해야 달이나 화성에 발을 내디디고 태양계 밖으로는 무인 탐사선만 날려 보내던 시기를 지나, 진정한 의미에서 우주 곳곳을 개척하게 된 계기가 바로 워프 항법의 발명이었다.

우주선은 비록 빛의 속도에는 도달하지 못했지만 이동하는 우주선을 둘러싼 공간을 왜곡하는 워프 버블을 만들어서 빛보다 빠르게 다른 은하로 도달할 수 있게 되었다. 지구에서 가까운 항성계의 자원이 많거나 지구와 비슷한 환경의 행성들부터 개척이 시작되었다.

"딥프리징은 인류의 우주 개척이 다음 단계로 나아가기 위해 필요한 기술이었어. 아무리 공간 왜곡을 통해서 성간 거리를 줄이더라도 우주선이 지구에서 출발해 다른 항성계에 도달하는 데는 여전히 오랜 시간이 걸렸으니까. 가까운 항성계는 수 광년에 불과하다지만 그런 곳엔 인류에게 유용한 행성이 얼마 없었고, 먼 곳은 수백 광년부터 수만 광년이나 떨어져 있었으니 워프 항법을 이용해도 몇 년이 넘게 걸렸지. 굳이 그 시간을 다 버티자면 못 할 것도 없었겠지만, 창밖 풍경이라곤 삭막한 검은 우주뿐이고 즐길 거리 하나 없는 우주선에서 멀쩡하게 정신을 유지할 수 있던 사람들이 얼마나 되었겠나? 눈을 뜨고 있는 사람은 먹고 싸는 것까지 해야 하니 실어 보내야 할 물자도 많았지. 그래서 아주 진보한 인체 동결 수면 기술이 요구되었던 거라네. 잠든 채로 우주의 곳곳에 많은 사람을 보낼 수 있도록."

"그러면 그중에서도 어떤 연구를 하셨던 겁니까? 냉동 수면이라고 해도 하위 기술들이 있을 텐데⋯⋯."

남자는 무심코 자신이 안나의 이야기에 흥미를 느꼈다는 것을 깨달았다. 안나는 그저 웃었다.

"자네도 어느 정도는 들은 바가 있나 보군. 냉동 수면은 세 단계로 구성되지. 영하 196도로 인체를 급속히 냉동하고, 같은 온도에서 수년간 안정한 상태로 동결을 유지하고, 인체가 손상되지 않도록 무사히 해동해야 하지. 당시만 해도 냉동 수면은 불완전한 기술이자 위험한 기술로 여겨졌네. 세 과정 모두에서 인체가 영구적인 손상을 입을 가능성이 있었으니 말이야. 그중에서도 사람의 체액을 어떻게 대체할 것인가 하는 문제가 가장 골칫덩어리였어. 냉동 수면 과정에서 발생하는 인체 손상은 대개 체액의 특성과 관련이 있었거든. 몸 대부분을 구성하는 물이 얼면서 부피가 팽창해 세포와 조직을 손상시키고, 다시 녹을 때도 부피가 변하며 몸의 여러 조직을 파괴하는 문제를 해결해야 했지."

남자는 고개를 끄덕였다.

"나는 '안티프리저'라고 불리던 유기물질 혼합 용액을 연구하고 있었네. 혈액과 체액을 대체할 부동액의 일종이었어. 인체에 독성이 없어야 하고, 동결과 해동에 적합해야 했지. 게다가 나노봇과 인공효소들의 활성화에 적절한 배합도 고려해야 했고. 해동 과정에서의 세포 손상을 줄이기 위해 투입되었던 것들 말일세. 신경 쓸 게 한두 가지가 아니었다네. 아무튼 저온 상태를 유지하거나 체액을 다른 액체 화합물로 대체하는 기술은 상대적으로 빨리 개발되었지만, 인체에 무해한 부동액을 개발하는 일만큼은 냉동 수면 기술의 최종 난제로 남아 있었지. 그때까지 사용되던 부동액은 세포 손상을 완전히 막지는 못했고, 그 탓에 당시의 냉동 수면은 생애 두 번 정도로 제한되었으니까."

"그랬군요. 결국 개발에 성공하셨습니까?"

"어떻게 되었을 것 같나?"

도리어 돌아온 질문에 남자는 로봇을 고치던 공구를 손에서 놓고 눈만 끔뻑거렸다. 안나가 씩 웃었다.

"한번 들어보게. 어쨌든 나는 그 안티프리저를 개발하기 위해서 지구에 남았지. 학자로서의 호기심도 있었지만, 그때는…… 무언가 인류의 미래에 기여한다는 그런 생각도 있었던 것 같네. 딥프리징은 우주 개척의 다음 단계를 위해서도 필요했지만 의료계에서도 수요가 있었어. 당시는 새로운 질병에 대한 치료법이 날마다 쏟아져 나오던 때였으니까. 아무리 치명적인 병을 앓는 환자여도 한 10년쯤 얼어 있다 깨어나면 누군가가 해결책을 찾아두었을 거라는 희망을 가질 수 있던 시대였지. 마치 인류 지성의 황금기를 보는 것 같았다니까."

과거를 이야기하는 안나의 눈은 반짝거렸다. 남자는 그녀가 말하는 시기가 언제인지를 속으로 헤아려보았다.

"남편과 아들이 슬렌포니아로 떠나기로 했을 때, 나는 내 연구가 거의 끝에 도달했다고 생각했다네. 실제로도 끝이 보였지. 연일 새로운 논문이 나오고 있었고 상용화는 바로 눈앞에 있었단 말일세. 남편과 아들 내외가 먼저 슬렌포니아로 떠나고, 나는 연구를 마무리 지은 다음에 가기로 했어. 지구에서의 삶도 마음에 들었지만 아예 다른 행성에서 새로운 삶을 시작하는 것도 기대가 되었지. 슬렌포니아는 아름다운 풍경으로도 유명하잖나. 이미 개척 2세대가 거주 중이니 그리 험난하지도 않을 테고. 남편과 아들을 먼저 보낸 건 이왕 정착할 거면 일찍 가서 적응하는 것이 나을 거라고 생각했기 때문이네. 그때는, 이렇게까지 지연될 줄 몰랐던 것이지."

이야기를 이어가던 안나의 어조가 순간 차분해졌다. 남자는 마른 침을 삼키며 안나의 다음 이야기를 기다렸다. 안나는 어깨를 한번 으쓱하곤 말을 이었다.

"하지만 요즘은 그런 생각을 한다네. 설령 알고 있었더라도 막상 그때로 돌아가면 내가 해왔던 모든 것을 포기하고 슬렌포니아로 갈 수 있었을까? 고민해봐도 쉽게 답을 내릴 수가 없네. 물론 해봐야 의미 없는 상상이긴 하지만."

"저였어도 포기하기 어려웠을 겁니다."

"그렇게 생각하나?"

안나는 미소 지었다.

"어쨌든, 미래가 바로 눈앞에 있었지. 딱 한 발짝, 한발만 더 내디디면 인류는 딥프리징을 이용해 깊은 잠을 자면서 더 먼 별들 사이로 퍼져나갈 테고, 우주는 인류의 손에 들어올 것이라고, 나는 그렇게 확신했다네. 호기심과 결의가 뒤죽박죽 섞인 열정으로 가득했지. 우리의 프로젝트는 거의 마무리 단계에 도달했어. 사소한 몇 가지 문제를 해결하기만 하면 되었지. 하지만 삶이란 정말 예측할 수 없더군."

안나가 거기에서 말을 멈추었을 때, 남자는 묘한 기분이 들었다.

"자네도 아마 그다음에 일어난 일을 알고 있을 거야. 우주 개척 시대의 2차 혁명이라고 불리던 것 말일세."

"음…… 아마."

남자는 잠시 생각했다.

"고차원 웜홀 통로의 존재가 알려졌죠."

안나는 웃었다. 그 웃음이 조금 씁쓸해 보였다.

"그랬지."

워프 항법은 우주 개척 시대의 눈부신 전성기를 열었지만 인류에게 무한대의 속도를 제공해주진 못했다. 다른 은하까지는 짧게는 몇 개월, 길게는 10년이 넘게 걸렸다. 하지만 인간의 생명은 고작 100년을 조금 넘는 사이클에 맞추어져 있었고, 그중에서도 왕성하게 활동할 수 있는 시기는 수십 년에 불과했다. 사람들이 딥프리징 기술을 유일한 대안이자 해결책으로 제시했던 것도 바로 유한한 인간의 시간과 무한한 우주 사이의 간극을 좁히기 위함이었다.

물론 그런 중에도 누군가는 성간 항해 기술에 다른 가능성이 있을지 모른다고 이야기했다. 우주에 수많은 '벌레구멍'이 있다는 이론이 그 일례였다. 우주는 거대한 사과와 같고, 벌레들이 파먹어놓은 구멍들처럼 우주의 곳곳에는 공간과 공간 사이를 연결하는 고차원의 웜홀들이 존재한다는 이야기였다. 그런 고차원 통로를 이용하면 시간 지연 없이 우주의 한쪽에서 다른 한쪽으로 도달할 수 있을 것이라는 생각은, 처음에는 지나치게 허황된 것으로 여겨졌다. 매우 작은 스케일에서는 고차원 통로를 관측하는 데에 성공하기도 했지만 거시적인 우주에서 이 웜홀을 이용한다는 것은 불가능해 보였고, 이미 워프 버블이라는 훌륭한 항해 기술도 있었기에 주목받지는 못했다.

웜홀이 재조명받게 된 것은 우연한 사건 때문이었다. 항해 중이던 우주 탐사선 한 대의 신호가 갑자기 소멸되었는데, 아무리 경로 추적을 해도 도저히 찾을 수가 없었다. 탐사선은 아주 엉뚱한, 거의 우주의 반대편이라고 말할 법한 장소에서 발견되었다. 한 물리학 연구팀은 이 신호 소멸을 끈질기게 추적했다. 그리고 마침내, 당시 탐사선이 연구 목적으로 발생시켰던 특수한 액시온 입자선이 우주 공간의 웜홀을 활성화했다는 사실을 밝혀냈다. 이어진 후속 연구는 우주 개척의 패러다임을 바꾸었다. 웜홀은 원래 아주 불안정해서 우주선과 같은 거대한 물체와는 상호작용하지 않는다는 정론이 뒤집혔고, 실종된 탐사선의 사례를 따라 웜홀을 안정화할 수 있는 기술이 속속들이 발표되었다.

우리 우주에는 이미 셀 수 없이 많은 웜홀들이 있었다. 인류는 단지 이 통로들을 이용하기만 하면 되었다.

"우주 개척 시대의 첫 번째 막이 저물고, 두 번째 막으로 진입하던 순간이었지."

남자는 미간을 살짝 찌푸렸다.

"그러면 하시던 연구가 웜홀의 발견으로 엎어진 겁니까?"

"아, 그렇지는 않았다네. 결론부터 이야기하자면 우리는 결국 프로젝트에 성공했네."

안나는 미소 지었다. 남자의 반응이 재미있다는 태도였다. 하긴, 딥프리징이라는 기술이 단지 우주 항해에만 필요한 기술은 아니었으니 한순간에 엎어지지는 않았을 것이다. 남자는 찌푸렸던 미간을 다시 폈다.

"물론 아쉽기도 했지. 실제로 우리의 연구에 대한 주목도도 예전보다는 떨어졌다네. 딥프리징이 그렇게 많은 연구비를 지원받을 수 있었던 건 역시 우주 개척의 마지막 희망이라는 상징성이 컸는데, 웜홀 통로의 발견으로 성간 항해 기술의 주축이 완전히 이동했으니까."

남자가 태어난 시대에는 그렇게 갑작스러운 기술 혁명은 상상하기 어려웠다. 이미 안나 세대의 사람들이 수많은 시행착오를 거친 이후여서인지도 모른다. 안나는 이야기를 잠시 멈추고 남자의 앞에 있던 로봇을 눈짓했다. 로봇을 고치겠다던 것은 까맣게 잊고 어느새 안나의 이야기에 집중하고 있었다. 불빛이 희미해진 로봇을 앞에 두고 남자가 망설이는 사이에 안나가 태연히 이야기를 이어갔다.

"어쨌든 하던 일은 마무리해야 했어. 여전히 의료 분야에서는 우리 연구가 필요했다네. 우주 개척의 선도자들은 그들대로 새로운 시대를 열고, 우리는 우리대로 이 연구를 끝내야 했지. 그런데 약간 문제가 있었어."

안나의 목소리가 조금 가라앉았다.

"연방 정부와 대중들의 관심 대상이 급변해버린 탓에 그다음 해부터 연구 지원금이 많이 줄었어. 연구를 마무리

못 할 정도는 아니었지만, 계약직 테크니션들을 재고용할 수 없었다네. 일손이 줄었지. 평소보다 업무량이 늘고 프로젝트 종료 시기가 늦춰졌어. 물론 그것 때문에 연구를 끝내지 못한 건 아니야. 말했다시피 프로젝트는 마무리 과정에 있었으니까. 그런데 막상 오랜 시간을 투자해온 연구가 이렇게 끝난다고 생각하니 아쉽기도 했지. 일정이 늦추어진 게 마냥 슬프지만은 않았다네. 어쨌든 모든 것이 곧 끝날 테고, 이 연구를 마무리 지으면 나는 슬렌포니아로 가게 될 테고, 지구를 떠나서 그곳에서 가족들과 여생을 보내게 될 테니."

안나는 거기까지 말하고 잠시 말을 멈췄다. 그러고는 짧은 정적 끝에 한마디를 덧붙였다.

"그때는 그렇게 생각했다네."

남자는 안나의 무덤덤해 보이는 표정 뒤에 수많은 감정이 중첩되어 있다고 느꼈다.

"해가 바뀌고, 몇 개월의 시간이 지났네. 우리는 당시 열렸던 최대 규모의 콘퍼런스에 우리 연구를 발표하기로 되어 있었지. 비록 이제 우주 개척 시대의 유일한 희망이라는 거창한 타이틀은 버려야 했지만, 그래도 그 행사에서는 가장 주목받는 세션이었어. 나는 학회가 끝나면 상용화와 관련된 계약들을 마저 체결하고, 한 달 정도의 여유를 두고 지구에서의 삶을 정리할 생각이었네. 그렇게 콘퍼런스 전날이 되었지. 자네는 그때 내가 느꼈을 긴장감을 상상할 수 있겠나? 수많은 발표를 해보았는데도 그날 밤처럼 떨리던 때가 없었거든. 당연한 일이기는 해. 10년을 바친 연구 결과를 발표하는 순간을, 마침내 인류가 완벽한 냉동 수면 기술을 완성했다는 중대한 사실을 내 입으로 선언하는 순간을 앞두고 있었으니까. 거울을 보면서 표정을 연습하고, 말을 다듬었네. 그런데 그때, 행정 비서에게서 전화가 걸려 왔지."

"전화요?"

안나는 잠시 침묵했다. 다시 입을 연 그녀는 어딘가 씁쓸해 보였다.

"다급했어. 다급한 목소리로, 슬렌포니아행 우주선은 내일이 마지막 출항이라고…… 하더군. 학회 일정이 있는 건 알지만, 알려드려야 할 것 같았다고."

남자는 눈썹을 찡그리며 물었다.

"말도 안 돼요. 어째서 그렇게 갑작스럽게 운항이 중지된 겁니까? 보통 개척 행성들은 연방법에 따라 지구와 오랜 교류를 유지할 텐데요."

"자네는 먼 우주의 개념에 익숙하지 않나 보군."

남자는 당황한 표정을 짓지 않으려고 애쓰면서 입을 다물었다.

"먼 우주란 말일세."

안나의 시선이 창밖을 향했다.

"아까 웜홀 통로가 발견되면서 우주 개척의 패러다임이 바뀌었다는 이야기를 했던가?"

"하셨죠."

"기술의 전환은 생각보다도 급작스럽게 일어나지. 웜홀 통로를 이용하는 항법은 기존의 워프 항법보다 장점이 아주 많았네. 훨씬 더 빠르고, 안전하고, 경제적이었지. 워프 항법은 우주선 주위에 일시적이고 또 국지적인 공간 왜곡 거품을 계속해서 만들어야 했으니 에너지 소모도 엄청났고 이동 시간도 많이 들었지만, 웜홀은 그냥 존재하는 통로 속으로 들어가기만 하면 되니까. 같은 돈으로 워프를 이용했을 때는 고작해야 한 군데에 우주선을 보낼 수 있었다면, 웜홀 통로를 이용하면 다섯 군데도 넘게 보낼 수 있었다네."

그녀의 말대로였다. 남자가 아는 바로도 이제 워프 항법을 이용해서 운항하는 우주선은 없었다.

"문제는…… 웜홀을 이용하는 항법은, 이미 우주가 가지고 있던 통로들만 이용할 수 있었다는 거야. 새로운 통로를 만들어낼 수는 없었지. 대개의 경우는 문제가 되지 않았어. 웜홀을 안정화하는 방법이 알려진 이후로 수많은 통로가 발견되었으니까. 우주 여행의 역사가 다시 쓰였지. 슬렌포니아의 문제는 바로 거기에 있었어. 한때 슬렌포니아는 우리에게 가까운 우주였는데, 웜홀 항법이 도입되면서 순식간에 '먼 우주'가 되어버렸다네. 그곳에는 통로가 없었던 거지. 슬렌포니아 행성계로 향하는 통로도, 심지어 그 근처로 가는 통로도. 항해 기간이 길어야 한 달로 압축되어버린 새로운 개척 시대에 이미 존재하는 통로만으로도 모두 가볼 수 없을 만큼 많은 별과 행성이 있는데, 이제 뭣하러 몇 년도 넘게 잠을 자야만 갈 수 있는 곳에 우주선을 보내겠는가?"

그제야 남자는 왜 그가 전에는 슬렌포니아에 대해서 거의 들어본 적이 없었는지를 깨달았다. 남자는 온갖 행성계와 주요 행성들에 대해서 공부했지만, 슬렌포니아는 단지 한때 많은 자원을 보유했던 개척 행성이라고만 목록에 남아 있었다.

"계산기를 두드려본 우주 연방이 통보한 것이지. 슬렌포니아의 인구는 이미 독립적인 행성 국가를 유지하기에 충분하다. 더 이상의 우주선을 보낼 필요도, 경제성도, 에너지도 없다. 그리고 나는…… 연구에 몰두하느라 연방이 그런 식으로 '먼 우주'의 목록에 올린 행성들에 대한 소식을 모르고 있었어. 기가 막혔지."

안나의 표정은 무덤덤했다.

"하지만 내가 그날 밤 호텔 방 안에서, 당장 뭘 할 수 있었겠나? 당장 내일은 나의 연구 결과를 듣겠다는 수천 명의 청중이 기다리고 있었지. 나는 행성 이민을 갈 준비도 전혀 되어 있지 않았어."

안나의 말투는 여전히 담담했지만, 남자는 그녀가 당시에 느꼈을 절망감을 짐작할 수 있었다.

"물론, 어떻게든 시도해봐야겠다고 생각했어. 콘퍼런스가 끝나고 곧장 셔틀을 타서 우주 정거장으로 향하기로 했지. 심지어 발표를 약간 앞당겨서 끝내기까지 했어."

"성공하셨습니까?"

"아니, 실패했네. 발표 이후에 너무 많은 취재진이 나를 붙잡았지. 대답할 시간이 없다면서 빠져나왔지만, 지체된 시간은 치명적이었어."

"……."

"아마 그 과정을 소설이나 영화로 쓰라면 할 수 있을 만큼 극적이었지만, 어쨌든 결론은 같아. 실패했지."

남자는 수리하던 안내 로봇에서 완전히 손을 놓았다. 안내 로봇은 흐릿한 불빛을 깜빡이더니 완전히 꺼져버렸다. 안나는 작동을 멈추어버린 로봇에 잠시 시선을 주었다.

"나처럼 지구에 남겨진 사람들이 제법 있었네. 사정상 제때 떠나지 못한 사람들, 가족이나 소중한 사람들과 생이별을 하게 된 사람들이지. 우주 연방은 우리를 외면했네. 기술 패러다임의 변화로 개척 행성에서 '먼 우주'로 급격하게 밀려난 행성들은 수십 개가 넘는데, 그 수십 개의 행성에 얼마 되지도 않는 사람들을 보내기에는 경제성이 너무나 떨어진다는 거야. 우스운 일이지. 불과 수년 전까지만 해도 그 경제성이 너무나 떨어지는 방식만을 사용했던 것이 연방 아닌가."

남자는 고개를 끄덕이며, 노인의 시선이 향하는 곳을 같이 올려다보았다. 정거장 로비의 천장에는 이렇게 쓰여 있었다.

'기다리는 사람들을 위한 우주 정거장'

"한 민간단체가 우리를 돕겠다고 나섰어. 그런데 승무원들을 구하는 게 너무 어려웠네. 예전 같았다면 썩 괜찮은 보수를 받고 지구와 행성을 오가는 긴 출장을 떠난다고 생각할 수도 있었겠지. 하지만 이미 그것보다 훨씬 나은 방법이 있는 상황에 누가 그 시간을 들여가며 갔다 오려고 하겠는가? 냉동 수면 기술이 막 완성되었다지만, 그들에게도 시간을 발맞춰서 함께하고 싶은 가족들이 있었을 테니."

"출항하는 우주선이 없었겠군요."

"그랬지. 그래도 몇 달에 한 번, 그리고 몇 년에 한 번…… 아주 드물게, 먼 우주로 떠나려는 사람들을 싣고 우주선이 출발했다네. 바로 이 정거장에서 말일세."

안나가 정거장 바닥을 슬쩍 손짓했다.

"그리고 한참을 기다렸으니, 이제 내 순서가 돌아올 때도 되었지."

"그러면 당신은."

남자가 묘한 표정을 지으며 물었다.

"여전히 여기서 슬렌포니아 행성계로 향하는 우주선을 기다리고 계신 겁니까?"

"그렇게 된 일이지."

안나는 싱긋 웃었다.

하지만 어떻게 그럴 수 있지? 남자는 마음속에서 끓어

오르는 질문들을 도로 삼켰다.

"당신이 슬렌포니아로 가는 걸 간절히 바랐던 이유는 이제 알겠어요."

남자는 손으로 의자를 두드렸다. 안나는 남자를 보고 있었다. 뭐라고 말을 꺼내야 할지. 남자는 자꾸만 목이 말랐다.

"그렇지만…… 애초에 기약이 없었던 일입니다. 여기서 슬렌포니아로 가는 우주선이 출항할 것이라고 누군가가 약속한 것도 아니에요. 그 티켓에는 구체적인 시간도 날짜도 적혀 있지 않았잖습니까."

"언제든지 떠날 수 있다고 했지."

"바꿔 말하면, 언제가 되어도 떠날 기약이 없다는 말이죠."

남자는 목덜미를 자꾸 문질렀다. 하지만 안나는 반쯤 감긴 눈으로 시선을 돌릴 뿐이었다. 단조로운 목소리로 그녀는 말했다.

"미련하다면 어쩔 수 없지. 내가 할 수 있는 일이라곤 기다리는 일뿐이네."

"하지만 안나 씨. 이미 알고 계시잖습니까?"

"뭘 말인가?"

안나는 정중해 보이는 미소를 지었다.

"이곳은 이미 100년 전에 폐쇄되었어요. 모르실 리가 없을 텐데요."

남자는 오랫동안 기다리기라도 한 것처럼 그 말을 내뱉었다.

더는 노인의 이야기를 들을 인내심이 바닥난 것이거나, 혹은 지금 이 순간이 그 말을 하기에 가장 적절하다고 생각했기 때문인지도 몰랐다. 하지만 안나의 표정에는 별다른 변화가 없었다.

짧은 정적이 흐른 뒤에 안나가 어깨를 으쓱했다.

"그걸 알면 뭐가 달라지나?"

"안나 씨."

남자가 자리에서 일어났다.

"당신, 나이를 추정해보니 백일흔 살이더군요. 도대체 여태 어떻게 살아남으신 겁니까? 그동안 정거장에는 대체 몇 번을 오간 건가요?"

"사람이 어떻게 그렇게 길게 사나? 이제 보니 자네, 직원이 아니라 우주 망령이었군."

안나의 태연한 대답에 맥이 탁 풀렸다. 남자는 헛웃음을 지으며 물었다.

"농담하시는 거죠?"

안나가 자신을 놀리고 있는 것이 아닐까 하는 기분마저 들었다. 처음부터 이런 이야기를 하기 위해 왔다는 사실을 눈치채고 있었을까? 그녀는 여전히 미소를 띤 채였다.

"나는 내가 깨어 있는 만큼만 살아 있었다네."

남자는 주위를 둘러보았다. 여전히 작동하는 안내 로봇들, 오랫동안 버려져 있었다기에는 지나치게 깨끗한 의자와 조명 시설. 낡고 오래되었지만 여전히 사람의 흔적이 남아 있는 정거장.

"기다리기 위해서는 지겹도록 잠을 많이 자야 했지. 기다린 결과를 확인해야 했으니 가끔 깨어날 필요는 있었지만 말이야."

그제야 안나에게서 희미한 유기물질의 냄새가 느껴졌다. 노인의 체취라고 생각했던 것은 아마도 첨단 기술의, 아니, 이미 오래전의 기술이 되어버린 그것의 부산물인지도 모른다. 남자는 다시 침착하게 말했다.

"정중하게 요청드리겠습니다. 이제 이 궤도에는 폐기된 정거장이 남아 있을 자리가 없어요. 저는 우주 데브리를 폐기하고 회수하는 작업을 맡았습니다. 이미 이곳은 5년 전에 최종 폐기 시한이 지났어요. 진작에 회수되어야 했는데, 정거장 폐기를 시도할 때마다 당신이 여기 있어서 도통 손을 못 댔다는 이야기를 들었습니다."

"노인네 하나를 왜 못 잡아먹어서 안달인지 모르겠군."

"못 잡아먹었다고요? 그동안 직원 세 명이 파견되었는데 이 정거장 근처에도 접근하지 못했다고 하더군요. 애초에 여기 저를 들여보내주신 것 자체가 어느 정도 심경 변화가 있으셨다는 것이겠지요. 도대체 어떻게 하신 건지는 모르겠지만……."

"나는 모르는 일일세."

안나는 여유 넘치는 표정이었다. 남자는 입술을 깨물었다.

"안나 씨의 노후를 저희 회사에서 지원해드리겠다고 합니다. 정거장을 시한 내에 폐기하지 않아서 매년 연방에서 징수하는 벌금이 늘고 있어요. 그 퀴퀴한 냉동 수면 기계에서 100년이고 200년이고 더 기다리실 겁니까? 어차피 슬렌포니아로 가는 우주선은 오지 않아요. 저희 제안을 따라주십시오. 부탁드립니다."

노인은 눈을 감았다. 듣는 척도 하지 않는 태도였다.

"정말 간곡히 부탁드립니다. 계속해서 협조해주지 않으시면 강제 연행할 수밖에 없어요."

남자의 말에 안나가 자리에서 일어났다. 남자는 움찔하

며 뒤로 물러났다. 안나는 품에서 플라스마 건을 꺼냈다. 남자는 속으로 경악했다. 침착함을 유지해야 했다.

"당신이 저를 죽이지 않을 거라는 걸 압니다."

"어떻게 확신하나?"

그녀가 입꼬리를 슬쩍 올려 웃었다. 그래도 정신은 멀쩡한 노인이라고 생각했는데 혹시 아닌 건가? 남자는 등에 식은땀이 흐르는 것을 느꼈다. 총구가 남자를 향했다.

"확신은 아닙니다. 젠장, 제발 그 총 좀 내려요. 적어도 저에게 지금 무기가 없다는 건 이미 알고 계실 거 아닙니까."

안나가 싱겁게 총을 내렸다.

"알겠네."

남자는 터질 것 같던 심장을 겨우 진정시켰다. 100년 동안 정거장을 점유하고 있다길래 어지간한 괴짜일 거라고는 예상했지만, 이 정도로 과격한 노인네일 줄이야.

"쏠 생각도 없었네. 애초에 고장 난 물건이고 말이지."

그녀는 그렇게 말하며 플라스마 건을 바닥으로 획 던졌다.

"이것만큼은 내가 수리할 수 있는 기계가 아니더군."

남자는 혹시 오발되지 않을까 하는 생각에 잔뜩 긴장한 표정을 지었고, 안나는 그런 그를 보며 웃음을 터뜨렸다.

"겁이 많은 젊은이군."

"저는 살아야 할 날이 아직 많으니까요."

남자가 퉁명스레 대꾸했다. 안나는 자리에 다시 앉았다. 이제 서 있는 것도 귀찮다는 태도였다. 남자가 한숨 돌리며 물었다.

"그래서, 안나 씨. 여기서 대체 뭘 하고 싶은 겁니까?"

"말했잖은가. 기다리고 있는 걸세."

안나의 시선이 창밖의 우주를 향했다.

"언젠가는 슬렌포니아에 갈 수 있지 않을까, 일말의 희망을 기다리는 것이지. 언젠가는 이곳에서 우주선이 출항하는 날이 오지 않을까, 언젠가는 슬렌포니아 근처의 웜홀 통로가 열리지 않을까……. 자네에게는 흘러가는 시간이 붙잡지 못해 아쉬운 기회비용이겠지만, 나 같은 늙은이에게는 아니라네."

"슬렌포니아 행성계로 가는 우주선은 없습니다. 앞으로도 없을 거고요. 이곳은 오래전에 폐쇄되었어요. 슬렌포니아 근처의 웜홀 통로가 있었다면 진작에 발견되었겠죠. 게다가 안나 씨, 설령 그런 게 지금 발견되어도 무슨 의미가 있겠습니까? 당신이 100년도 넘게 동결과 해동을 반복하는 동안 거기 있는 당신 가족들은 이미 생을 다 누리고 떠났어요. 150년을 넘게 산다는 사람들에 대해선 들어본 적이 없으니까요. 제발, 그냥 저희와 함께 가시죠."

남자는 그렇게 쏘아붙이며 흘끗 손목의 시계를 보았다. 본사에서는 두 시간 내에 그녀를 끌어내라고 말했다. 궤도에 있는 수많은 다른 위성들에 피해를 주지 않으면서 적절한 타이밍에 정거장을 파괴하고 데브리들을 회수하는 일은 쉬운 일이 아니었다. 시간은 얼마 남지 않았고, 남자는 이제 무력으로라도 안나를 포기시켜야 했다.

"물론 내가 사랑했던 사람들은 이미 다 죽었겠지."

안나는 오늘 아침 식사의 메뉴를 회상하는 어조로 말했다.

"그래도 가보고 싶은 거야. 한때 내 고향이 될 수 있었을 행성을. 운이 좋다면, 남편 옆에 묻힐 수도 있겠지."

"같은 곳에 묻히는 것에 그렇게 특별한 의미가 있습니까? 정말 이해할 수 없는 것에 집착하시네요."

"요즘 젊은이들은 그런 것에 집착하지 않는가 보군. 그럼 세대 차라고 해두지. 자네보다 내가 백 살은 더 먹었으니 말일세."

정말 돌아버리겠군. 남자는 속으로 투덜거렸다.

"고집 센 할머니를 설득하는 방법은 혹시 연구하신 적

없습니까?"

"내가 알기로는 그런 방법은 없어."

"좋아요. 그럼 저는 본사에 지원을 요청하겠습니다. 강압적이어도 화내지 마세요."

이제 그녀와의 대화는 남자에겐 의미가 없었다.

하지만 돌아서는 남자에게 안나가 입을 열었다.

"내가 아까 딥프리징이 완전한 냉동 수면 기술이라고 이야기했던가?"

"네……. 그렇게 말씀하셨죠."

남자는 한숨을 쉬면서 다시 노인에게 고개를 돌렸다.

"하지만 그것도 완전한 건 아니었어. 백 번을 넘게 잠들었다 깨어나보니 그제야 알겠더군."

안나는 이제 창밖을 보고 있었다. 다른 궤도의 우주 정거장이 그들을 스쳐 지나갔다. 그곳에는 이제 막 출발을 앞둔 우주선 하나가 도킹해 있었다.

"한 번 동결했다가 깨어날 때마다 뇌세포가 우수수 죽어버리는 기분을 아나? 이제 나는 그 감각을 느낄 수 있다네."

"……."

"동결은 대가 없는 불멸이나 영생이 아니야. 살아 있음을 확인하기 위해서는 눈을 뜨는 순간이 있어야 하고, 그

때마다 나는 내가 살아보지도 못한 수명을 지불하는 기분이 들지."

"그럼 대체 왜 그런 일을 하시는 겁니까? 이제 편히 노후를 보내실 수도 있잖습니까."

"그건 자네의 생각대로 내가 미친 노인네라서 그런 것이지."

안나가 장난기 섞인 웃음을 지어 보였다. 남자는 무어라 답해야 할지 몰라서 당황했다.

"이제 상황 판단이 안 되는 거라네. 내가 여전히 동결 중인지, 사실 이 모든 것이 몹시 추운 곳에서 꾸는 꿈은 아닌지, 내가 사랑했던 이들이 정말로 나를 영원히 떠난 게 맞는지, 그들이 떠난 이후로 100년이 넘게 흘렀다면 어째서 나는 아직도 동결과 각성을 반복할 수 있는지. 왜 매번 죽지 않고 다시 깨어나는지. 얼마나 많은 시간이 흘렀고, 얼마나 많이 세상이 변했는지. 그렇다면 내가 그들을 다시 만나는 일도 일어날 수 있는 것이 아닌지. 그럼에도 잠들어 있는 동안은 왜 누구도 나를 찾지 않고, 왜 나는 여전히 떠날 수 없는지……."

안나가 빙긋 웃었다.

"한번 생각해보게. 완벽해 보이는 딥프리징조차 실제로

는 완벽한 게 아니었어. 나조차도 직접 겪어보기 전에는 몰랐지. 우리는 심지어, 아직 빛의 속도에도 도달하지 못했네. 그런데 지금 사람들은 우리가 마치 이 우주를 정복하기라도 한 것마냥 군단 말일세. 우주가 우리에게 허락해 준 공간은 고작해야 웜홀 통로로 갈 수 있는 아주 작은 일부분인데도 말이야. 한순간 웜홀 통로들이 나타나고 워프 항법이 폐기된 것처럼 또다시 웜홀이 사라진다면? 그러면 우리는 더 많은 인류를 우주 저 밖에 남기게 될까?"

"안나 씨."

"예전에는 헤어진다는 것이 이런 의미가 아니었어. 적어도 그때는 같은 하늘 아래 있었지. 같은 행성 위에서, 같은 대기를 공유했단 말일세. 하지만 지금은 심지어 같은 우주조차 아니야. 내 사연을 아는 사람들은 내게 수십 년 동안 찾아와 위로의 말을 건넸다네. 그래도 당신들은 같은 우주 안에 있는 것이라고. 그 사실을 위안 삼으라고. 하지만 우리가 빛의 속도로 갈 수조차 없다면, 같은 우주라는 개념이 대체 무슨 의미가 있나? 우리가 아무리 우주를 개척하고 인류의 외연을 확장하더라도, 그곳에 매번, 그렇게 남겨지는 사람들이 생겨난다면……"

"이런 식으로, 시간을 끄져도 소용은."

"우리는 점점 더 우주에 존재하는 외로움의 총합을 늘려 갈 뿐인 게 아닌가."

남자는 입을 다물었다. 짧은 정적이 흘렀다.

안나가 말했다.

"떠나게 해주게."

"떠나신다는 말씀은, 이제 함께 지구로 가시겠다는 말씀 입니까?"

"나는 내 개인 우주선을 가지고 슬렌포니아로 가겠네."

"농담이시죠? 말도 안 되는 얘기예요."

남자는 딱 잘라 말했다.

"혹시 저 밖에 있는 저걸 타고 가겠다는 건가요. 그건 완전히 자살 행위입니다. 저 작은 우주선으로 어딜 간다는 겁니까? 저건 지구와 위성 사이를 오가는 용도의 셔틀이잖아요. 애초에 슬렌포니아에 도달할 수 있을 리도 없고, 게다가 허가받지 않은 항해와 탐사 행위는 연방법상으로 엄격하게 금지되어 있어요. 방조하는 것만으로도 처벌받게 된다고요. 그러지 마시고, 그냥…… 함께 지구로 가시죠."

"나는 내가 가야 할 곳을 정확히 알고 있어."

안나는 단호했다. 그리고 지쳐 보였다.

"내게 마지막 여행을 허락해주면 안 되겠나?"

남자는 짧은 순간 갈등에 빠졌다. 본사는 노인을 지구로 데려오라고 했지만, 그녀의 긴 이야기를 들으면서 그녀에게 연민이 생겼던 것도 사실이다.

하지만 그녀는 절대로 슬렌포니아에 도달하지 못할 것이다. 안나의 개인 우주선은 워프 버블조차 만들 수 없는 구식 셔틀에 불과했다. 그리고 슬렌포니아 행성계는, 빛의 속도로 가더라도 수만 년은 걸리는 거리에 있었다.

무엇보다도 남자에게는 그 여행을 허락할 권한이 없었다. 최근 연방은 우주 데브리의 발생을 엄격하게 단속하고 있다. 궤도의 우주 폐품이 포화 상태에 도달했기 때문에 숙련되지 않은 조종사의 짧은 판단 착오만으로도 충돌 사고가 발생할 수 있었다. 노인의 무허가 여행을 방조했다간 수많은 폐품들이 흩어지거나 멀쩡한 인공위성들이 파손될 것이다. 안나의 말대로라면 그녀는 딥프리징의 전문가였지, 전문 우주선 조종사는 아니었다.

"죄송합니다."

남자는 시선을 마주하지 않고 말했다.

"저도 상부의 지시로 나온 거여서요."

사과는 진심이었다. 그녀의 이야기에 마음이 약해졌다. 하지만 그로서도 방법이 없었다.

무어라 더 저항이 있을 것이라는 예상과 달리 안나는 순순히 고개를 끄덕였다.

"알겠네. 그렇다면 어쩔 수 없지. 지구로 출발하겠네."

아마 조금 약한 태도로 나갔던 것이 노인의 마음을 움직였는지도 모른다. 남자는 미안한 기분이 들어서 더 이상 안나에게 말을 걸지 않고 돌아섰다.

안나는 태연하게 주위를 둘러보았다.

"이 정류장이 사라진다니 아쉽군. 벌써 한 시대가 저물었어."

본사에서 요청한 것은 이 정거장의 블랙박스를 챙기는 일이었다. 블랙박스는 정거장의 엔진실에 있을 터였다. 남자는 창밖으로 도킹되어 있는 셔틀을 보았다. 남자가 이 정거장까지 타고 온 셔틀이었다. 그 옆에는 안나의 낡고 작은 셔틀이 있었다. 자동 운항 장치는 달려 있을 테니, 안나와는 본사에서 지급한 셔틀을 타고 함께 돌아가는 것이 나을 터였다.

"잠시만 기다려주세요. 곧 출발하겠습니다."

남자는 통로를 지나서 엔진실로 갔다. 노인에게도 오랜 시간 동안 정을 붙였을 이 정거장에 작별 인사를 고할 시간을 주어야 할지도 모른다. 엔진실에 도착한 남자는 그 오랜 시간 동안 이 정거장이 얼마나 잘 관리되었는지를 보며 새삼 감탄했다. 자동 정비 기능이 있다고 해도 결국 엔지니어의 손이 닿지 않으면 이 정도로 잘 유지되기는 어려웠다. 노인은 본인의 연구 분야 외에도 다방면의 재주를 가진 모양이었다.

모니터에 보안코드를 입력하자 블랙박스의 위치가 나타났다. 블랙박스는 조종실에 있었다. 이 내용을 분석하면 그동안 정거장에서 무슨 일이 있었는지를 파악할 수 있을 것이다. 불쌍한 노인을 굳이 취조하지 않더라도 말이다.

조종실에서 해야 할 다른 일들도 있었다. 안나가 타고 온 셔틀을 자동 운항으로 돌려 지구로 가게 하고, 그녀와 타고 갈 셔틀이 도킹 해제를 준비하도록 지시하는 것이었다. 남자는 엔진실 바로 옆방으로 향했다. 문 하나를 넘어서자 바로 앞의 우주가 창밖으로 보이는 비좁은 조종실이 있었다.

그때 덜컹하고 정거장이 흔들렸다. 바닥을 뒤흔드는 진동이었다. 남자는 진동을 따라 고개를 획 돌렸다. 투명한 창 너머로 안나의 셔틀이 보였다. 셔틀은 출발 준비를 하고 있있다.

"망할."

안나는 도킹 해제를 시도하고 있었다. 방심한 게 잘못이 었을까. 지구로 향하고 있는 것 같지는 않았다. 남자는 조종실의 버튼을 눌러 정거장과 셔틀이 분리되지 못하도록 막았지만, 어떻게 했는지 여전히 끔찍한 소음이 들려왔다.

잠시 뒤, 정거장을 뒤집어엎을 만큼 커다란 진동이 느껴졌다.

"안나 씨!"

들리지 않을 것을 알면서도 남자는 소리쳤다. 노인의 셔틀은 이미 정거장을 떠나 먼 우주로 방향을 틀고 있었다.

남자는 당황하여 블랙박스의 위치를 확인했다. 지금은 모두 블랙박스에 녹화되고 있을 것이다. 자칫했다가는 허가되지 않은 항해를 방조한 혐의를 받을 수도 있었다. 방법이 없었다. 남자는 손을 움직여 조종실에 있던 간이 무기를 찾았다. 버튼을 누르면, 정거장에 탑재된 방어용 플라스마 무기가 발사된다.

그때, 셔틀을 조종하고 있던 안나가 고개를 돌려 이쪽을 보았다. 남자와 안나의 시선이 마주쳤다.

남자는 버튼을 눌러 플라스마 무기를 발사했다. 조준한 것은 우주선을 비껴갔다. 쏘아져 나간 무기는 근처의 폐품 표면을 빗맞혔다. 작은 파편들이 떨어져 나왔다. 플라스마는 허공에서 흩어졌다. 남자의 시선이 안나를 뒤쫓았다. 안나는 남자가 자신을 조준하는 것을, 그리고 폐품과 플라스마가 부딪혀 폭발하는 것을 보고 있었다.

안나가 남자를 향해 빙긋 웃었다.

남자는 커다란 위성들 사이에서 초라한 안나의 셔틀이 파편들을 피해 움직이는 것을 보았다. 실수로 부딪히기라도 하면 금세 산산조각 나버릴 것 같은 작은 몸집이었다. 낡은 셔틀에는 아주 오래된 가속 장치와 작은 연료통 외에는 붙어 있는 게 없었다. 아무리 가속하더라도, 빛의 속도에는 미치지 못할 것이다. 한참을 가도 그녀가 가고자 했던 곳에는 닿지 못할 것이다.

그러나 안나의 뒷모습은 자신의 목적지를 확신하는 것처럼 보였다.

안나는 곧 파편이 없는 공간으로 들어섰다. 이제 그녀를 방해하는 것은 없었다. 안나의 셔틀은 점점 속도를 높이며 지구로부터 멀어져갔다. 남자는 조종실 버튼에서 손을 놓았다. 문득 남자는 그녀가 했던 말을 떠올렸다.

'나는 내가 가야 할 곳을 정확히 알고 있어.'

먼 곳이 별들은 마치 정지한 것처럼 보였다. 그 사이에서 작고 오래된 셔틀 하나만이 멈춘 공간을 가로질러 가고 있었다.

그녀는 언젠가 정말로 슬렌포니아에 도착할지도 모른다.

어쩌면, 아주 오랜 시간이 흐른 끝에.

남자는 노인이 마지막 여정을 떠나는 모습을 지켜보았다.

감정의 물성

그 이상한 상품의 견본품을 처음 보았을 때, 나는 마감을 앞둔 사무실에 있었다. 특집 기사 중 하나로 들어갈 영화 리뷰를 써주기로 했던 평론가는 마감을 두 번이나 미루더니 결국은 원고를 못 주겠다고 문자를 보내왔고, 다른 지면에서는 갑자기 저작권 문제로 트집을 잡기 시작한 사진작가 때문에 골치가 아팠다. 리뷰 지면에 대신 들어갈 원고를 찾다가 결국 직접 쓰기 시작한 신입 에디터는 10분마다 한숨을 푹푹 쉬며 내 책상으로 노트북을 가져와 도움을 요청했다. 도와주는 것도 처음 한두 번이지, 나는 나대로 담당한 원고의 분량을 줄여나가는 중이라 신경 쓸 겨를이 없었다.

　그래서 사무실의 누군가가 그 이모셔널 솔리드의 신제

품을 테이블 위에 올려놓고 찰칵찰칵 사진을 찍어댈 때도 나는 시선을 주지 않았다. 하지만 후배들이 그 앞에 모여서 신기한 듯 한마디씩 떠들어대기 시작하자 소음은 도저히 무시할 수 없는 수준이 되었다.

"이게 요즘 인스타그램에 엄청 올라와요. 정식 출시도 안 했는데 벌써 중고로 비싸게 팔리고……."

"그러면 그냥 바이럴 아냐?"

"저도 그런 줄 알았다니까요. 근데 그렇게 보기엔 반응이 워낙 열광적이라. 돈 받고 홍보 안 해주기로 유명한 계정도 다 올라왔거든요. 저 아는 기자는 벌써 전화 인터뷰도 했더라고요. 내일 올린대요. 우리도 늦기 전에 인터뷰 따야 하는데."

시끄럽다고 한마디라도 해줄 생각으로 자리에서 일어났다. 그런데 시야에 들어온, 그 열광적인 반응을 불러왔다는 제품의 모습이 좀 이상했다. 테이블 위에 덩그러니 놓인 초록색의 네모난 자갈. 그렇게밖에 표현할 수 없는 물체였다.

"정하 선배. 끝났어요?"

"아니. 근데 그건 뭐야? 돌멩이?"

"아. 이거 말이죠. 감정의 물성이라는 건데, 재밌는 물건이에요."

기다렸다는 듯이 한 후배가 아이패드를 눈앞에 들이댔다. 이번 호의 맨 마지막에 실리는 '주목할 만한 아이템' 란에 들어갈 짧은 소개글이었다. 보통 소셜 미디어에서 인기를 끌고 있는 생활용품이나 인테리어 소품이 소개되는 코너인데 이번에는 설명만으로는 도저히 정체를 짐작할 수 없었다.

소개글에 따르면 이모셔널 솔리드는 원래 문구류를 만드는 평범한 회사였다. 감각적인 디자인, 즉 사진이 예쁘게 찍히는 디자인으로 인기를 끌었고, 국산 문구 제품으로는 드물게 다이어리니 만년필이니 하는 것들로 지하철 광고도 크게 붙일 정도로 성행하다가, 어느 날 갑자기 소리 소문 없이 장사를 접었다. 그러다가 1년 만에 다시 등장해서 출시한 제품들이 바로 이 '감정의 물성' 라인이라는 것이었다.

"감정의 물성?"

"그러니까 자기들 말로는 감정 자체를 조형화한 제품이래요. 종류도 꽤 많아요. 가장 기본적인 형태는 '공포체', '우울체' 하는 식으로 이름이 붙고, 파생되는 제품으로 비누나 향초, 손목에 붙이는 패치도 있고요. 지금 유진 씨가 구해 온 건 침착의 비누라는 건데, 진짜 비누처럼 써도 되지만 그냥 손으로 만지작거리는 것만으로도 효과가 있나 봐요. 10분 정도 사용하면 마음이 차분해진다고……."

"그게 무슨 바보 같은 소리야?"

나는 미간을 찌푸렸다. 어째 유사과학 상품 팔아먹는 사람들과 하는 소리가 딱 비슷했다. 뇌파를 이용한 집중력 강화니, 건강 팔찌니, 한 알 삼키는 것만으로 마음을 진정시키는 약이니 하는 물건들. 하지만 그런 것들은 대부분 말도 안 되는 사기이거나 정말로 처방전 받고 약국에서 팔려야 하는 걸로 결론이 나지 않았던가.

"근데 진짜 효과가 있다니까요. 다들 하는 말이 그래요. 저기 유진 씨가 들고 있는 건 '설렘' 초콜릿인데, 한 조각 먹었다가 벌써 30분째 저러고 있잖아요. 남자친구 전화 기다린다고."

"초콜릿은 원래 사람을 설레게 해. 그게 '설렘' 초콜릿이라서 그런 게 아니라."

"그런 정도가 아니라니까요."

후배는 한숨을 푹 쉬었다. 나도 한숨을 쉬고 싶었다. 어쩐지 힙스터들을 대상으로 한 대사기극이 시작되고 있는 것이 아닌가 하는 의심이 가슴속에서 꾸물거리기 시작했지만, 어차피 몇 달 지나면 다들 흥미를 잃을 수많은 유행 아이템 중 하나일 뿐이다. 괜한 정의감에 사서 고생할 필요는 없었다.

이모셔널 솔리드의 물건이 정말로 효과가 있다는 후배들의 주장과 달리, 동기 윤지우는 다른 의견을 내놓았다.

"그런 거 있잖아. 무슨 퍼니퍼니샵 같은, 좀 특이한 아이템을 파는 곳들. 막상 들여다보면 진짜 기능이 있는 건 아닌데 키덜트들의 수집 욕구를 자극한다고 해야 하나? 그런 쪽으로 인기가 많을 것 같은데."

나의 연인 강보현에게도 사소한 소품들을 수집하는 취미가 있다. 보현은 각각의 소품들이 의미를 갖기 때문에 중요한 것이라고 말했다. 장식장을 보고 있으면 여행에서 우연히 마주친 낯선 골목의 기억, 소품샵의 진열장과 무엇을 살지 고르던 순간의 두근거림이 떠오른다고 했다. 그런 걸 기억해서 어디에 쓸모가 있겠냐마는, 나는 아마 '감정의 물성' 또한 그런 사소한 물건들에 의미를 부여하고 싶은 사람들을 대상으로 한 상술이겠거니 하고 넘겨짚었다.

이모셔널 솔리드에 대한 이야기는 이내 기억에서 잊혔다. 잡지 개편을 앞두고 벌어진 편집장과의 잦은 언쟁, 그리고 보현과의 갈등에 모든 신경이 곤두서 있었다. 다른 사람들이 예쁘장한 돌을 만지작거리며 평온과 행복을 얻든 말든 내게는 그다지 중요한 문제가 아니었다.

보현에게서 벌써 일주일째 연락이 없었다. 보현과 나는 같은 동네에 살았는데, 보통은 하루 일과를 마치고 서로의 집에 들르거나 공원을 산책하는 등 함께 짧은 시간을 보내곤 했다. 매일 볼 수 있다 보니 휴대폰으로 연락을 자주 하는 사이는 아니었지만 아침저녁으로 안부를 묻는 것은 이미 10년 가까이 지속해온 일상이었다. 그런데 보현을 마주치지 못한 지 2주가 지났고, 지난 일주일간은 전화나 메시지에 답조차 없었다.

보현의 지속된 침묵은 '네가 뭘 잘못했는지 아직도 모르겠어?'라고 내게 날을 세우는 것처럼 느껴졌다. 2주쯤 그런 상태가 이어지자 차라리 소리라도 치고 멱살이라도 잡히며 싸우는 게 낫겠다 싶을 정도로 신경이 쓰였다. 오늘은 꼭 보현과 대화를 해보아야겠다고 결심했다. 퇴근길에 집 앞에서 기다릴 테니 잠시만 나와 달라는 메시지를 남기고 운전대를 잡았는데, 안으로 들어와도 된다는 답장이 왔다.

근처 카페에서 보현이 좋아하는 케이크 한 조각을 사서 보현의 집으로 들어설 때까지만 해도 그런 상황은 예상하지 못했다. 문을 여는 순간 묘한 향기가 느껴졌다.

"무슨 향수를 이렇게……."

나는 말을 멈췄다. 보현이 울고 있었다. 보현의 발치에는 방금 개봉한 듯한 택배 상자가 놓여 있었고, 그녀는 작은 돌 하나를 쥐고 있었다. 푸른색의 돌이었다. 보현은 한참이나 울었는지 새빨간 눈으로 나를 바라보더니 다시 자신의 손에 쥔 돌로 시선을 돌렸다. 그 와중에도 짙은 향기는 폐를 찌르듯이 콧속으로 파고들어 왔다.

"이게 다 뭐야?"

"우울체."

내 시선은 그녀가 개봉한 박스의 겉면을 향했다. 본 적이 있었다. 이모셔널 솔리드의 '우울' 라인 패키지였다.

방을 가득 채운 냄새에 머리가 어지러웠다. 숨 막히는 보현의 감정이 나에게 전달되는 것 같았다. 보현은 말이 없었지만 평소처럼 나를 피하지도 않았다. 이 순간 위로의 말을 내게서 바라고 있을지도 모른다는 생각이 들었다. 뭐라고 말을 건네야 할까. 늘 하던 대로 위로하는 것이 의미는 있을까. 나는 그녀에게 다가가서 어깨를 끌어안았다.

보현은 작년 말부터 이어진 부모와의 갈등으로 지쳐 있었다. 보현과 나는 10년 가까이 연애를 했고 서로가 있는 삶에 익숙해진 상태였지만, 보현의 강한 의지에 따라 결혼만은 하지 않았다. 보수적인 가풍을 가진 그녀의 집에서는 그런 보현을 마뜩지 않아 했다. 삼촌이 지병으로 쓰러진 이후에는 차라리 집에 들어와서 간병을 도우라며 압박을 가해왔다. 보현의 가족들이 못마땅하게 나를 보는 것은 당연한 일이었다. 모르는 번호로 전화가 걸려 오기도 했고, 책임감이 없다느니 하는 문자를 받을 때도 있었다. 보현은 나에게 자기 집 사람들 번호를 모두 차단하라고 조언했다. 이러지도 저러지도 못한 채로 나는 걸려 오는 전화에 거절 버튼을 눌렀다.

보현을 돕고 싶었지만 나는 이 상황을 해결해줄 수 없었다. 문제는 보현과 내가 겪는 감정적인 피로였다. 나는 내 관여를 원하지도 않고 마땅한 해결책을 찾지도 않으면서 괴로움만을 토로하는 보현에게 지쳐갔고, 몇 주 전 그냥 가족들이 바라는 대로 결혼식 정도는 해도 되지 않겠냐는 이야기를 꺼낸 상태였다. 어차피 가까운 곳에 살고 있다 보니 서로의 살림이 많이 섞인 상황이었고, 이럴 바에는 집을 합쳐 더 넓은 곳으로 가는 것이 낫겠다는 생각도 했었다. 보현이 독립적인 생활을 유지하고 싶어 하는 것은 알지만 그 정도는 서로 대화를 통해 맞춰갈 수 있다고 생각했다. 약간의 타협으로 지속적인 고통을 해결할 수 있다면 그것이 더 나은 해결책이 아닐까, 조심스럽게 건넨 내 설득에 보현은 화를 냈다. 그리고 말했다.

"정하야. 우리 관계는 결혼의 예행연습이 아니야."

그녀가 화를 내는 이유를 알고 싶었지만 나는 끝내 이해하지 못했다. 그때부터 이 냉전기가 시작되었던 것 같다.

속이 상했다. 대체, 이 망할 물건들은 다 뭐란 말인가.

한참이나 창문을 열어 환기를 해야 했다. 울다 지친 보현은 오랜만에 내 옆에서 잠이 들었다. 하지만 아침에 눈을 떴을 때 보현의 모습은 보이지 않았다. 나는 서랍장 위에 쌓여 있던 우울체들을 모두 쓰레기통에 버렸고, 보현에게 병원에 가서 전문가에게 상담을 받아보는 것이 좋겠다고 메시지를 보냈다.

업무 시간에는 애써 보현과의 문제를 잊고 일에 집중하려고 했다. 그렇지만 그 주에는 이상하게 넘어와야 할 작업들이 얼른 오지 않았고, 멍하니 모니터를 보고 있다가 딴생각에 빠져들었다. 그러다 보니 사람들이 내 자리를 오가며 한마디씩 던지는 그다지 궁금하지 않은 이야기까지 다 수워듣게 되었다.

이를테면 이모셔널 솔리드의 소식 같은 것 말이다.

감정의 물성은 정식 런칭 한 달 만에 일종의 사회적 현상이 되어 있었다. 이미 발 빠르게 움직인 잡지들은 감정의 물성 제품을 분석한 기사와 대표 인터뷰를 실었는데, 대부분 서면이나 전화로 진행되었고 대표의 얼굴이나 신상은 알려진 것이 없었다.

"대체 왜 어떤 사람들은 '우울'이나 '분노', '공포' 따위를 사려고 하는 거지?"

"저도 그쪽은 잘 모르겠네요."

집중의 패치를 손등에 붙이고 있던 김유진이 어깨를 으쓱해 보였다.

나는 이모셔널 솔리드의 물건들이 효과가 있다는 말을 믿지 않았다. 마음 치유 효과를 가진다는 아로마 오일이나 향초처럼 어디까지나 쓰는 사람의 기분에 달린 물건이라고 생각했다. 그보다는 '왜 그런 물건들을 굳이 사려는 사람들이 존재하는가' 쪽이 나의 주된 의문이었다. 어쨌거나 '행복', '침착함' 같은 감정이 주로 팔리고 있다면 대중들이 플라시보 효과에 의존하여 위안을 얻으려는 것이라고 이해해볼 수 있을 텐데, 부정적인 감정들조차도 잘 팔려나가고 있다는 것이 정말 이상했다.

대체 돈을 주고 우울해지려는 사람들은 누구인가? 돈이

너무 많아서 행복감마저 주체할 수가 없는 것일까? 그렇게 삐딱한 생각을 하며 나는 감정의 물성이 유행하는 현상을 지켜보았다. 보현이 우울체를 쓰는 것을 보았던 터라 소식을 들을 때마다 시선이 갔다. 그렇지만 그 효능을 진지하게 살펴볼 생각은 없었다. 어차피 상술에 불과할 테니까. 편집회의에 아이템이 올라올 때마다 내가 완고히 반대 의견을 냈던 터라, 몇 번인가 감정의 물성을 리뷰하고 싶어 하던 후배들은 곧 빠르게 주제를 바꿨다.

인스타그램에서 먼저 유명해진 이모셔널 솔리드는 곧 인터넷 커뮤니티와 문화면 기사를 휩쓸기 시작했다. 유튜버들은 감정의 물성을 직접 사용하는 리뷰 동영상을 찍어 올렸고, 얼마 뒤에는 공중파 방송에도 등장했다. 감정의 물성을 종류별로 사용하며 우스운 농담을 하는 예능 방송의 클립이 편집되어 돌아다녔다.

한편 이 현상을 나처럼 미심쩍게 바라보는 사람들도 많았다. 부작용을 호소하는 글이 트위터니 네이트판이니 하는 곳에 이따금 올라오더니 결국 '과다 우울'을 주의하라는 기사가 났다. 경쟁사라고 할 만한 곳은 없었지만 이모셔널 솔리드의 제품이 온갖 커뮤니티 사이트를 도배하는 것에 불만을 가졌던 이들이 감정의 물성 제품들을 허위광

고라며 민원을 넣었고, 식약처에서 조사에 들어갔다는 소문이 들려왔다. 이모셔널 솔리드는 안전성 검증을 거쳤다고 해명하는 자료를 즉시 보도했다. 하지만 쏟아지는 의심을 마냥 무시할 수는 없는 상황인 것 같았다.

"선배, 이거 봐요."

그러다 보니 그 기사를 보았을 때 처음 들었던 생각도 '터질 게 터졌구만' 정도의 감상이었다. 기사는 꽤 자극적인 제목을 달고 있었다.

〈10대들의 뒷골목 '막장' 폭행, 그 뒤에는 '증오체'가 있었다…〉

최근 일어난 청소년들의 집단 폭행 사건들을 보도한 기사였다. 기사는 가해 청소년들이 이모셔널 솔리드의 제품을 소지하고 있었던 사건을 집중 조명했다. 기사의 주장을 곧이곧대로 받아들이기에는 미심쩍은 부분이 많았다. 감정의 물성이 효과가 있느냐는 둘째 치고, 유행에 민감한 청소년 중 그 제품을 안 사본 녀석들이 있을까. 증오체가 청소년 범죄를 촉발했다는 결론은 동의할 수 없었다.

"걔들은 증오체 때문에 범죄를 저지른 게 아니라, 일단 범죄를 저지르고 핑계를 댄 거 아닐까?"

어차피 범죄를 저지를 거였으면서 술에 취해 심신미약

상태였다고 둘러대는 놈들처럼 말이다. 하지만 시큰둥한 내 반응과 달리 후배 에디터들의 표정은 자못 심각했다. 하긴, 실제로 효과가 있다고 굳게 믿고 있는 사람들에게는 이렇게 충격적인 기사가 또 없을 것이다. 이 사무실에서도 가끔 기묘한 향수 냄새가 났고 나도 얼마 지나지 않아 그게 '침착의 향수'라는 것을 알게 되었으니까. 어떤 때는 그 효과를 믿지 않는 사람이 오직 나뿐인 건 아닐까 싶을 정도였다.

다음 날 휴게실에서 나는 유진이 감정의 물성 제품들을 휴지통에 버리고 있는 것을 목격했다. 내가 빤히 바라보자 유진은 무안한 표정을 지었다.

"저도 얼마 전 '증오'를 샀었거든요. 좀 무서워서, 이건 버리게요."

"증오를 왜 샀는데?"

"어…… 그냥 색감이 독특해서 샀는데, 실제로 쓴 적은 한 번도 없어요."

엉뚱한 대답이었다. 구입한 이유가 개인적인 것인지, 정말 장식용으로 샀는지, 아니면 그냥 유행을 따라 샀다고 말하기에는 머쓱한 건지. 더 캐묻기도 그래서 나는 어깨를 으쓱하며 다른 질문을 했다.

"다른 건 그냥 가지고 있게?"

"네. 제일 자주 쓰는 건 '편안함'인데 꽤 좋아요. 위험할 것 같지도 않고요."

"그게 왜 효과가 있다고 생각하는지 신기해. 다들 너무 순진한 거 아니야?"

농담하듯 가볍게 하려고 했던 말이 입 밖으로 나가는 순간 날카로운 어조가 되어서 나조차 흠칫했다. 하지만 유진은 그런 질문을 전에도 받아본 것인지 아니면 이미 생각해본 문제였는지 침착하게 답했다.

"효과가 없다고 믿을 이유도 없지 않을까요? 이를테면 항우울제 같은 것도 효과가 입증된 약물이고, 사람의 기분과 정신에 영향을 미치잖아요. 초콜릿이나 와인이 실제로 사람의 감정에 작용한다는 연구 결과도 있고요. 물론 이모셔널 솔리드에서는 감정의 물성 제품의 정확한 작용 기제를 밝히고 있지는 않지만……."

"항우울제는 기분을 나아지게 만드는 거지만, 감정의 물성은 부정적인 감정들도 엄청 잘 팔린다면서."

"부정적 감정 라인은 판매되는 물량에 비해 실 사용량이 적대요. 다들 쓰지 않아도 그냥 그 감정을 소유하고 싶어 하는 거예요. 언제든 손안에 있는, 통제할 수 있는 감정 같은 거죠. 이것도 옆 잡지사에서 쓴 리뷰 글에서 본 얘기지만요."

"글쎄, 이해하기 힘든데. 그 돌멩이를 가지고 있다는 게 정말로 그 감정을 소유하는 건 아니잖아?"

유진은 잠시 생각에 잠긴 듯 머리를 긁적였다. 그러더니 휴지통에 버린 제품을 흘끔 보았다. 그녀는 여전히 미간을 찌푸린 내 표정을 살피더니, 진지한 얼굴로 입을 열었다.

"선배는 이해할 수 없겠지만 제 생각은 이래요. 물성이라는 건 생각보다 쉽게 사람을 사로잡아요. 왜, 보면 콘서트에 다녀온 티켓을 오랫동안 보관해두는 사람들도 많잖아요. 사진도 굳이 인화해서 직접 걸어두고, 휴대폰 사진이 아무리 잘 나와도 누군가는 아직 폴라로이드를 찾아요. 전자책 시장이 성장한다고 해도 여전히 종이책이 더 많이 팔리고. 음악은 다들 스트리밍으로 듣지만 음반이나 LP도 꾸준히 사는 사람들이 있죠. 좋아하는 연예인들의 이미지를 향수로 만들어서 파는 그런 가게도 있고요. 근데 막상 사면 아까워서 한 번도 안 뿌려보는 사람들도 있다고 하더라고요."

내 얼굴에 떠오른 표정이 바보 같았는지 유진은 씩 웃더니 한마디를 덧붙였다.

"그냥 실재하는 물건 자체가 중요한 거죠. 시선을 돌려도 사라지지 않고 계속 그 자리에 있는 거잖아요. 물성을 감각할 수 있다는 게 의외로 매력적인 셀링 포인트거든요."

사무실로 돌아가서 유진은 자신이 읽었다던 감정의 물성 특집 기사를 나에게 보여주었다. 무려 열 몇 페이지도 넘게 지면을 할당한 심층 분석 기사는, 각각의 감정 라인들이 갖는 향과 질감, 권장 사용시간, 맛, 모양, 그리고 심지어 라인별로 다른 가격까지 각 요소가 어떻게 사용자들의 특정한 감정을 불러일으키는 데에 쓰이는지를 살피고 있었다. 천천히 기사를 읽으면서 나는 이게 어떤 거대한 퍼포먼스나 예술에 차라리 가깝지 않을까 하는 생각을 그제야 하게 되었다. 실제로는 아무 효과가 없으며 사용자들은 플라시보에 의존하고 있을 뿐이라는 생각은 여전했지만 말이다.

기사는 여러 반응을 같이 담고 있었다. 사회학자의 논평과 소비자의 사용 후기, 연예인들의 반응을 한마디씩 따오기도 했다. 누군가는 감정의 물성을 천재 화학자의 장난이라고 했고, 또 누군가는 일종의 사회적 실험이라고 했다. 이모셔널 솔리드의 제품들로 이중맹검 실험을 했더니 정말로 효과가 있었다는 결과와 전혀 효과가 없었다는 결과가 동시에 실려 있었다. 분석 장비에서 감정 제품들은 늘 제각각 다른 결과를 내놓았다.

"난 딱히 효능이 없다는 쪽에 걸게. 어때?"

"한번 두고 봐요."

나와 유진은 감정의 물성이 실제로 효과가 있는가를 두고 10만 원씩을 내기로 걸었다.

다시 시간이 흘러갔다. 방송을 한 번 탈 때마다 인기 검색어에 오르던 이모셔널 솔리드에 쏟아지던 관심도 줄어들기 시작했다. 나는 보현과의 관계에 머리를 쥐어뜯는 날들이 더 많아졌다. 보현은 자신의 괴로움을 나에게 쏟아내다가 곧 사과하는 일을 반복했고, 나는 더 냉담해지고 무덤덤해졌다. 사실 내가 보현의 상황이었다면 보현만큼 괴로워하지 않을 것이라는 생각도 했었다. 결혼을 그냥 하거나 아니면 그 신념을 지키기 위해 가족과 아예 연을 끊는 쪽을 택했겠지. 그런 마음의 일면을 완전히 숨길 수는 없었던지, 그녀의 이야기를 들어주는 내 대답에는 점점 가시가 섰다.

차라리 보현에게 약이나 이모셔널 솔리드의 행복 패치 같은 것들이 효과가 있었으면 좋았을 법했다. 그녀는 그런 방법을 찾지는 않았다. 나는 보현을 걱정하다가도 답답해졌다. 도움이 될 수 없는 스스로에게 자괴감을 느꼈다. 보현의 방에 들렀다가 그녀가 여전히 우울체를 사들인다는 것을 눈치챘을 때는 이모셔널 솔리드의 상술에 화가 날 지경이었다. 어쩌면 사람들은 이 작은 돌멩이에 정말로 위로를 받고 있다고, 감정을 통제할 수 있다고 착각하는 것은 아닌가? 그래서 현실의 진짜 해결책에서 눈을 돌리고 있는 것이 아닐까? 이모셔널 솔리드의 돌멩이에 화를 내봤자 달라지는 것은 없었다. 보현은 고통받고 있었고, 내가 해줄 수 있는 일은 없었다.

다음 달 아침 편집회의에 모인 우리는 인터넷 뉴스 메인에 걸린 기사를 함께 보았다. 충격적인 헤드라인이었다.

〈식약처, 이모셔널 솔리드 전면 판매중지·회수 명령⋯ 마약성분 검출 파문〉

감정의 물성 제품들의 실체는 놀라웠다. 감정의 물성은 일반적인 생활용품들에 소량의 효능 물질을 섞은 것이었는데, 그 물질이 실제로는 향정신성 약물들과 유사한 새로운 종류의 화합물이었던 것이다. 재차 실시된 안전성 검증 실험에서, 추출된 화합물들은 생쥐의 혈뇌장벽을 쉽게 넘어 중추신경계에 직접 영향을 미쳤다.

"정말 마약이었다니."

유진은 황당한 듯이 중얼거렸다. 그녀는 내기에서 이겨서 나에게 10만 원을 받아갔지만 그다지 기뻐 보이지 않았다.

다행이라고 해야 할지, 중독성과 의존성은 위험한 수준이 아니라는 실험 결과가 발표되었다. 일부 부작용을 호소한 사람들이 있으나 대개는 다른 원인 때문인 것으로 드러났다. 실제로 감정의 물성이 함유하는 화합물들은 인체에 크게 유해하지는 않다는 의견이 곧 중론이 되었다. 게다가 농축되거나 순수한 약물도 아닌 매우 희석된 양에 불과한 지라 효과는 미미했고, 그 때문에 사람마다 일관적이지 않은 반응이 나타났을 것이다. 지금도 나는 그 제품들의 효과 상당 부분은 플라시보나 집단 환각이었을 것이라고 생각한다.

그렇지만 엄연히 마약류로 관리되어야 할 약물들이 버젓이 생활용품으로 둔갑하고 팔려나간 것은 심각한 문제였다. 검증 실험에서 진짜 영향력을 가진 약물임이 드러난 이상 그대로 판매될 수는 없었다. 대부분 중추신경계에 작용하는 물질을 함유하고 있었기에 감정의 물성 제품들은 임시마약류로 신규 지정되었다. 감정의 물성을 소지하거나 판매하는 행위를 전면 금지한다는 공고가 판매처마다 붙었다.

하지만 여전히 감정의 물성을 몰래 구매하여 사용하는 사람들이 있었다. 이모셔널 솔리드의 온라인 팝업스토어는 그대로 해외 서버로 옮겨갔다. 식약처의 발표 직후에는 크게 동요했던 대중들의 반응도 한 달 만에 금방 잦아들었다. 중고거래 사이트에서는 원가에 프리미엄까지 붙인 감정의 물성 판매 글이 올라왔다가 수시로 삭제되기를 반복했다. 마약류라는 단어가 처음에 거부감을 주었을 뿐, 실제로 감정의 물성을 사용해보았던 이들은 그것이 위험하지 않다고 생각했다. 사람들은 감정의 물성을 위협으로 받아들이는 대신, 필요한 물건으로 받아들였다.

하필 그날 내가 어떻게 카페에 앉아 있던 이모셔널 솔리드 대표를 한 번에 알아보았는지는 아직도 잘 모르겠다. 보현과 한바탕 전화로 싸운 이후 차를 몰고 회사에서 조금 떨어진 카페로 갔던 오후였다. 샌드위치를 사기 위해 카운터 앞을 서성이고 있을 때 창가에 앉아 있는 한 남자가 시야에 들어왔다.

그는 남색의 코트를 입고 기묘한 무늬의 머플러를 두르고 있었다. 테이블 위에 올려둔 상자는 상표명이 검은 매직으로 다 가려져 있었다. 하지만 나는 알아볼 수 있었다. 그건 감정의 물성 패키지였다. 남자는 능숙하게 제품을 꺼내 살피며 수첩에 무언가를 메모하다가 다시 완벽한 솜씨로 포장을 되돌려놓았다. 나는 샌드위치를 주문하는 것도 잊고 거의 확신에 차서 그의 앞으로 성큼 걸어갔다.

"저기, 혹시⋯⋯."

그가 홱 고개를 들었다. 경계심이 가득한 표정이었다. 나는 그에게 정중하게 고개를 숙여 인사하며 어느 잡지의 에디터라고 적힌 명함을 건넸다. 그는 안심인지 불만인지 모를 묘한 표정을 지었다.

한참을 기다리자 그가 입을 열었다.

"뭘 묻고 싶은 겁니까?"

예전에도 자신이 이모셔널 솔리드의 대표라는 것을 알아챈 사람들이 있었다고 그는 말했다. 하지만 이모셔널 솔리드가 판매중지 처분을 받은 이후로는 밖에 잘 나오지 않았고, 이렇게 카페에서 대뜸 말을 걸어온 것은 내가 처음이라고 했다. 나의 끈질긴 설득 끝에 결국 그는 인터뷰를 수락했다.

"늘 전화로만 했는데, 대면 인터뷰를 해보는 건 처음이군요. 하지만 이게 마지막 인터뷰예요. 다들 제 말을 경청

할 것도 아니면서 냉소적인 질문만 해대니. 아마 당신도
그러겠죠."

　나는 그를 경찰에 넘길 생각이 없었다. 묻고 싶은 것이
있을 뿐이었다. 사실은 정말로 그에 대한 기사를 쓰고 싶
은 것인지도 불분명했다. 마치 충동체를 흡입하기라도 한
것처럼, 나는 그에게 질문을 쏟아내기 시작했다. 처음에는
예의상의 질문들이 이어졌다. 어떻게 문구 업체에 불과했
던 이모셔널 솔리드가 그런 물건들을 파는 곳으로 변했나.
감정의 물성 아이디어를 처음 낸 것은 누구인가. 직접 제
조한 것인가. 효과가 정말로 있다는 것을 알고 있었나.

　그는 하나하나 답변했다. 이모셔널 솔리드 초창기의 문
구 제품들은 정말로 만들고 싶은 물건들이 아니었다고. 모
든 것은 감정의 물성을 출시하기 위한 토대를 다지는 작
업에 불과했다고. 오래전부터 자신은 감정의 물성에 대한
아이디어를 가지고 있었고, 아이디어를 실현하기 위해 수
많은 화학자들을 찾아 다녔다고. 그러다 결국은 직접 합성
화학을 공부하고 중추신경계에 특정한 방식으로 작용할
새로운 화합물들을 고안했으며 마침내 합성 메커니즘을
생각해내기에 이르렀다고.

　나는 애초에 감정의 물성의 진짜 효과를 신뢰하지 않았

으므로 그의 말도 반 정도만 믿었다. 아마 실제로 아이디어를 가지고 있었다는 것과 화합물 합성을 시도해보았다는 정도는 사실일 것이다. 하지만 그 이상으로 그를 믿을 수는 없었다. 그간 이루어졌던 수많은 서면 인터뷰의 태도로 보아, 이모셔널 솔리드의 대표는 자신의 아이디어와 구현 과정을 과장되게 부풀려서 인터뷰하는 경향이 있었다. 내가 그의 말에 그다지 호응하지 않자, 그는 나의 불신을 눈치챘는지 점점 피곤한 얼굴을 했다. 나는 이런 한심한 질문들을 치우고 이제 묻고 싶은 것을 물어야 할 때임을 알았다.

"대표님. 저도 이 현상을 이해해보려고 노력했습니다. 이모셔널 솔리드의 제품들이 미친 듯이 팔려나가는 현상을요. 어떤 점에서는 기분 전환을 위해 술을 마시거나 디저트를 먹는 것과도 비슷하다는 점은 알겠습니다. 사람들이 돈으로 행복을 사고 싶어 하는 건 이해가 가요. 그게 실제로 효과적인 행복이 아니더라도 말이지요. 그런데 제가 정말로 이해할 수 없었던 게 있어요……."

그는 뻐딱하게 나를 보고 있었다. 나는 그가 답을 알고 있을지 궁금했다.

"대체 왜 어떤 사람들은 '우울'을 사는 겁니까? 왜 '증오'

와 '분노' 같은 감정들이 팔려나가죠? 돈을 주고 그런 걸 사려는 사람이 있는 건가요? 애초에, 어떻게 그들이 부정적인 감정을 사고 싶어 할 것이라고 예상하셨습니까?"

그제야 무표정하던 그의 얼굴에 다른 표정이 떠올랐다. 내 질문에 바로 답하지 않고 그는 뜸을 들였다. 입꼬리를 조금 올려 웃는 그의 미소는 체념한 것 같기도, 나를 비웃는 것 같기도 했다. 그가 말했다.

"소비가 항상 기쁨에 대한 가치를 지불하는 행위라는 생각은 이상합니다. 어떤 경우에 우리는 감정을 향유하는 가치를 지불하기도 해요. 이를테면, 한 편의 영화가 당신에게 늘 즐거움만을 주던가요? 공포, 외로움, 슬픔, 고독, 괴로움…… 그런 것들을 위해서도 우리는 기꺼이 대가를 지불하죠. 그러니까 이건 어차피 우리가 늘 일상적으로 하는 일이 아닙니까?"

잠시 말문이 막혔다. 언뜻 옳은 이야기 같기도 하다. 그러나 생각해보면 무언가 다르지 않은가. 우리가 소비를 통해 얻고자 하는 것이 오직 감정 그 자체였던가? 인간은 의미를 추구하는 존재가 아닌가? 의미가 배제된 감정만을 소비하는 것은 인간을 단순히 물질에 속박된 동물로 전락시키는 일이 아닐까? 애초에 인간이 의미를 추구하는 행위조차도 궁극적으로 보다 고차원적인 행복에 도달하기 위한 수단이지 않은가?

여러 가지 질문들이 떠올라 그중 하나를 선뜻 던질 수가 없었다. 내가 말이 없자, 남자는 재미있다는 듯이 나를 보았다. 나는 그의 표정이 마음에 들지 않았고 그를 논파하고 싶었다.

그때 나는 문득 얼마 전 오만상을 찌푸리며 보았던 신파 영화를 떠올렸다. 정확히는, 내 옆자리에서 세상이 무너진 듯 엉엉 울며 손수건으로 코를 닦던 한 중년 여성을 떠올렸다. 영화 상영이 끝나고 크레딧이 올라가는 동안 나는 영화에 대한 메모를 하고 있었고, 그녀는 내 옆에서 한참이나 훌쩍거리다가 자리에서 일어났다. 뭐 이런 억지 신파 영화에 그렇게 감동을 했을까 생각하던 찰나였다. 그녀가 가방에서 영화 포스터를 꺼낸 다음 신경질적으로 구겨 바닥에 버렸다. 그리고 돌아보지도 않고 자리를 떠났다. 얼떨떨한 기분이었다. 그 여자에게 영화의 내용은 중요했을까? 그 순간이 이상하게 기억에 남았다.

의미는 맥락 속에서 부여된다. 하지만 때로 어떤 사람들에게는 의미가 담긴 눈물이 아니라 단지 눈물 그 자체가 필요한 것 같기도 하다.

결국 나는 복잡한 기분 속에서 질문을 끝마치지 못하고 그를 보냈다.

몇 달이 지난 뒤에는 해외 서버로 옮겨졌던 이모셔널 솔리드 사의 홈페이지도 완전히 닫혔다. 일본에서 비슷한 제품이 팔리고 있다는 이야기를 들었는데 같은 사람이 만든 물건인지 아니면 카피 제품일 뿐인지는 알 길이 없었다.

그리고 그 소식을 들은 날, 나는 보현의 서랍장 위에서 수십 개의 감정의 물성 제품들을 발견했다. 하나같이 전부 '우울'이었다. 그 옆에는 병원에서 처방받아 온 항우울제가 있었다. 나는 이제 그녀가 우울에 빠져 죽고 싶은 것인지, 아니면 살아남고 싶은 것인지 도저히 알 수가 없었다.

"널 이해 못 하겠어."

보현은 딜레마에 빠져 있었다. 발목이 잡혀 있었다. 한때 사랑했던 사람들이 그녀를 억압하고 있었다. 그렇다고 이런 방식으로 해결하려는 건 더더욱 이해할 수 없었다.

'우울체'가 그녀의 슬픔을 어떻게 해결해주는가?

"물론 모르겠지, 정하야. 너는 이 속에 살아본 적이 없으니까. 하지만 나는 내 우울을 쓰다듬고 손 위에 두기를 원해. 그게 찍어 맛볼 수 있고 단단히 만져지는 것이었으면 좋겠어."

테이블 위의 휴대폰이 울렸다. 보현은 말을 이어갔다.

"어떤 문제들은 피할 수가 없어. 고체보다는 기체에 가깝지. 무정형의 공기 속에서 숨을 들이쉴 때마다 폐가 짓눌려. 나는 감정에 통제받는 존재일까? 아니면 지배하는 존재일까? 나는 허공중에 존재하는 것 같기도 아닌 것 같기도 해. 그래. 네 말대로 이것들은 그냥 플라시보이거나, 집단 환각일 거야. 나도 알아."

보현은 우울체를 손으로 한 번 쥐었다가 탁자에 놓았다. 우울체는 단단하고 푸르며 묘한 향기가 나는, 부드러운 질감을 가진, 동그랗고 작은 물체였다.

"하지만 고통의 입자들은 산산이 흩어져 내 폐 속으로 들어오겠지. 이 환각이 끝나면."

우울체 하나가 탁자 위를 굴러 바닥으로 툭 떨어졌다.

"그게 더 나은 결론일까."

나는 시선을 피했고 그 순간 보현이 어떤 표정을 지었는지는 알 수 없었다. 이어지는 진동 소리가 짧은 비명 같았다. 잠시 뒤 그녀가 몸을 돌려 밖으로 나갔다. 문이 달칵 닫혔다. 휴대폰의 진동이 멈췄다. 나는 고개를 들었다.

이제 허공을 가득 채운 침묵이 느껴졌다.

보현을 무슨 말로 위로해야 했을까? 나는 순간 보현을 위로할 수 있는 어떤 언어도 나에게 없다는 사실을 깨달았다. 무언가 중요한 것이 가슴속에서 빠져나가버린 듯 싸늘했고, 나는 그게 생각이나 관념이 아닌 실재하는 감각임을 알았다.

그제야 어설프게 그녀를 이해할 수 있었다.

잠시 머물렀다 사라져버린 향수의 냄새. 무겁게 가라앉는 공기. 문 너머에서 들려오는 흐느끼는 소리. 오래된 벽지의 얼룩. 탁자의 뒤틀린 나뭇결. 현관문의 차가운 질감. 바닥을 구르다 멈춰버린 푸른색의 자갈. 그리고 다시, 정적.

물성은 어떻게 사람을 사로잡는가.

나는 닫힌 문을 가만히 바라보다 시선을 떨구었다.

관내분실

"관내분실인 것 같습니다."

사서의 말에 지민이 눈썹을 찡그렸다. 분실이라니?

"무슨 말씀이세요?"

"그러니까…… 도서관 내에서 마인드가 분실된 겁니다. 검색 결과가 없고, 반출된 흔적도 없습니다."

"그럴 리가 없는데요. 분명히 이거, 여기서 받은 건데요."

지민이 들고 있던 카드를 뒤집어 다시 확인했다. 이 도서관에서 발급된 카드가 확실했다. 복잡한 고유 부여 코드와 도서관 이름이 선명히 새겨져 있었다. 지민이 황당해하며 물었다.

"일시적 오류 아닌가요?"

"죄송합니다. 오류가 아닐 거예요. 저도 이런 상황은 처음인데……."

"그게 무슨."

지민은 사서의 표정을 보고 항의하려던 것을 멈추었다.

사서는 곤란해하는 얼굴로 화면을 응시하고 있었다. 반대편에 서 있던 지민에게도 화면이 반투명하게 비쳤다. 해석할 수 없는 문자들이 어지럽게 떠 있었다. 하지만 화면 가운데에 뜬 메시지는 지민도 알아볼 수 있었다.

[김은하: 2E62XNSHW3NGU8XTJ

인덱스 내역 없음.]

사서는 짧은 침묵 끝에 다시 입을 열었다.

"은하 씨는 여기 어딘가에 계실 겁니다. 다만 찾을 수가 없어요."

* * *

엄마가 실종되었다.

그러니까, 죽어서야 실종되는 사람은 흔치 않을 것이

다. 생전에도 지민은 엄마가 실종되리라고는 상상해본 적이 없었다. 엄마는 너무 찾기 쉬운 사람이었다. 지민은 엄마가 죽기 전 몇 년 동안 다녔던 장소를 한 손에 모두 꼽을 수 있었다. 그랬던 엄마가 이제 와서 언제, 어디로 사라져버린 걸까. 그 시점도 위치도 지금은 알 수 없다. 지민이 엄마를 찾아온 날은, 엄마가 이 도서관에 기록된 지 벌써 3년이 지난 후였으니까.

살면서 처음으로 찾은 도서관이었다. 둥근 지붕과 야트막한 부지, 건물을 둘러싸고 꾸며진 정원과 연못은 이곳을 첨단기술의 집약체라기보다는 차라리 오랜 전통을 가진 관광명소처럼 보이게 했다. 건물에 들어서거나 나오는 사람 중 실제로 책을 쥔 사람은 아무도 없었지만, 사람들은 이곳을 도서관이라고 불렀다.

한때 도서관이라고 불렸던 장소 중 일부는 박물관이 되었고 그럴 가치가 없는 곳들은 대부분 전산화되었다. 지금의 도서관은 다른 개념이다. 이곳에 있는 건 책도 논문도, 그 비슷한 자료들도 아니다. 이제 도서관엔 끝없이 늘어섰던 책장 대신 층층이 쌓인 마인드 접속기가 자리하고 있다.

사람들은 추모를 위해 도서관을 찾아온다. 추모의 공간은 점점 죽음과 거리가 멀어 보이는 장소로 변해왔다. 도시 외곽의 거대한 면적을 차지했던 추모 공원에서, 캐비닛에 유골함을 수납한 봉안당으로, 그리고 다시 도서관으로. 도서관을 드나드는 이들 중에 헌화하기 위해 꽃을 가져오는 사람은 없다. 대신 도서관에서는 마인드에게 건넬 수 있는 데이터를 판다. 꽃이나 음식, 생전에 고인이 좋아했던 물건들을 모방하는 데이터 조각들이다.

사후 마인드 업로딩이 보편화된 것은 수십 년 전의 일이다. 처음에 사람들은 영혼이 데이터로 이식되는 것이라고 생각했다. 육체는 죽어도 정신은 영원히 살아남게 될 것이라는 기대도 있었다. 하지만 곧, 이식된 데이터는 고유의 자아와 의식을 가지지 않는다는 반론이 쏟아져 나왔다. 자아의 존재 여부를 확인하는 실험이 마인드들을 대상으로 수없이 행해졌다. 오랜 논란 끝에 학계에서는 마인드들이 단지 생전의 망자들을 그럴싸하게 재현해낼 뿐이라고 의견을 모았다. 외부 자극에 반응하는 것으로 보이지만 실제로는 단지 과거의 기억에 근거하여, 죽은 사람의 반응을 가상하여 보여줄 뿐이라는 의미다.

그래도 마인드를 살아 있는 사람처럼 대하는 이들은 많았다.

"아빠는 지금 이곳에 없지만, 도서관에 가면 언제든지

아빠를 볼 수 있어요." 그렇게 활짝 웃으며 말하는 어린아이가 다큐멘터리에 나왔다. 짧은 광고 영상에서는 한 여자가 사별한 남편과 마인드 접속기를 통해 감동적인 재회를 하는 장면을 보여주었다.

학계에서 마인드를 어떻게 정의하든, 마인드 도서관은 삶과 죽음에 대한 사람들의 생각을 바꾸어놓았다. 여전히 누구나 죽음을 두려워하지만 남겨진 사람들의 상실감은 달라졌다. 타인의 죽음이 우리에게 남기는 질문, 이를테면 '그 사람이 지금 살아 있었다면 뭐라고 말해주었을까?' '살아 있다면 이 이야기를 듣고 분명 기뻐해줄 텐데……' 같은 질문의 답을 도서관에서 찾을 수 있게 되었으니까.

3년 전에 죽은 엄마는 이 도서관에 기록되었다. 엄마의 사망 소식 이후에 지민이 우편으로 받은 수십 장의 마인드 매뉴얼에 따르면 그랬다. 하지만 지민은 한 번도 도서관을 찾지 않았다. 죽은 엄마를 만나고 싶다는 생각도, 만나서 무슨 말을 해야겠다는 생각도 해본 적이 없었다. 만약 엄마가 이렇게 허탈하게 사라져버릴 줄 알았더라면 늦기 전에 이곳을 찾았을 텐데.

집에 오는 길에 도서관 내 분실, 마인드 업로딩 분실, 태그 실종, 온갖 키워드를 넣어가며 검색해보았지만 도통 비슷한 사례를 찾을 수가 없었다. 데이터가 지워진 거냐고 물으니 그것도 아니라고 하고, 도서관 어딘가에 저장이 되어 있을 텐데 검색이 안 된다는 말뿐이었다. 하지만 그건 애초에 엄마의 이름이나 인적사항 중에 무엇 하나라도 제대로 기록되어 있었다면 도저히 일어날 수가 없는 일 아닌가.

사서는 당장 파악할 수 있는 내용이 별로 없다며 내일 다시 연락을 주겠다고 했다. 지민은 도서관 측의 착오였다면 좋겠다는 생각을 했다.

자초지종을 들은 준호 역시 표정이 어두웠다.

"방법이 있겠지. 일단 천천히 알아보자."

걱정 어린 준호의 시선이 지민을 향했다.

"한창 중요할 시기인데, 이런 일로 스트레스를 받으면 안 되니까."

지민은 고개를 끄덕였다. 저녁을 준비해서 내오겠다는 준호의 뒤를 지나서 욕실로 향했다.

몸을 대강 씻고 방 안으로 들어서자, 유리창에 병원에서 보낸 알림 하나가 떠 있었다. 임신 초기의 주의사항을 재차 강조하는 안내 메시지였다.

임신 8주는 위험한 시기다. 자연유산 대부분이 이 무렵에 일어나므로 조심해야 한다는 이야기를 지겹게 들었다. 이 시기에는 복용할 수 있는 약도 별로 없는 데다가, 놀라거나 스트레스를 받는 사소한 일도 모두 유산이나 태아 발달 문제의 원인이 될 수 있다고 했다. 아직 인간의 형상은커녕 제대로 된 신경체계조차 구축하지 못한 세포가 어떤 살아 있는 인간보다도 강한 존재감을 지니는 셈이다.

아이를 가지게 된 건 의도한 바가 아니었다. 정확히 말하면, 의도한 바는 있으나 간절히 원한 일은 아니었다. 지민보다 일찍 결혼한 친구들이 보여주는 아이 사진을 보면서도 귀엽다는 생각 외에는 별 감흥이 없었다. 그 생명을 온전히 책임진다는 것은 완전히 다른 이야기였으므로. 지민은 좋은 엄마가 될 자신도 없었고, 아이를 위해서 많은 것을 희생할 자신도 없었다.

준호는 끈질기게 지민을 설득했다. 임신과 출산의 고통은 과거에 비해 크게 줄었다. 특별한 문제가 없으면 통증이 거의 없는 분만법을 이용할 수도 있었다.

"처음에만 좀 고생하면 돼. 아기는 금방 크잖아."

하지만 섣부른 선택이었는지도 모른다. 피임 칩을 남편의 팔에서 빼낸 이후부터 곧장 후회가 밀려왔다. 예상보다도 빠르게 덜컥 임신한 후에도 마찬가지였다. 지민의 임신 사실을 알게 된 직장 동료들은 이제 지민의 안부 대신 배 속 아기의 안부를 물어왔고 그럴 때마다 지민은 자신이 임산부가 되었다는 사실을 실감했다.

속옷에 비친 출혈에 놀라 병원으로 달려간 날, 의사는 며칠 쉬기를 권했다. 사흘 뒤에는 심한 입덧이 시작되었다. 지민은 열흘의 휴가를 얻었다.

휴가 첫날 지민은 병원에 갔다. 의사는 전통적인 방식으로 청진기를 이용해 태아의 심장 소리를 들려주었다. 태아의 심장은 임산부보다 두 배나 빠른 속도로 뛴다. 그만큼 생의 의지가 강하기 때문일까. 의사는 미소를 지으며 심장 박동 수도 정상적이고, 태아도 건강한 상태라는 말을 건넸다. 그러나 진료실을 나와 접수 창구 앞으로 올 때까지도 지민의 표정은 굳어 있었다.

무언가 잘못된 게 아닌가. 배 속에 태아가 있고 그 심장 소리를 듣기까지 했는데 애정이 생기지 않는다. 오히려 설명하기 힘든 감정들이 치민다. 최근에 지민은 다른 임산부들이 온라인에 쓴 글을 많이 읽었다. 다들 비슷한 글이었다. 기다리던 임신을 해서 너무 행복하고, 배 속의 아이를 이미 사랑하고 있다는 이야기였다.

지민은 아니었다. 태아의 사진을 보고 심장 소리를 들으면 조금씩 설렘이나 기대감이 생겨날 것이라고 생각했지만, 그렇지 않았다. 어쩌면 지민 자신이 건강한 사랑을 받아본 적이 없기에 줄 준비도 되지 않은 게 아닐까. 복잡한 생각이 이어졌다.

엄마는 죽었다. 그 사실이 더는 자신의 삶에 어떤 영향도 주지 못할 것이라고 지민은 생각했다. 하지만 기억 저편으로 밀어놓았던, 무의식이었든 의식해서였든 생각하지 않았던 엄마의 부재가 물밀 듯이 지민을 덮쳤다. 한 번 자각하자 무작위로 떠오르는 생각들을 제어할 수 없었다. 다른 임산부들이 친정엄마 이야기를 자연스레 하던 것도 떠올랐다. '요즘 호르몬 때문인지 기분이 들쭉날쭉한데, 친정엄마 생각이 그렇게 많이 나더라고요…….'

그날 지민은 엄마의 '마인드'가 도서관에 남아 있다는 사실을 떠올렸다. 하지만 이제 와서 엄마를 만난다는 게 어떤 의미가 있을지는 지민도 알 수 없었다. 남들과 같은 방식으로 관계 맺었던 엄마는 아니었으니까. 집 안을 다 뒤져서 아무 데나 처박아두었던 카드를 꺼내 도서관으로 가는 동안에도, 만나서 무슨 말을 하고 싶은 것인지 잘 정리되지 않았다. 어차피 진짜 엄마도 아니니 될 대로 되라는 심정도 있었다. 원망의 말을 할까. 왜 그랬냐고 물어보기라도 할까.

어쨌든 다 소용없는 생각이 되어버렸다. 묻고 싶은 말들을 채 가다듬기도 전에, 엄마가 분실되었다는 사실을 통보받았으니.

감동적인 재회를 기대한 것이 아니었다. 단지 그곳에 있다는 사실을 확인하고 싶었을 뿐인지도 모른다. 어쩌면 그래서였을까. 지민은 더욱 허탈한 감정에 사로잡혔다.

아직 도서관에서는 연락이 없었다. 고민하던 지민은 결국 단말기를 들어 전화를 걸었다.

"송지민 씨라고요?"

"그건 제 이름이고 찾는 사람은 김은하 씨요. 어제 갔더니 조회가 되지 않아서, 확인해보고 연락 주신다고 하셨거든요."

"잠시만요."

옆 사람과 이야기를 나누는 목소리, 자판을 두드리는 소리가 들려왔다. 지민은 인내심 있게 기다렸다. 단말기를 붙잡은 채 입을 꾹 다문 지민의 모습을 보고 준호가 고개를 갸웃하며 방으로 들어올 때쯤에야, 전화 건너편의 목소리가 말했다.

"죄송합니다. 도서관으로 다시 방문해주실 수 있으신가

요? 상황이 좀 복잡하게 되었습니다."

도서관에 도착해 연락을 받고 왔다고 말하자 전화를 받았던 사서가 자리에서 일어나 누군가를 데려왔다. 마르고 피곤해 보이는 얼굴을 한 남자였다. 그는 자신을 이 도서관의 데이터베이스 관리자라고 말했다. 지민과 준호는 그를 따라 도서관 안쪽에 딸린 작은 방으로 갔다. 방문객을 접대할 때 사용하는 공간이었다. 소파 두 개와 테이블이 놓여 있었고, 몇 종류의 간식거리들이 갖춰져 있었다.

"우선 여기 앉으세요. 이야기가 좀 깁니다."

남자는 곤란한 듯한 표정을 하고 있었다.

"엄밀히 말해 저희 측의 잘못이나 데이터 관리 부실은 아닙니다. 다만 이런 일은 매우 드물다 보니, 당시 직원이 자세한 설명을 못 드린 것 같습니다."

남자가 지민과 시선을 마주했다. 그는 마치 이 상황을 어떻게 납득시킬 수 있을지를 고민하는 것 같았다. 그가 차분히 말을 골랐다.

"결론부터 말씀드리면, 누군가가 의도적으로 어머님을 검색망에서 분리했습니다. 인덱스를 제거한 겁니다. 데이터가 삭제된 건 아니에요. 소멸되거나 도서관 밖으로 이관되는 데이터들은 반드시 기록이 남게 되어 있습니다. 하지만 소멸 목록에는 없었어요."

누군가가 의도적으로 분리했다니?

"어머님은 이 도서관의 데이터베이스 어딘가에 있습니다. 사서가 말한 '관내분실'이라는 게 그런 의미입니다. 하지만 솔직히 말씀드리면 지금으로서는 그분을 찾을 방법이 없어요. 김은하 씨의 마인드에 접근 권한을 가진 분 중 누군가가 은하 씨를 검색할 수 있게 하는 모든 종류의 인덱스를 지운 것으로 추정됩니다. 지민 씨가 한 일이 아니라면 주위 가족분일 겁니다. 저희 권한을 벗어나는 일이지요."

이야기는 점점 알아들을 수 없는 쪽으로 가고 있었다. 지민이 물었다.

"인덱스를 지웠다는 게 무슨 말인가요? 데이터베이스에 있는데 어떻게 찾을 수가 없죠? 데이터를 검색하면 되잖아요."

"그래서 설명이 필요하다고 했던 겁니다. 아마 두 분도 어느 정도는 들어서 아시는 내용이겠지만……."

남자는 테이블에 놓여 있던 물을 한 모금 마셨다.

"저희 도서관은 고인들의 기억과 행동 패턴을 마인드 업로딩을 통해서 저장합니다. 그건 단지 텍스트나 이미지, 동영상과 같은 쉽게 분석 가능한 데이터와는 달라요. 마인드는 한 사람의 일생에 이르는, 매우 막대하고도 깊이 있는 정보의 모음이죠. 수십조 개가 넘는 뇌의 시냅스 연결 패턴을 스캔하고 마인드 시뮬레이션을 돌려서 구현된 결과물입니다."

남자는 패드를 들어 도서관의 홍보 영상 일부를 보여주었다. 지민은 별달리 시선을 주지 않은 채로 그의 말을 들었다.

"직접 마인드 데이터를 검색하는 일은 몹시 어렵습니다. 기억들이 언어화할 수 없는 형태로 저장되기 때문이죠. 아직 시냅스 패턴 자체를 해석하는 것은 불완전합니다. 그래서 저희는 마인드마다 일종의 인덱스를 붙이는 방식으로 마인드를 분류합니다. 혹시 구식 도서관에 가보신 일이 있다면, 도서관들이 서지 분류에 따른 작은 라벨을 붙여 책을 분류하고 있는 것을 보셨을 겁니다. 종이책들만 하더라도 단순히 텍스트를 검색해서 찾기에는 담긴 정보들이 너무 방대하기 때문에 제목, 작가, 책의 핵심적인 요소를 요약하는 몇 가지 키워드 등으로 책을 찾을 수 있도록 했었죠."

지민은 구식 도서관에 가본 적이 없었다. 하지만 어릴 적에 누군가가 도서관에서 빌려 온 책들을 보았던 기억은 있다. 색색의 라벨이 책등 아래쪽에 붙어 있었다.

"마인드 도서관 역시 마찬가지입니다. 각 마인드들에는 인식을 위한 인덱스가 붙어요. 가장 주된 것이 임의의 영문자와 숫자의 조합으로 만들어지는 고유 인식 코드입니다. 그리고 혹시나 이 코드를 찾지 못할 경우를 대비해서 고인의 이름, 생전의 주소, 유족분들의 동의가 있다면 친지분들의 신원 번호를 추가로 수집합니다. 보통 이 정도만 되어도, 무언가 오류나 착오 때문에 데이터를 찾지 못할 가능성은 거의 없습니다. 하지만 지민 씨 어머님의 경우에는……."

"그 인덱스가 전부 지워져서 찾기 어렵다는 겁니까?"

"그렇습니다. 적어도 현재 확인 가능한, 지민 씨가 가진 카드나 고유 신상으로 조회할 수 있는 마인드는 없어요. 한 가지 희망이 있다면, 데이터 자체가 완전히 소멸된 것은 아니기에…… 가망이 전혀 없는 것은 아닙니다만. 우선 접근 권한이 있는 다른 가족분들에게 어떻게 된 상황인지를 파악해보셔야 할 것 같습니다."

"접근 권한이 도용되었을 가능성은요?"

"마인드에 접속하거나 정보를 수정할 때는 여러 단계의 생체 인식을 거칩니다. 도용 가능성은 극히 낮습니다."

지민에게 남은 가족은 고작해야 둘뿐이다. 7년 전에 연락을 끊어버린 아버지와 드물게 전화를 주고받을 뿐인 동생. 어느 쪽일까?

"하지만 대체 왜 그런 일을 하게 놔뒀죠? 인덱스를 지우다니요."

준호가 황당해하며 물었다. 지민도 같은 생각이었다.

"유족분들에게는 마인드의 접근 권한과 관련된 어떤 설정이든 변경하실 권한이 있습니다. 마인드를 소멸하는 일도 가능하니까요. 처음 마인드 업로딩을 할 때 모두 안내해드린 사안입니다."

"아무리 그래도, 이게 소멸과 다른 게 대체 뭡니까? 접속할 수 없다면 의미가 없잖아요. 이렇게 중요한 사안을 다른 유족들의 동의를 받지 않고 그냥 진행하는 게 말이 됩니까?"

지민이 따져 물었지만 궁색한 답만이 돌아왔다.

"죄송합니다. 하지만 분명 소멸과는 다릅니다. 접속할 수는 없지만, 마인드 자체는 이 데이터베이스 어딘가에 있는 겁니다. 살아 있는 사람의 사망과 실종이 다른 것처럼, 그렇게 생각해주시면 되겠습니다. 마인드는 단순한 데이터가 아닙니다."

아무리 그렇다고 해도, 지민의 입장에서는 엄마를 만날

수 없게 되었으니 소멸된 것이나 마찬가지였다. 그런데 왜 하필 이런 식으로 엄마의 마인드에 손을 댄 걸까. 아버지와 동생 둘 중 짐작 가는 바는 있었지만, 이렇게까지 한 이유만큼은 떠오르지 않았다.

남자가 다시 입을 열었다.

"유족분들 사이의 합의가 없으셨던 것 같군요. 이런 상황을 미처 염두에 두지 못했습니다. 보통은 마인드를 소멸시킬 때는 합의가 된 것인지 확인 절차를 거칩니다만. 인덱스 일부를 변경하거나 하는 일은 의외로 흔한 일이어서 그런 절차가……."

이런 식으로 그냥 넘어갈 수는 없었다. 하지만 이어서 항의하려던 차에, 옆에서 어디론가 분주히 연락을 하고 있던 직원이 갑자기 남자에게 무언가를 보여주었다. 패드에 띄운 자료는 반대편에서는 잘 보이지 않았다.

지민은 맞은편의 두 사람이 소곤거리는 것을 가만히 지켜보면서 울컥하는 기분을 느꼈다. 자책감도 들었다. 엄마는 언제 사라진 것일까? 만약 엄마가 죽은 이후로 바로 도서관에 찾아왔다면 만날 수 있었을까?

앞에서 소곤거리며 이야기하던 남자와 직원의 목소리가 조금 커졌다.

"아직 테스트 단계에 있으니 불가능하지 않나?"

지민과 준호가 의아한 얼굴을 하고 기다리는 동안 맞은편에서는 알아들을 수 없는 기술적인 대화가 오가고 있었다.

"그 과정에서 손상될 가능성이 있을 텐데. 그렇지. 우선 허가를 요청해보면 되겠어."

남자가 두 사람을 향해 고개를 돌렸다. 그의 표정이 바뀌어 있었다.

"방법이 있을지도 모릅니다."

* * *

"뭐 때문에 엄마를 찾는 거야? 관심도 없더니만."

카페에서 만난 동생은 지민을 보자마자 퉁명스레 말했다.

직원은 해결 방법에 대해 검토한 다음 며칠 안에 연락을 주겠다고 했다. 지민은 그날 밤 남동생 유민에게 곧장 전화를 걸었다. 자신은 전혀 모르는 일이라는 동생에게 지민은 지접 만나서 이야기하자고 했다.

오랜만에 얼굴을 마주한 동생은 엄마의 행방에는 그다지 관심이 없었다.

그동안 엄마의 마인드를 한 번도 찾지 않은 건 동생 역시 마찬가지인 듯했다. 유민은 지민보다도 더 빨리 엄마를 포기했다. 엄마에 대한 감정이 무엇이든 이미 많이 희석되었을 것이다. 유민은 엄마의 실종 자체보다 지민이 이제 와서 굳이 엄마를 만나려는 이유를 더 궁금해하는 것 같았다.

"어차피 진짜 사람도 아니잖아. 무덤이나 뼛가루처럼 뭐가 진짜로 남은 것도 아니고. 그거 다 그냥 동영상 같은 거야. 반응할 수 있으니까 기분이야 좀 다르겠지만. 무슨 대단한 거라도 되는 듯이 홍보하던데, 내가 보기에는 그냥 과장 광고야."

분실 사건이 아니었다면 지민도 동생의 말에 동의했을지 모른다. 하지만 이건 단순히 영상 파일을 잃어버린 것과는 달랐다.

"그래도, 난 기분 나빠. 예전으로 치면 허락도 없이 관을 못 찾게 옮긴 거나 마찬가지잖아."

"그렇게 말하니까 좀 섬뜩하다. 하긴. 어떤 사람들은 그걸 진짜 사람처럼 대하더라. 난 소름 끼칠까 봐 근처도 안 가봤지만."

"직원들도 그냥 단순한 데이터처럼 보는 것 같지는 않았어."

"그래. 직접 보면 생각이 바뀔 수도 있겠지. 근데 엄마는
왜, 갑자기?"

유민의 시선이 지민을 향했다.

"특별한 이유가 있어야 해?"

"그건 그렇지. 그런데 누나는 엄마 싫어했잖아."

말문이 막힌 지민을 물끄러미 지켜보던 유민이 고개를
내저으며 시선을 돌렸다.

엄마와 딸이라는 관계는 흔히 애증이 얽힌 사이로 표현
된다. 딸을 사랑하지만 자신의 모습을 투사하는 엄마와 그
런 엄마의 삶을 재현하기를 거부하는 딸. 착한 아이 콤플
렉스를 앓는 딸과 딸에 대한 애정을 그릇된 방향으로 표
현하는 엄마. 여성으로 사는 삶을 공유하지만 그럼에도 완
전히 다른 세대를 살아야 하는 모녀 사이에는 다른 관계
에는 없는 묘한 감정이 있다. 대개는 그렇다. 한때는, 지민
도 엄마와 자신 사이에 그런 애착과 복잡한 감정이 있었
을지도 모른다고 생각했다.

하지만 그랬던 시기는 일찍 끝나버렸다. 그게 언제부터
였는지 지민은 정확히 짚을 수 없었다.

엄마는 지민을 출산한 이후에 심한 우울증을 겪었다. 많

은 산모들이 출산 직후에 산후우울증을 경험한다고 한다. 육아를 하며 더 심각한 우울에 빠져들기도 한다. 대개는 일시적인 현상이다. 아이가 자라고 손이 덜 들어가면서 자연스럽게, 때로는 약물 처방과 상담을 통해 해결된다. 그러나 엄마는 이전으로 돌아가지 못했다. 아버지는 엄마를 방치했다. 원래부터 예민한 성격이었다며 대수롭지 않게 여겼다. 엄마의 병은 점차 심각해졌다. 지민과의 관계를 완전히 돌이킬 수 없게 된 건 어느 시점부터였을까. 지민은 엄마의 집착이 싫었고 자신을 소유물처럼 통제하는 것이 지긋지긋했다. 엄마의 병이 원인이었는지 아니면 틀어진 두 사람의 관계가 엄마를 더 약하게 만들었는지, 무엇이 선행했는지는 명확하지 않다. 어쨌든 분명한 것은 은하와 지민이 어느 날부터 서로를 포기했다는 것이다.

엄마가 무너진 계기가 산후우울증이었다는 점에서 지민 자신에게는 일종의 원죄가 있는 게 아닐까 생각한 적도 있다. 자신을 낳지 않았다면 엄마는 자신의 삶을 멀쩡하게 살지 않았을까 하는 죄책감과 딸인 자신이 그런 대우를 받을 이유는 없었다는 생각이 지민 안에서 상충했다.

"미워했었지. 그런데 이제 더 원망해서 얻을 것도 없잖아."

지민이 확신 없는 태도로 말했다.

둘 사이에 침묵이 자리 잡았다. 지민은 얼음이 다 녹아 묽어진 홍차를 마시면서 생전의 엄마를 생각했다. 유민의 말은 틀리지 않았다. 지민에게는 엄마에 대한 긍정적인 기억이 거의 남아 있지 않았다. 대개의 기억은 멍하니 상념에 잠겨 있던 엄마의 뒷모습이었다.

그래도 어떤 기억은 유독 선명하게 떠오른다. 그날 문을 열었을 때 가장 먼저 보인 것은 넘어진 보조 테이블이었다. 전등이 침대 위로 쓰러져 있었고, 알약들이 흩어져 있었다. 아까 또 무슨 일이 있었던 걸까. 지민을 보고는 엄마가 소리를 질렀다.

"송지민. 너도 이제 네 아빠처럼 나를 무시하는 거니? 전화는 왜 안 받아?"

지민은 뭐라고 말해야 엄마를 진정시킬 수 있을지 알 수 없었다. 지민은 그냥 친구들과 있다가 늦게 들어왔을 뿐이다. 밤 9시가 조금 넘은 시각이었다. 하지만 그 사실을 지적하더라도 신경질적인 비난만이 돌아올 것이다. 자신의 잘못이 있다면 단지 엄마의 전화를 받지 않은 것뿐인데, 지민으로서는 어쩔 수 없었다. 전화를 받으면 엄마는 소리를 질렀을 것이고, 지민은 다시 숨이 막히는 기분을 느꼈을 것이다.

"어떻게 그놈의 유전자는 어디 가질 않니. 나는 이렇게 엄마 노릇 하려고 안간힘을 쓰는데, 새끼라는 녀석들은 어떻게 제 아비 하는 것처럼⋯⋯."

지민은 내던지고 싶은 마음을 누르며 말했다.

"엄마. 왜 집에서 이렇게 버티고 있어? 제발 입원해. 입원 안 하겠다고 고집부렸던 건 엄마잖아. 이게 무슨 엄마 노릇이야?"

엄마의 흔들리던 시선이 지민을 향했다.

"난 엄마가 해주는 밥이나 빨래, 설거지 같은 거 필요 없어. 그냥 떨어져 있고 싶어. 제발."

빈정거리는 지민의 앞에서 엄마의 표정이 변했다. 엄마가 그렇게 상처받은 표정을 지을 때마다 지민은 통증 같은 슬픔을 느꼈다.

엄마는 언제나 스스로를 피해자로 만들었다. 그럴 거면 우리에게 소리를 지르지 말지. 아빠에게 저주의 말을 퍼붓지 말지. 우리가 한 시간만 전화를 받지 않아도 비명을 지르는 대신 그냥 떨어져 살지. 멀쩡할 때는 사랑한다는 말을 했다가 돌아서는 순간 너 때문에 인생을 망쳤다고 말하지나 말 것이지. 서로가 없는 존재인 것처럼, 일찍부터 서로를 체념하고 살았더라면 더 편했을 텐데. 어디서부터 잘못되어버린 것인지 알 수 없었다.

엄마는 여전히 울고 있었다.

"왜 몰라주는 거니? 내가 이렇게 너를 위해서……."

"엄마한테는 나 말고 아무것도 없어? 난 너무 힘들어. 이럴 바에는 그 엄마 노릇 좀 그만하면 안 돼?"

엄마의 표정을 마주보면 무너질 것 같았다. 지민은 엄마와 자신 사이에 남아 있던 약한 끈마저 잘라내고 싶다는 충동을 느꼈다.

그 대화는 지민이 기억하는 엄마와의 마지막 대화였다. 얼마 지나지 않아 엄마는 결국 병원에 들어갔다. 지민은 대학을 도중에 그만두고 한국을 떠났다.

지민의 표정이 점점 어두워지자 유민이 손가락으로 톡톡 책상을 쳐서 그녀의 시선을 끌었다.

"누나도 참 이상하다. 난 그냥 잊으려고 할 것 같은데."

지민은 마지막 순간을 떠올렸다. 엄마의 쓸쓸한 표정이 계속 기억 속에서 반복 재생되었다. 동시에 지민은 배 속에서 심장이 뛰고 있을 아이를 생각했다. 아직 지민이 어떤 애틋함도 느끼지 않지만, 언젠가는 사랑해야 하는 한 아이를. 엄마는 지민을 사랑했던 것이 맞을까. 그건 사랑이었을까. 사랑할 수 없는 관계를 사랑할 수 있다고 믿었기에 엄마와 지민은 더 불행해진 게 아닐까. 그렇다면 이제야 엄마의 마인드를 만나서 대화를 나누는 것도 아무런 의미가 없는 행동인지도 몰랐다.

하지만 문제가 있었다. 엄마의 분실이 생각보다도 훨씬 더 지민을 당혹스럽게 한다는 사실이었다.

* * *

팀장은 지민을 불러 업무 분장이 끝났다고 통보했다. 새 프로젝트를 맡게 될 것이라는 예상과 달리 지민의 업무는 별로 달라진 것이 없었다. 지민이 맡아왔던 프로젝트는 이제 거의 마무리 단계였다. 현황을 정기적으로 보고해주는 일만 남았다. 팀장은 지민이 곧 출산과 육아 휴가를 가질 것을 염두에 두고 새로운 일은 당분간 맡기지 않을 생각인 것 같았다.

"아무래도 아이가 생기면 가정에 집중해야 하잖아. 그런 걸 다 고려했어. 지민 씨가 일 욕심이 많은 건 알지만, 그래도 나는 엄마가 아이를 직접 키우는 게 아이 정서에 좋다고 생각하거든. 지민 씨도 그렇게 생각하지?"

당분간 지민이 맡게 될 업무를 설명해주면서 지민보다 열 살은 많은 팀장이 머쓱한 듯이 웃었다. 나름의 배려라고 생각하는 모양이었다. 지민은 팀장의 말에 토를 달지 않았다.

휴가를 갔다 온 동안 쌓인 업무를 처리하느라 하루를 보냈다. 퇴근하기 전 내일 할 일을 정리하는 동안 모니터 화면 한쪽에 영상통화 메시지가 떴다. 업무 관련으로 온 전화는 아니었다.

지민은 주위 눈치를 흘끔 보고, 헤드폰을 쓰고 전화를 연결했다. 도서관에서 온 전화였다.

"송지민 씨 되시죠?"

남자는 자신을 마인드 도서관의 연구기획부서에서 일하고 있는 연구원이라고 소개했다. 남자가 본론을 꺼냈다.

"예전에 말씀드린 방법 말인데요. 지민 씨의 일에 저희가 새롭게 개발하고 있는 마인드 검색 기술을 도입해보려고 합니다. 괜찮으신가요?"

지민이 설명을 기다리며 눈을 깜빡이자 남자는 헛기침을 몇 번 하더니 장황한 설명을 시작했다.

이미 지민도 들어서 알고 있는 대로, 마인드는 단순한 데이터의 묶음이 아니었다. 여러 문제들이 복합적으로 얽혀 마인드 업로딩을 사후에만 가능하도록 제한하지만, 그 중 가장 결정적인 문제는 아직 뇌의 시냅스 패턴이 어떻게 자아를 구축하는지에 대한 이해가 부족하다는 것이었다. 현재 마인드 업로딩은 뇌의 시냅스 패턴을 고해상도로 스캔하여 패턴을 그대로 시뮬레이션으로 구현하는 방식을 이용한다. 스캔 과정에서 원래의 뇌가 손상되므로 업로딩은 뇌사 상태나 사망 선고가 내려진 사람, 그리고 생존 가능성이 없다고 판정받은 환자만을 대상으로 시행되고 있었다.

과학자들은 마인드 시뮬레이션을 구현하는 데에는 성공했지만, 그 내부의 개별 데이터를 이해하는 데에는 다다르지 못했다. 일반적인 데이터와는 다르게 물리적인 뉴런 세포는 근접한 모든 뉴런에 상호 연결이 가능하므로 이론적으로 인간의 뇌가 포함하는 연결은 수십조 개가 넘는다. 마인드 업로딩이라는 엄청난 기술이 아직도 고작 봉안당을 대체하는 수준에 머무르고 있는 것도, 그 수많은 시냅스 패턴들이 정확히 무엇을 의미하는지를 파악하지 못했기 때문이었다. 학자들은 시냅스 패턴 중에서도 특별히 생각과 기억, 외부에 대한 반응 같은 자아 구성의 흐름을 나타내는 것들을 통틀어 '사고 언어'라고 불렀다. 사고 언어에 관한 연구는 아직 갈 길이 멀었다.

연구원은 도표와 그림을 띄우며 지민에게 마인드 기술의 원리에 대해 부가 설명했다. 여태까지 마인드 검색 기술이 고유하게 부여된 인덱스에만 의존하는 것도 그 때문이라고 했다. 예컨대 인간이 쉽게 데이터화할 수 있는 형태의 글자나 문장, 그림, 영상, 음악 같은 미디어들은 검색하기가 쉽다. 같은 형태의 입력 신호를 넣어주면 된다. 하지만 마인드 데이터를 직접 검색하기 위해서는 마인드가 저장된 형식, 즉 시냅스 패턴 자체를 검색해야 하는 셈이다. 게다가 설령 어떤 시냅스 패턴을 검색할지를 정할 수 있다고 해도, 방대한 마인드의 바닷속에서 한두 가지의 단서를 가지고 특정 인물을 찾는다는 것은 불가능에 가깝다.

"이번에 하려는 일은 다른 접근 방식입니다. 저장된 마인드들을 기반으로 표준형 인공 뇌 시뮬레이션을 개발했거든요. 그리고 이 인공 뇌에 외부 자극을 기록하면 시냅스 패턴을 형성할 수 있어요."

새로 개발한 시뮬레이션을 이용하면 특정한 상황이나 물건을 마치 마인드 업로딩을 하는 방식으로 데이터화할 수 있다. 그렇게 만들어진 데이터는 뉴런 세포들이 상호작용하는 시냅스 패턴을 흉내 낸다. 새로운 검색 기술은 바로 그 패턴 자체를 입력 신호로 이용한다는 이야기였다. 그러면 그 패턴을 입력했을 때, 가장 강력한 상호작용을 보이는 마인드가 정렬된다는 것이다.

"하지만 표준형 시뮬레이션이라는 것이 수많은 개인들에 모두 들어맞지 않다 보니 한계는 있습니다. 입력 신호가 해당 마인드와 아주 유의미한 관계가 있어야 하죠. 개인을 고유하게 특정하는 물건이나 상황일수록 찾기가 쉽거든요. 고인과 많이 연결된 것, 많은 기억을 자극할 수 있는 것이 검색에 필요합니다."

"그러니까 정확히 뭐가 필요한 건가요?"

"시험 단계에서는 보통 유품을 활용했습니다. 특별한 의미가 없는 유품들은 성공 가능성이 매우 낮고요. 사진도 보통 그 장면 자체가 기억에 강렬히 남지는 않는 편이라……. 유사한 종류의 물건이라면 여러 개를 연속으로 스캐닝해서 확률을 높일 수 있습니다만, 그 자체가 고인과의 연관성이 낮다면 역시 성공은 장담할 수 없습니다. 저희도 아직 내부 테스트 중이라 무어라고 확정지어 말씀드리기는 어렵고 사실 고인을 가장 잘 아시는 송지민 씨에게 맡길 수밖에 없습니다. 사람의 인생은 모두 고유하고 개별적이다 보니 기억과 가장 강력한 상호작용을 보이는 물건들

248

도 모두 다르거든요."

그는 특정한 텍스트나 이미지 같은 곧장 데이터화 가능한 것보다는 실체가 있는 유품을 가져오라고 했다. 사람의 시각이나 촉각, 후각과 같은 감각적 기억 역시 연결에 중요하기 때문이었다.

기억이 많이 얽혀 있을수록 검색에 성공할 가능성이 커진다고 했다. 그렇지만 모두가 공산품을 사다 쓰는 시대에 한 사람을 고유하게 특정할 수 있는 물건이 있단 말인가? 남자는 테스트 과정에서 성공했던 물건들의 목록을 읊어 주었다. 대개는 직접 만든 물건이나 고인이 아주 특별한 의미를 부여했던 물건이었다. 얼마 전에는 생전에 가죽 공예가 취미였던 사람의 작품을 스캐닝한 패턴으로 검색에 성공했다고 했다. 또 다른 예시로 배우자에게 선물 받아서 평생 간직했던 시계, 직접 정성을 들여 주고받았던 편지 등이 제시되었다. 직장에 다녔다면 일하면서 남긴 결과물들도 입력 신호로 시도해볼 만하다고 했다.

지민은 연구원의 설명을 들으며 고개를 끄덕였다. 엄마와 사이가 좋은 편은 아니었지만, 그런 물건 하나쯤은 찾을 수 있으리라고 생각했다.

그날 퇴근해서 집에 가자마자 엄마의 유품 상자를 꺼냈

다. 엄마가 죽은 이후에 현욱이 보낸 상자였다. 잡동사니들이 들어 있다는 것만 알았지, 제대로 확인해보지는 않았다. 이런 일로 뒤늦게 상자를 열어보게 될 거라고도 생각해본 적이 없었다.

마인드 업로딩이 과거의 장례 문화와 봉안당을 대체한 이후로 유품을 납골함 옆에 두는 문화도 사라졌다. 유가족에게 특별한 의미가 있는 물건이 아닌 이상 모든 유품이 폐기된다. 그런데도 유품이 상자를 가득 채울 만큼 많이 남아 있는 건, 현욱이 상자 안을 제대로 살펴보지도 않았기 때문일 거라는 생각이 들었다.

상자에는 대개 엄마가 입던 옷들이 있었다. 코트와 모자, 니트 스웨터를 보자 엄마가 죽은 계절이 겨울이었다는 것이 떠올랐다. 그때 지민은 남반구에 있었다. 찌는 듯한 더위 속에서 짧은 부고 소식을 메일로 받았을 때는, 엄마에 대한 어떤 원망도 그리움도 다 지워졌다고 생각했다. 복잡한 기분이 들었다.

옷과 시계, 낡은 장신구들을 꺼내면서도 지민은 무언가 의미 있는 물건 하나는 찾을 수 있을 거라고 생각했다. 그러나 박스 바닥이 보일 때까지도 그 안엔 엄마를 특정할 만한 물건이 없었다.

지민은 기억을 더듬어 엄마가 가끔 책을 읽던 걸 생각해 냈다. 대부분은 전자책이었으니 유품으로서의 의미는 없었다. 게다가 그 책을 읽은 사람들이 한둘도 아닐 터였다. 엄마가 또 무엇에 관심이 있었더라. 더는 떠오르지 않았다. 아주 어릴 때 지민에게 엄마는 그냥 엄마일 뿐이었고, 자라면서 엄마를 또 다른 개인으로 인식하게 되었을 무렵에 엄마는 이미 깊은 무기력에 빠져 있었다.

자신과 유민을 낳기 전에는 어땠을까? 지민이 기억하는 한 언제나 엄마는 엄마였으므로, 그녀가 그냥 '김은하'였던 시절은 깊이 생각해본 적이 없었다.

지민의 기억 속 엄마는 늘 집에 있었다. 별다른 취미 생활이 있는 것도 아니었기에 그녀가 남긴 물건은 최소한의 생활을 유지하는 데에 필요한 것 정도가 다였다.

엄마가 특별히 지민에게 남긴 물건도 없었다. 지민이 아주 어렸을 때 입던 배내옷이 두 벌, 스튜디오에서 찍은 듯한 어색한 미소의 가족사진 한 장이 전부였다. 이것들조차도 방치되어 남아 있었을 뿐이다.

엄마는 마치 없는 사람 같았다. 최소한의 흔적만을 남기고 그냥 그렇게 살다가 가버린, 이제는 없는 사람.

그래도 혹시나 하는 마음에 지민은 집에 있을 잡동사니

들을 좀 더 찾아보았다. 거주지를 옮기면서도 계속 가지고 다녔던 상자 하나가 있었다. 대부분 지민이 어릴 적 썼던 물건이었다. 당장에라도 집을 떠나고 싶었던 고등학교 수업 시간에 몰래 친구들과 주고받던 쪽지도 남아 있었다. 그때까지만 해도 드물지만 수업에서 종이를 사용하던 때였다. 사진과 영상을 백업해둔 드라이브도 연도별로 정렬해서 찾아보았다. 하지만 지민이 찾는 자료는 없었다. 집을 나온 이후에는 엄마와 전혀 만나지 않았으니 보나 마나였고, 어린 시절의 사진과 영상도 별로 남아 있지 않았다. 디지털 자료의 특성상 제대로 챙기지 않으면 쉽게 소실되기 때문이기도 했고, 그 시절이 기록으로 남길 만큼 행복하지 않았기 때문이기도 할 것이다.

그렇다고는 해도 이렇게까지⋯⋯. 지민이 스무 살이 될 때까지 그 긴 시간 동안, 엄마의 흔적은 왜 단 하나도 제대로 남아 있지 않단 말인가. 엄마의 유품 상자에도 지민의 물건들 중에도, 엄마를 특정할 물건 하나가 없었다.

엄마는 세계에서 분리되어 있었다. 인덱스가 지워지기 전에도.

수천 장이 넘는 사진을 넘겨보고, 어릴 때 썼던 일기 노트 파일과 편지들을 읽어보고, 이따금 찍은 영상을 돌려보는 동안에도 엄마에 대한 언급은 없었다. 지민이 혼자 사진을 찍을 때 언뜻 옆에 보이는 모습, 꾸며낸 가족사진, 영상에 나오는 목소리. 그게 전부였다. 일기에조차 원망 어린 짤막한 흔적들이 다였다.

"너 혹시 엄마 유품 가지고 있어?"

화면 너머 유민의 대답이 돌아왔다.

"나한테 그런 게 있겠어?"

유민은 쓸쓸해 보이는 웃음을 지었다. 지민보다도 어린 나이에 집을 나갔으니 당연한 일인지도 몰랐다. 하지만 화면 앞에 선 지민의 얼굴이 여전히 굳어 있자 유민도 다시 입을 열었다.

"한번 찾아볼게."

"있지, 유민아."

"응?"

"엄마가 하나도 없어."

유민은 조금 당황한 것 같았다. 어색하게 웃으며 유민이 말했다.

"ㄱ야 우린 별로 사이좋은 가족도 아니었잖아."

"하지만 엄마랑 우리는 이십 년을 같이 살았는데. 어떻게 흔적이 없지."

"그게 중요한가? 이제 와서 뭘 새삼스레 그래."

유민이 무신경하게 덧붙였다.

"송현욱한테 연락해봐. 양심이 있으면 뭐라도 갖고 있겠지."

영상통화를 종료한 지민은 힘이 빠져서 소파에 주저앉았다. 이제 와서 엄마를 동정하겠다는 것이 아니었다. 단지 궁금했다. 엄마는 왜 그렇게 고립되는 선택지를 택한 걸까. 그녀는 왜 딸에 대한 집착에 가까운 애착 외에는 가질 수 없었을까. 무엇이 엄마를 그렇게 몰아갔을까. 그럼으로써 세상에 단 하나의 유의미한 흔적조차 남기지 못하게 된 이 상황은 불가피한 것이었을까.

엄마는 지금 아무도 찾아오지 않는 도서관 어딘가에서 무슨 생각을 하고 있을까. 원래 그 자리가 자신의 자리라고 생각할까.

지민은 TV를 켰다. 계속해서 채널을 돌렸다. 뚝뚝 끊기는 목소리들이 저마다 다른 이야기를 하다가 허공으로 사라졌다.

문득 지민의 시선이 고정되었다. 한 채널에서 마인드 업로딩에 관한 이야기를 하고 있었다. 지민은 채널을 돌리던 손을 멈추었다.

"인간의 영혼을 구성하는 물질은 무엇일까요? 마인드 도서관의 등장 이후로 사서들이 가장 많이 받은 질문 중 하나라고 하죠."

한 명의 여성 MC를 둘러싼 네 명의 남성 패널들이 마인드와 영혼이라는 주제로 토론을 하던 중이었다. 패널 중 누군가가 뇌에서 일어나는 모든 일은 전기적 신호와 화학적 신호의 연속으로 해석할 수 있고, 마인드를 구축하는 데에 성공한 것은 뇌 속의 다양한 화학적 신호들, 펩타이드와 신경전달물질의 영향을 전기적 신호로 데이터화할 수 있었기 때문이라고 설명했다. 여자가 말했다.

"그러나 최근의 연구 결과들은 부정적입니다. 스캐닝된 시냅스 패턴이 더 이상 가소적으로 변형되지 않는다는 관찰이 이어지면서, 마인드가 영혼이 아니라는 주장에 힘이 실리고 있죠. 한 사람의 자아는 끊임없이 변해갑니다. 성장하고, 배우고, 반응하고, 노화하면서 개인의 정체성을 구성하는 것이죠. 그렇다면 변형되지 않는 마인드는 영혼 그 자체가 아니라 죽은 시점에서 고정되어버린 일종의 박제된 정신에 가까운 것이 아닐까요?"

패널들은 현재 학자들이 연구 중인 주제들을 제시하며 미래에는 마인드를 완벽하게 이해하게 될지도 모른다는 가능성에 주목했다. 만약 우리가 사고 언어에 대해서 완벽하게 이해하게 된다면, 그래서 시냅스 패턴을 변형하는 방식으로 자극을 줄 수 있다면, 도서관 안에 저장된 마인드들은 나름의 영혼과 자아를 가지게 될까? 그들은 몸을 잃었지만 그 안에서 살아 숨 쉬게 될까? 보고 듣고 냄새 맡고 주어지는 자극들을 느낄 수 있다면 그들을 도서관 밖의 사람들과 다른 존재라고 말할 수 있을까?

토론은 서로 비슷한 질문을 던지다가 싱겁게 끝났다. 질문들에 대한 답은 아직 알 수 없지만 사고 언어에 대한 학자들의 연구가 여전히 활발하게 진행 중이라는 어정쩡한 마무리 멘트가 이어졌다.

지민은 다시 엄마를 떠올렸다. 지민은 엄마가 마인드 업로딩에 동의했다는 사실도 믿기 어려웠다. 정말로 지민이 기억하는 엄마라면, 그녀는 마인드조차 남기지 않고 완전히 사라지고 싶었을 것이다. 아무리 그것이 박제된 정신에 불과하다고 해도 말이다.

게다가 지민은 마인드에 대한 동생 유민의 의견에 동의하는 편이었다. 그것이 아무리 생전의 사람들을 잘 모방한다고 할지라도 그들을 또 다른 자아를 가진 진짜 정신으로 대하는 것은 마음을 불편하게 만들었다.

하지만 엄마의 끊어진 인덱스와 생전의 엄마에 대해 생각할수록, 머릿속의 실타래가 엉켜갔다.

토론 프로그램은 이제 검은 화면으로 페이드아웃 되며 내레이터의 목소리만을 남겼다.

"그래도 확실한 것은 있습니다. 마인드들은 우리가 생전에 맺었던 관계들, 우리가 공유했던 것들, 우리가 다른 사람의 뇌에 남기는 흔적들과 세상에 남기는 흔적들을 자신들의 방식으로 기억한다는 것이죠. 마인드와 자아의 관계에 대한 의문이 영원히 미해결로 남는다고 해도, 우리는 마인드를 통해 그들의 삶을 더 선명하게 이해할 수 있을 겁니다."

지민은 자리에서 일어났다.

연결을 끊어도 데이터는 어디선가 살아가고 있는 것일까. 삶은 단절된 이후에도 여전히 삶일까. 질문들이 머릿속을 떠나지 않았다.

* * *

지민은 현욱의 집을 직접 찾아가기로 했다.

현욱의 마지막 소식은 엄마의 부고였다. 현욱에 대한 기

억은 엄마보다도 더 적었다. 현욱은 늘 일을 하느라 바빴
다. 엄마의 상태가 악화된 이후에는 엄마를 돌보기보다 집
에 들어오지 않는 편을 택했다. 지민은 현욱을 없는 아빠
라고 생각했다. 집 앞에 도착하기 전까지, 몇 번이나 방향
을 돌릴까 하는 생각도 들었다. 초인종을 누른 다음에는
목이 바짝 말랐다.

잠시 뒤에 문이 열렸다. 기억하는 것보다 더 나이 든, 그
리고 움푹 팬 눈주름을 가진 남자가 지민을 쳐다보았다.
한국을 떠났던 이후로 그를 만나는 것은 처음이었다.

집은 좁고 어두웠다. 현욱은 거실로 지민을 데려갔다.
소파에 앉은 지민에게 현욱이 물었다.

"이제 와서 뭘 어쩌겠다는 거냐."

지민은 답하지 않았다. 현욱은 지민을 물끄러미 응시하
다가 잠시 뒤 부엌에 가 티백 차를 한 잔 내왔다. 머그잔에
서 올라오던 김이 사라질 때까지, 그리고 목이 타는 기분
이 들어 차를 한 모금 마시고 내려놓을 때까지, 두 사람 사
이에는 침묵만이 흘렀다. 결국 지민이 먼저 입을 열었다.

"도서관에 갔는데 엄마의 인덱스가 지워져 있었어요. 당
신이 그랬죠?"

"그랬지."

지민은 입술을 깨물었다.

"그건 네 엄마의 부탁이었다."

현욱이 말했다. 지민은 무어라 말하려다 입을 다물었다.

"원래는 마인드를 남기는 것도 완강히 거부했어."

현욱은 무덤덤하게 말했다.

"어차피 의식이 남는 건 아니라고 설득했지. 마인드를 남기는 대신 너희 엄마는 세상에서 잊히는 걸 조건으로 건 거다. 그게 마지막 부탁이었으니, 그대로 해줬을 뿐이다."

현욱이 그녀를 자식들의 엄마가 아닌 한 사람으로서 대한 적이 예전에는 있었을까. 있었더라도 그건 아주 오래전이었을 것이다.

"저는 엄마를 만나봐야겠어요."

지민은 감정을 꾹꾹 눌러 담으며 엄마를 검색하기 위해서는 현욱의 도움이 필요하다는 이야기를 꺼냈다.

"왜 만나려는 거냐?"

현욱이 물었다. 지민은 순간 말문이 막혔다. 시작은 충동에 가까웠다. 하지만 엄마가 분실되었다는 사실을 알고 나서는 무언가 달랐다. 짧은 침묵 끝에 지민은 가라앉은 목소리로 말했다.

"아직도 엄마에 대해서 모르는 게 너무 많아서요."

엄마는 좋은 엄마가 아니었다. 그래도 그렇게 원래 없었던 존재처럼 사라져서는 안 되는 거라고, 지민은 생각했다.

현욱은 지민을 집에 딸린 다락방으로 데려갔다. 그곳에 엄마의 유품을 보관해두었다고 했다.

그가 엄마의 흔적을 모두 내다 버렸을지도 모른다는 예상과 달리 그곳엔 많은 물건들이 남아 있었다. 그렇지만 대부분은 엄마의 유품이라기에는 모호한 물건들이었다. 유민과 지민의 어린 시절 앨범들, 장난감과 옷, 교과서, 낡은 육아 일기가 있었다. 지민은 육아 일기를 몇 장 넘겼다. 산후우울증이 출산 직후에 발병한 것은 아니었는지 한 달 정도였지만 성실하게 기록되어 있었다. 한때 그녀는 좋은 엄마였을지도 모른다.

그러나 결국 여기에 있는 물건들도, 전부 김은하 본인에 대한 것이 아니라 타인에 관한 물건들이었다. 입맛이 썼다. 고개를 돌려 현욱을 보니 그는 무덤덤한 표정으로 가만히 서서 지민이 하는 양을 지켜보고 있었다.

"더 없어요?"

현욱은 다락방의 다른 면에 있던 책장을 가리켰다.

그곳에는 수십 권쯤 되는 종이책들이 꽂혀 있었다. 대개는 요리와 육아를 다룬 실용 서적들이었다. 지금은 모두 입체 전자책으로 대체되었지만 엄마가 젊었던 시절만 해도 종이책을 출간하는 곳들이 남아 있었다. 현욱이 엄마의 책들을 아직 버리지 않았다는 점은 뜻밖이었다.

하지만 책들을 찬찬히 둘러보던 지민은 내심 실망한 기분을 숨길 수 없었다. 이런 책들을 가지고 마인드를 찾을 수는 없을 것이다. 아무리 종이책이 드물었다고 해도 어차피 엄마에게는 몇 번 읽은 것이 전부인 책들일 테고, 특별한 기억이 얽혀 있다고 볼 수는 없을 테니까.

아무래도 도움이 될 만한 물건은 없어 보였다. 차라리 엄마가 남긴 몇 안 되는 육아 일기를 가져가야 할까. 그나마 가능성이 있을지도 모른다.

시선을 돌리려던 지민에게 문득 무언가가 눈에 띄었다.

책장을 채운 실용 서적들 사이에 네 권쯤 되는 책들이 있었다. 제목으로 보아 소설 같았다. 다른 책들과 달리 보관 상태가 좋아 보였다. 그렇지만 단순히 사놓고 읽어보지 않은 책이라 깨끗한 것인지도 모른다. 지민이 아는 엄마는 소설을 즐기지 않았다.

지민은 실망한 기색을 비치며 책을 다시 책장에 꽂았다. 그때 현욱이 입을 열었다.

"한 번도 말해주지 않더냐?"

"뭘요?"

현욱의 지시대로 마지막 페이지를 폈지만 출판사 이름이 적힌 여백과 접힌 날개 외에는 없었다. 혹시나 해서 날개에 있는 책 리스트를 쭉 훑어보았으나 엄마의 이름은 보이지 않았다. 대체 뭘 찾아보라는 거야? 지민은 다시 그 앞으로 책장을 넘겼다.

현욱이 그 페이지가 맞다는 듯 고개를 끄덕였다. 페이지를 훑어보던 지민의 시선이 흠칫 멈췄다. 작은 책갈피가 꽂혀 있었다. 표지 삽화를 인쇄한 것이었다.

책갈피를 들어 올리자 가려져 있던 글씨가 보였다.

표지 디자인, 김은하. 열흘 만에 처음으로 찾은 은하의 이름이었다.

현욱이 말했다.

"너희 엄마가 일하던 곳에서 펴낸 책이야. 지금은 이런 종이책을 찾아보기도 어렵지만."

지민이 물었다.

"엄마가 책을 만드는 일을 했어요?"

"너를 낳기 전까지는 했었지."

인덱스가 있었다.

생각지도 못한 곳에.

엄마의 과거를 깊이 생각해본 적이 없었다. 직장에 다니고 어딘가에 소속되어 그녀의 이름이 쓰인 무언가를 만들었으리라는 생각도. 지민이 알던 엄마는 언제나 집 안에서 무기력한 얼굴을 한 모습이었으니까. 하지만 왜 몰랐을까. 당연한 일이었다. 은하에게도 지민을 낳기 전의 삶이 있었을 것이다. 아이라는 족쇄에 아직 걸리지 않았던 때. 그리고 어쩌면, 엄마의 진짜 삶을 가졌던 때가.

지민의 표정이 어두워지는 것을 본 현욱이 덧붙였다.

"어차피 출판사는 다 망해가고 있었어. 미디어 회사들에 모두 통합되어서 책 위주로 출간하는 곳은 사양산업이 된 지도 한참이었고."

지민은 멍하니 엄마의 이름을 쳐다보았다.

"뭐, 버티고 있었으면 일 년, 아니면 이 년쯤 더 일할 수 있었을지도 모르겠지만. 그게 의미가 있는 것 같지는 않다. 하필 그때 출산휴가를 낸 너희 엄마가 우선순위에 올랐을 뿐이지. 그게 네 탓은 아니었어."

그의 말이 틀렸다고 할 수는 없었다. 임신이 아니었더라도 언젠가 은하는 출판사를 그만두어야 했을 것이다. 지민의 어린 시절 기억에도 종이책들은 대부분 사라진 지 오래였으니까.

하지만 그녀에게 주어진 유일한 선택지가 종이책 표지를 만드는 일만은 아니었을 것이다. 버티고 있었다면, 어떻게든 붙잡고 있었다면 그녀는 다른 일을 할 수 있었을지도 모른다.

"그냥 운이 나빴다고 생각한다, 나는 네 엄마가 그렇게 될 줄은 몰랐지. 그것만 아니었어도."

현욱은 변명하듯 말했다.

"어차피 아이를 가지면서 일을 잠시 그만두는 건, 언제나 있어온 일이었으니까."

모든 상황은 도미노처럼 연쇄적으로 사람을 무너뜨린다.

만약 그때 엄마가 선택해야 했던 장소가 집이 아니었다면 어땠을까. 어떻게든 어딘가에서 무언가를 만들고 있었다면. 표지 안쪽, 아니면 페이지의 가장 뒤쪽 작은 글씨, 그도 아니면 파일의 만든 사람 서명으로만 남는 작은 존재감으로라도. 자신을 고유하게 만드는 그 무언가를 남길 수 있었다면. 그러면 그녀는 그 깊은 바닥에서 다시 걸어 나올 수 있지 않았을까. 그녀를 규정할 장소와 이름이 집이라는 울타리 밖에 하나라도 있었다면. 그녀를 붙잡아줄

단 하나의 끈이라도 세상과 연결되어 있었더라면.

그래도 엄마는 분실되었을까.

"유품이 필요하다며? 그걸 가져가. 너희 엄마에게 중요한 물건이었는지는 잘 모르겠다만."

"아빠."

현욱이 돌아서려던 순간 흠칫했다. 그의 발걸음이 부자연스럽게 멈추어 섰다.

"아빠는 그동안 한 번도 엄마를 찾은 적 없어요? 그럼 접속해본 것도 아니고. 고작해야 유언을 들어준답시고, 가서 인덱스를 지워버린 게 다예요?"

정확히 누구를 원망하고 싶은 것인지도 이제는 알 수 없었다. 지민은 그냥 누군가를 향해서 화를 내고 싶었다.

"그렇게 엄마를 세계에서 고립시키고, 완전히 죽지도 못한 채로 어디에도 연결되지 않은 사람으로 만들면서, 미안한 적이 없었어요? 후회한 적도?"

그건 지민 스스로를 향한 질문인지도 모른다.

정적이 흘렀다. 현욱의 표정은 알 수 없었다. 그의 뒤통수를 뚫어져라 보고 있으면, 그의 생각을 알 수 있을까 싶었나.

한참이 지난 후에야 현욱의 낮은 목소리가 침묵을 깨고

들려왔다.

"지민아. 넌 마인드에 한 번도 접속해본 적이 없다고 그랬지."

현욱의 목소리가 잠겨 들었다.

"나는 봤어. 그건 너무 진짜 같았다."

지민은 마른 침을 삼켰다.

"죽어서까지 나를 만나는 게 고통일 거라고 생각했어. 단 한번이었지. 더는 만날 수가 없었다."

숨이 목에 걸린 듯 넘어가지 않았다.

현욱은 틀렸다. 엄마는 여전히 도서관 어딘가에 있다. 단절된 채로. 아직 접속되지 못한 채로.

엄마를 찾아야 했다.

* * *

스무 살의 엄마, 세계 한가운데에 있었을 엄마, 이야기의 화자이자 주인공이었을 엄마. 인덱스를 가진 엄마. 쏟아지는 조명 속에서 춤을 추고, 선과 선 사이에 존재하는, 이름과 목소리와 형상을 가진 엄마.

지민은 엄마를 생각했다. 엄마는 지민을 닮은 얼굴을 하고 있었을 것이다. 그녀도 아이를 가져서 두려웠을까. 그렇지만 사랑하겠다고 결심했을까. 그렇게 지민 엄마라는 이름을 얻은 엄마. 원래의 이름을 잃어버린 엄마. 세계 속에서 분실된 엄마. 그러나 한때는, 누구보다도 선명하고 고유한 이름을 가지고, 이 세계에 존재했을 김은하 씨. 지민은 본 적 없는 그녀의 과거를 이제야 상상할 수 있었다.

그녀를 용서하거나 그녀에게 용서를 구할 생각은 없다. 그러기에는 너무 늦었다. 한때 그녀가 누구였건, 지민과 관계 맺었던 은하는 지민에게 한 번도 제대로 된 사랑을 준 적 없는 형편없는 엄마였다. 살아 있는 동안 너무 많은 상처를 주고받았다.

하지만 해야 할 말이 있었다.

다급히 도서관에 도착했을 때, 짐을 한가득 들고 있는 지민을 직원들이 놀란 얼굴로 보았다. 지민의 얼굴을 알아본 직원이 다가와 짐을 거들었다. 지민은 곧장 관리자를 찾았다. 관리자는 사서와 함께 인포메이션 창구로 와서 물건들을 살펴보기 시작했다. 지민이 내민 것은 현욱의 집에서 가져온 책들이었다. 네 권의 종이책은 무거웠다. 이제는 거의 쓰이지 않는 종이책이 도서관에 등장하자 지나가던 사람들이 흘끔거렸다. 책의 표지에서 은하가 가졌을 감각과 취향이 보였다.

시냅스 스캐닝으로 특정한 마인드를 찾아내면 보안카드에 있는 인덱스와 연결되고 화면에 이름이 뜰 것이라고 사서는 설명했다. 한 권의 책을 시냅스 스캐닝하는 데 5분이 조금 넘는 시간이 걸린다고 했다.

첫 번째 스캐닝에서 지민은 셀 수 없이 많은 이름들이 정렬되는 것을 보았다. 엄마의 이름은 보이지 않았다. 초조했다. 시선이 떨어지지 않았다. 그러나 지민은 확신하고 있었다. 사서도 머뭇거리지 않고 다음 책을 스캐닝했다. 화면의 퍼센티지가 올라가는 것을 지켜보며 그가 조심스럽게 물었다.

"혹시, 찾는 분이 직접 쓰신 책인가요?"

"아뇨. 그건 아니지만……."

두 번째 책을 스캐닝할 때까지도 결과는 크게 좁혀지지 않았다. 너무 많은 마인드들이 연결되어 있었다. 하지만 점차 줄어드는 것은 분명히 보였다. 아직 지민은 실망하지 않았다. 세 번째 책이 끝나고, 네 번째 스캐닝. 주위에 있던 직원들이 모두 지민을 둘러싸고 결과를 기다렸다.

정적. 이따금 침묵을 파고드는 기침 소리. 초조한 시선들.

"아, 나왔어요."

사서가 손을 내밀어 모니터에 뜬 이름을 가리켰다.

수많은 문자 사이에서 지민은 엄마의 이름을 알아보았다.

김은하.

지민은 고개를 끄덕였다. 목이 탔다.

마인드 접속기는 카드를 인식하고 접속을 시작하게 되어 있었다. 사서가 긴장된 눈빛으로 옆에서 기계를 건네주었다. 지민이 카드를 가져다 대자 파란색 조명이 켜지면서 접근 허가 안내가 떴다. 접속기는 단출한 구성이었다. 대뇌 피질에 신호를 보내는 가상현실 구현 헤드셋을 착용하고, 기계의 안내에 따라 의자에 앉아 눈을 감는다.

눈을 떴을 때, 지민의 앞에 펼쳐진 장면은 흐릿했다. 엄마는 소파에 앉아 있었다. 그녀는 지민에게서 반쯤 등을 돌린 채로 장벽 너머에 있는 무언가를 주시하고 있었다. 지민이 마지막으로 기억하는 엄마의 모습보다 조금 더 나이 들어 보였다. 입가에 팬 주름과 약간은 희끗희끗하게 센 머리가 보였다.

조금씩 주위의 풍경이 선명해졌다. 이제 지민은 이곳이

어디인지 알 수 있었다.

지민과 엄마는 작은 서재에 있었다. 한 번도 실제로 본 적은 없는 가상의 공간이다. 책과 노트, 벽을 채운 그림들, 은하가 지민의 엄마이기 전에 사랑했던 것들, 자신의 삶을 구성했던 것들로 채워진 공간. 지민은 책상 한쪽에 놓여 있는 자신과 유민의 사진을 보았다.

공간 속에서 은하는 어느 때보다도 선명해 보였다. 그녀가 살아 있던 때에 지민은 이따금 엄마가 공기 중에서 사라져버릴 것 같다고 생각했었다. 문득 떠올린 것은, 엄마와 함께 살던 집에는 엄마만의 방이 없었다는 사실이었다.

은하는 고개를 돌려 공간 속으로 들어온 지민을 보았다. 그녀의 표정은 해석할 수 없었다. 너무 사람 같다고 하던 사람들의 말은 틀린 게 아니었다. 지민은 속으로 되뇌었다. 엄마는 죽었다. 여기에 있는 건 엄마가 아니다. 나는 엄마를 용서할 수도, 용서를 빌 수도 없다. 모든 것은 끝난 뒤에 덧붙여지는 사족이다.

하지만 이대로 떠날 수도 없다. 무슨 말을 해야 할까? 미안하다거나, 그녀를 용서한다는 말을 하고 싶은 것은 아니었다.

"갑자기 찾아와서 놀랐죠? 하고 싶은 말이 있어서……."

은하는 지민이 입을 열어 말하는 것을 보았다. 그리고 다시 시선을 돌렸다. 이제 은하는 자신의 물건들이 진열된 책장을 보고 있었다. 하지만 지민은 은하가 자신의 말을 기다리는 것 같다고 생각했다.

어떤 사람들은 마인드가 정말로 살아 있는 정신이라고 말한다. 어떤 이들은, 이건 단지 재현된 프로그램일 뿐이라고 말한다. 어느 쪽이 진실일까? 그건 영원히 알 수 없을지도 모른다.

그러면, 어느 쪽을 믿고 싶은 걸까?

"무슨 말을 하더라도, 그게 진짜로 엄마의 지난 삶을 위로할 수 있는 건 아니겠지만."

지민은 한 발짝 다가섰다. 시선을 비스듬히 피하던 은하가 마침내 지민을 정면으로 바라보았다. 지민은 알 수 있었다.

"이제……"

단 한마디를 전하고 싶어서 그녀를 만나러 왔다.

"엄마를 이해해요."

정적이 흘렀다. 은하의 눈가에 물기가 고였다. 그녀는 손을 내밀어 지민의 손끝을 잡았다.

나의 우주 영웅에 관하여

가윤이 우주인 후보로 선정되었다는 사실을 통보받은 것은 작년 말이었다. 신체 개조 과정은 18개월이 소요되는 장기 프로젝트로, 당초 계획은 다음 해 여름부터 시작되는 일정이었다. 그러나 해가 바뀌고 얼마 지나지 않아 간이 신체검진을 받으라는 연락이 왔다. 본부에서 예정보다 일정을 앞당겼다고 했다.

　그날 밤 뉴스를 보니 항공우주국이 프로젝트를 서둘러 진행하는 이유를 알 수 있었다. 터널을 최초로 통과한 사이보그 영장류 '리키'가 터널 너머의 우주에서 보낸 생체 신호를 수신했다는 소식이었다. 이제 인간의 차례만이 남았다. 지구의 모든 사람들이 다음 순간을 기다리고 있었다. 우주 저편으로 넘어갈 인류 최초의 우주비행사가, 인간의 눈으로는 아직 누구도 보지 못한 터널 너머의 풍경을 목격하는 순간을.

단 한 사람이라도 터널을 지나 눈을 뜨는 데에 성공한다면 인류의 우주는 극적으로 확장될 것이다. 가윤은 자신이 그 위대한 프로젝트의 후보로 선발되었다는 사실이 아직 실감나지 않았다. 이모도 이런 기분이었을까.

본격적인 프로젝트를 위해 워싱턴으로 가기 전 서울의 한 병원에 예약을 잡았다. 간이 검진이라고 들었는데도 검진 목록이 어마어마했다. '간이'가 이 정도라면, 워싱턴 센터에서는 가윤의 몸을 체세포 하나하나까지 분석하려는 것인지도 모른다.

가윤이 우주인 후보로 선발된 사실은 언론을 통해 이미 공개되었지만 진단은 극비리에 이루어졌다. 간호사가 병원 뒷문 앞에 대기하고 있었고 접수도 없이 곧장 진료실로 가윤을 안내했다. 첩보 작전이라도 펼치는 듯한 기분이었다. 항공우주국에서 직접 파견된 의료 담당자가 가윤의 상태를 매일 확인했다. 분석에 시간이 걸리는 검진 결과는 다음 주까지 기다려야 했지만, 일단 외견상 건강에는 별다른 이상이 없는 듯했다.

그런데 사흘째에 가윤은 담당자로부터 당황스러운 말을

들었다.

"박사님. 기록을 살펴보니 문제가 있더라고요."

담당자는 어제의 진료 차트를 훑어보고 있었다.

"왜 미리 말씀 안해주셨어요?"

"네?"

가윤은 순간 혹시 종양이라도 발견된 게 아닌가 긴장했다. 담당자는 전혀 뜻밖의 말을 꺼냈다.

"최재경 씨와 가족이셨다고요."

담당자는 차트의 한 페이지를 가윤에게 내밀었다. 어제 오후에 했던 심리 상담 기록이었다. 가윤은 떨떠름하게 대답했다.

"비슷한 관계이긴 합니다만, 문제라니요."

왜 재경 이모 이야기가 나오는 것인지 짐작도 가지 않았다. 담당자는 여전히 얼굴을 찌푸리고 있었고, 가윤은 당황하며 물었다.

"혹시 전임 비행사와 친인척 관계이면 선발하지 않는 조항이라도 있나요?"

그럴 리는 없을 텐데. 그런 조항이 있다고 해도 자신에게는 해당되지 않는 조항일 테고. 담당자는 가윤의 말이 이상하다는 듯 고개를 기울이고는 냉정하게 말했다.

"그런 문제가 아니죠. 하필 최재경 씨와 긴밀한 관계였다면 당연히 미리 말씀을 해주셨어야죠. 서류상으로는 직계 가족만 검토했지만, 다른 사람도 아니고……. 도의적인 문제가 있잖아요. 부적격 사유에 해당할 수도 있어요."

재경 이모와 가까운 사이라는 것은 가윤에게 명예로운 일이었다. 무슨 오해가 있는 것 같았다. 가윤은 다시 입을 열었다.

"재경 이모는…… 제 우주 영웅이에요. 물론 결과적으로 잘되었다고 할 수는 없지만, 영웅이 반드시 끝까지 살아남아야만 영웅인 건 아니잖아요."

어쩐지 아버지를 보며 훌륭한 소방관이 되기로 결심했다고 장래희망을 웅변하는 초등학생이 된 것 같아 민망한 기분이 들었다. 그래도 이모가 '부적격 사유'에 해당한다는 엉뚱한 지적에는 해명을 하고 싶었다.

"이모는 제가 우주비행사에 지원한 계기였어요. 비록 그날, 안타까운 희생이 있었지만, 그래도……."

"안타까운 희생이라고요?"

담당자가 가윤의 말을 끊었다. 묻는 표정이 차가웠다.

"최재경 씨가요?"

마치 가윤이 아주 몹쓸 말을 한다는 듯한 태도였다. 가윤은 영문을 모른 채 굳어버렸다.

인류 최초의 터널 우주비행사로 선발된 최재경은 선발
당시 마흔여덟 살이었다. 선발 발표 직후부터 논란이 불거
졌다. 마흔여덟 살은 일반적인 우주비행사로도 첫 비행을
하기에는 너무 많은 나이였고, 그 나이를 감안할 만큼 최
재경에게 특별한 경력이 있는 것은 아니라는 지적이 쏟아
졌다. 심지어 그녀가 만성 전정기관 이상이라는 부적격한
건강 상태를 지녔으며, 근육도 뼈 밀도도 표준 신체에 미
달하는 마르고 작은 체형인 데다, 이미 한 차례의 임신과
출산을 겪은 동양인 여성이라는 사실이 언론에 하나둘 공
개되자, 선발 과정에 대한 논란은 불길처럼 커졌다.

사람들은 어떻게 인류 대표가 최재경과 같은 부적절해
보이는 인물로 선발될 수 있었는지 의문을 제기했다. 재경
이 최종 선발된 세 명의 비행사 중 한 명이었다는 것은 그
다지 부각되지 않았다. 재경을 제외한 다른 비행사들은 항
공우주국 본부 출신의 백인 남성이었다는 사실도. 대신 비
난의 대상은 공정한 선발을 위해 항공우주국에 처음 도입
되었다는 인공지능 스택마인드를 향했다.

스택마인드 개발자들은 우주비행사들이 참여할 사이보

그 그라인딩 프로젝트가 인간의 몸을 완전히 벗어나 새로운 몸으로 탄생하는 과정이므로, 기존 신체의 적합성보다는 극한의 개조 과정을 버텨낼 정신력을 더 중요하게 고려했다고 밝혔다. 재경의 전정기관 이상증은 오히려 무중력 상태에서의 적응 능력에 가산점으로 작용했다. 그러나 사람들은 해명에 쉽게 수긍하지 않았고, 인공지능 선발의 공정성에 대한 이의제기는 엉뚱하게도 항공우주업계 바깥으로도 불똥이 튀었다. 각종 주요 직위의 성별·인종 할당제와 적극적 우대조치에 대한 비난이 이어졌다. 하지만 많은 이슈가 그렇듯 정작 우주비행사 선발에 대한 논란은 몇 개월 정도 들썩이다가 식어버렸다.

이후 사람들의 관심은 재경이 겪게 될 기괴한 신체 개조 과정으로 넘어갔다. 항공우주국에서는 고통스러운 개조와 훈련을 버텨내는 우주비행사들의 영상을 촬영해서 프로젝트를 홍보할 목적으로 공개했다. 마르고 작은 체형의 재경이 이를 악물며 훈련을 버텨내는 과정은 극적으로 연출되었다. 홍보 영상들은 어떤 면에서는 올림픽 국가대표들의 훈련을 지켜보는 것과도 비슷한 쾌감을 자극했다. 고통과 고난, 극한의 상황을 이겨내고 마침내 승리를 쟁취하는 철인의 서사를 그려내는 인류 대표들.

터널을 통과하기 위해서는 특수 캡슐에 탑승한 상태에서도 극도로 높은 중력가속도, 급격한 온도 변화, 외부 압력 변화를 버텨야 했다. 사이보그 그라인딩은 인간이 터널을 지나는 극한 상황에서도 살아남을 수 있도록 신체를 개조하는 과정이었다. 인간을 터널 너머로 보내기 위해 인간 자체를 개조하겠다는 발상은 이 프로젝트가 강력한 비난에 직면한 이유이기도 했다. 우주 저편을 보기 위해서 인간이 본래의 신체를 포기해야 한다면, 그것은 여전히 인간의 성취일까?

재경은 그런 것에는 의문을 갖지 않았다.

"네. 물론 우주 저편도 기대가 되지만……. 그것보다는, 저는 일단 인간을 넘어서고 싶어요. 우리의 몸은 너무 한계가 많죠. 특히 제가 딸 서희를 가졌을 때는, 인간이 진화 과정에서 해결하지 못한 문제가 얼마나 많길래 이 고생을 해야 하나 한숨이 나왔다니까요. 더 나은 몸을 가질 수 있다면 꼭 이대로의 몸으로 살아갈 필요는 없잖아요? 인간이 앞으로 어떤 새로운 모습으로 살아가게 될지 상상하면 재미있어요. 아마 그렇게 되면, 우리가 꼭 땅 위에서 살아야 할 이유도 없겠죠."

재경의 답변은 사람들이 인류 최초의 터널 비행사에게

기대하는 이야기와는 거리가 멀었다. 사람들은 재경의 도전이 인류에게는 어떤 의미를 가지는지, 재경이 터널 너머에서 우주 저편을 최초로 마주할 때 이쪽 세계의 사람들에게는 어떤 영향을 줄 것인지, 그런 거시적인 관점의 답을 기대했다. 재경은 새로운 몸에 대한 기대만 들떠 늘어놓았다. 어떤 신문에서는 재경이 전혀 프로페셔널한 우주비행사다운 태도를 보이지 않았다는 사설을 싣기도 했다.

한편 재경 자신이 어떤 식으로 보이기를 원했는지와는 달리, 터널 프로젝트를 준비하는 과정에서 재경은 많은 아이들의 영웅이 되었다. 재경을 영웅 삼은 것은 가윤 역시 마찬가지였다.

최초의 사이보그 그라인딩은 3년에 걸친 프로젝트였다. 체액을 고분자 나노 솔루션으로 교체하는 것으로 개조가 시작되었다. 겉보기에 재경은 여전히 예전의 재경과 같았지만 주입을 거듭할수록 완전히 다른 몸이 되어갔다. 개조의 최종 단계는 금속 기계와 바이오 나노봇을 결합한 사이보그로, 과학자들은 개조의 마무리 단계에 도달했을 때 원래 인체의 비율은 5분의 1 미만에 불과할 것이라는 추정치를 발표했다. 프로젝트가 끝나갈 무렵 재경은 아무런 도움 없이도 깊은 수심까지 잠수할 수 있었고, 하루 네 시간만의 수면으로 금세 피로를 회복했다.

전체 터널 프로젝트에서 사이보그 개조만을 위해서만 수백억 달러가 투자되었다는 기사가 떴다. 항공우주국에서는 터널 프로젝트를 홍보하기 위해 국제 수영대회에 비행사들을 특별 선수로 동원하고, 신기록을 가볍게 뛰어넘는 순간을 생중계했다. 한편 항공우주국은 기존 우주미션에도 사이보그 우주비행사들을 투입했다. 재경은 터널 통과를 대비한 예비 우주미션을 1년에 한 번씩 총 세 번 수행했고, 처음 미션보다 두 번째에서, 그리고 두 번째보다 세 번째에서 자신의 몸이 좀 더 극한 상황을 편안하게 느꼈다는 인터뷰를 남겼다.

터널 프로젝트는 본격적으로 우주 환경에 인간의 신체를 맞추는 판트로피(Pantropy)의 일환이었다. 비록 터널은 일반적인 행성의 환경보다도 훨씬 위험한 환경이었지만, 만약 인간이 터널 내부에서도 살아남을 수 있다면 우주 저편의 어디로든 갈 수 있다는 증명이 되는 셈이었다. 어디까지 인간의 모습을 유지하며 신체를 강화할 수 있을 것인지, 그 강화된 신체가 터널 통과라는 극한 상황에서도 무사히 살아남을 것인지는 이 프로젝트에서 우주 저편에 인간을 보낸다는 그 최종 목표만큼이나 중요했다.

그리고 마침내 터널을 향해 인류가 최초의 캡슐을 쏘아 올리는 날이 다가왔다.

그날은 인류의 우주가 확장된 것을 기념하는 날이어야 했다. 그러나 모두가 지켜보는 가운데 비극이 발생했다. 터널을 통과하기로 예정되었던 캡슐이 추진체 불안정으로 터널에 진입하기도 전 폭발해버린 것이다. 탑승 중이던 비행사들은 비상 탈출 프로토콜에 따라 우주 공간으로 나오려고 했지만, 그들을 구하러 갈 수송선은 너무 늦었다. 터널 너머로 사라져버린 비행사들의 시신조차 회수하지 못했다.

재경을 비롯한 비행사들은 죽음을 앞둔 상황에서도 터널 내부를 촬영한 데이터를 남겼다. 그 블랙박스는 마지막까지 인류에게 기여하고 떠난 그들의 희생을 상징하는 것으로 여겨졌다. 몇 달 뒤, 그들을 기리는 기념비가 비행사들의 고향과 워싱턴에 세워졌다. 항공우주국에서는 매년 그날마다 제1기 터널 우주비행사들의 희생을 기리는 추모식을 열었다.

여기까지가 가윤이 알고 있던 재경 이모의 이야기였다.

가윤은 재경을 사랑했고, 누구보다도 재경이 터널을 넘어선 최초의 인간이 되기를 바랐으며, 그 미션이 실패로 끝났을 때 가장 많이 울었던 한 명이었다. 선발 이후 사람들이 가윤에게 우주비행사가 된 특별한 이유가 있냐고 물었을 때, 가윤은 마음에 묻어두었던 자신의 영웅에 대한 이야기를 시작했다. 사람들은 가윤의 이야기에 눈물을 글썽였다.

하지만 담당자는 가윤이 그 이야기의 결말을 완전히 잘못 알고 있다고 말했다.

"같이 살 정도로 가까운 사이면, 당연히 알고 계신 줄 알았죠."

담당자는 재경의 미션 당일 실제로 일어난 일을, 충격적인 진실을 말해주었다.

그 진실은 이러했다.

사실 재경은 그날 영웅적으로 희생한 것이 아니라는 것. 애초에 재경은 터널로 가는 캡슐에 타고 있지도 않았다는 것. 어마어마한 비용이 투입된 미션 현장에 정작 재경은 없었다는 것. 항공우주국은 캡슐이 폭파되고 그 흔적조차 조사할 수 없게 되자, 재경의 치명적인 '계약 위반'을 그냥 은폐하기로 결정했다는 것.

발사 전날 재경은 대기지역을 이탈했다.

재경은 우주로 가지 않았다. 대신 바다로 뛰어들었다.

* * *

　서희는 대수롭지 않다는 듯 말했다.

　"우리 엄마는 원래 그런 식이었어. 좀 자기 마음대로였지."

　가윤은 기가 찼다.

　"언니는 알고 있었다는 거잖아."

　"알았지. 딸이니까 나한테는 말해줬지. 유진 이모도 알았어. 그런데 항공우주국에서는 그냥 모른 척해달라고, 어차피 시신도 발견되지 않았으니 엄마가 공식적으로는 우주에서 죽은 걸로 하자고 하더라. 그렇게 말하면서 자기들이 되게 선심쓴다는 듯이. 캡슐 폭파 사고를 수습하는 것만으로도 벅찼던 모양이지."

　"왜 나에게는 말 안했어?"

　서희가 어깨를 으쓱했다.

　"너에게 그걸 어떻게 말해."

　"아니, 그런 게 어딨어? 재경 이모랑 내가 그냥 남인 사이야?"

　"그래서 말 안 한거야. 넌 우리 엄마랑 남이 아닌 사이 정도를 넘어서, 최재경의 열렬한 신봉자였어. 최재경 교가

286

있으면 네가 일등 신도쯤 됐을걸. 그날 이후에 너 밥도 못 먹겠다고 버티다가 겨우 정신 차렸잖아. 그땐 나도 유진 이모도 네가 정말 죽는 줄 알았어. 그런데 내가 어떻게 너한테 그런 얘기를 해. 네 우상이 영웅적인 미션 앞에서 비겁하게 도망쳤다고 말할까?"

가윤은 말문이 막혔다. 실제로 그랬다.

"그래도 나중에라도 말해줄 수는⋯⋯."

가윤은 서희의 표정을 보고 입을 다물었다. 서희의 얼굴에 읽기 어려운 감정이 드러났다.

사실을 알면서도 말해주지 않은 것은 가윤의 엄마 역시 마찬가지였다. 유진이 한동안 자리에서 일어나지도 못할 정도로 슬픔에 잠겼던 이유가 친구를 충격적인 사고로 잃었기 때문인 줄로 알았지, 이런 이유가 있을 줄은 상상도 못했다.

가윤이 평생을 우주 영웅으로 숭배해왔던 재경 이모가, 사실은 인류 대대의 미션을 코앞에 두고 전날 도망쳐버렸다니.

주말 내내 가윤은 재경 이모를 생각했다. 아무리 생각해도 재경이 왜 그런 일을 했는지 이해할 수 없었다. 어떤 우주비행사가, 인류 최초로 우주의 저편에 도달할 수 있는 영예로운 자리에 오른 사람이, 출발 직전 갑자기 바다로 몸을 던지는 일이 가능할까. 그것도 심리 검진에서 어떤 문제도 발견되지 않았다던 사람이.

고민해도 당장 답이 나올 문제는 아니었다. 오래전부터 사건을 알고 있었을 서희조차도 이유를 잘 모르는 눈치였으니 가윤은 더더욱 알아낼 단서가 없었다.

주말이 지나고 마지막 심리 검진을 받기 위해 대기실에 있을 때, 직원이 대기실로 걸어 들어왔다. 가윤은 잠시 고민하다가 입을 열었다.

"선발에 문제가 생길까요?"

"심리적인 문제는 가족력일 수도 있어요. 선발 취소가 되지는 않더라도 엄격한 심리 진단을 받아야 할 것이고……"

가윤이 말을 끊었다.

"그런 이유라면 저는 문제없을 거예요. 장담할게요."

도통 이해할 수 없다는 듯한 담당자의 시선이 가윤을 향했다. 가윤은 더 설명하는 대신 조용히 검진을 기다렸다. 대기하는 동안 담당자는 못마땅한 표정으로 가윤을 보았다.

재경은 가윤의 엄마 김유진을 온라인의 지역 비혼모 커뮤니티에서 만났다. 처음에는 그냥 서로 이름만 아는 사이였는데 이상하게 주말마다 같은 동네 극장에서 자주 마주치면서 대화를 트기 시작했다. 재경은 근처 대학의 천문물리학 연구실에서 일하는 박사과정생이었고, 유진은 회계사무소에서 일하는 직장인이었다. 두 사람은 같이 밥을 먹고 서로를 집에 초대했다. 육아 정보를 공유하고 연극 이야기를 했다. 그러다가 점차 공유하는 영역이 넓어지면서, 온갖 종류의 품앗이가 시작되었다. 꼭 보고 싶은 영화가 개봉하면 하루는 유진이, 다음 날은 재경이 번갈아 외출을 하며 서로의 아이를 돌봐줬다.

나중에 유진과 재경은 살림을 아예 합쳐서 거실과 베란다와 각자의 방이 있는 한집으로 이사했다. 그때부터 서희와 가윤도 친자매처럼 자랐다. 가윤은 아마 자신의 엄마와 재경도 20년에 걸쳐서 비슷한 사이가 되지 않았을까 짐작했다.

재경은 박사과정 중에 딸 서희를 갑작스레 가졌다. 휴학도 혼인신고도 이혼도 순식간에 이루어졌다. 육아와 학업을 병행하는 것은 결코 쉽지 않았지만 재경은 연구를 계속했다. 대학원에서는 좋은 논문을 몇 편 썼고 해외에서 박사후 연구원 제의를 받기도 했으나, 재경은 한국에 남았다. 재경은 여러 대학 연구소를 옮겨 다니다가 서희가 학교에 입학하면서 정부출연연구소에 정착했다.

가윤은 재경을 재경 이모라고 불렀다. 가윤은 어릴 때부터 재경 이모를 동경했다. 재경이 연구하고 있다는 외계 행성 이야기를 들을 때마다 두근거렸다. 재경은 놀라운 이야기를 많이 해주었다. 우주에는 분명 다른 생물들이 살 것으로 짐작되는 행성이 많이 있지만, 아직까지 그곳으로 갈 마땅한 방법이 없다고 했다. 언젠가 우주 항해 기술이 비약적으로 발전한다면 외계 행성을 탐사할 수 있을 것이고, 어쩌면 인간도 외계 행성에서 살게 될지도 모른다고 재경은 말했다. 그렇게 되면 인간은 지금과는 다른 환경에 적응해야 하고, 다른 신체를 갖게 될 수도 있다는 이야기도. 가윤은 재경의 이야기를 들으며 우주를 상상하는 것이 좋았다. 우주 저편에는 우리와 다르게 생긴 생명체들이 살까? 다른 행성에서 인간은 어떤 모습으로 살게 될까? 그런 질문을 쫓아가다 보면 꼬박 밤도 샐 수 있었다. 가윤은 온갖 과학소설과 스페이스 오페라 게임들을 섭렵했고, 주말마다 재경과 항공우주국 웹사이트를 탐색했다. 가윤은 매주 올라오는 성운 사진들을 특히 좋아했는데, 재경은 먼 우주에서 새로 발견된 성운의 흥미로운 특이사항들을 설명해주었다.

가윤이 재경과 아주 죽이 잘 맞았던 한편 서희는 물리학 얘기만 꺼내도 질색하는 타입이었고 자신의 엄마가 하는 일에도 큰 관심은 없었다. 서희는 현실적인 성향의 유진과 더 마음이 잘 맞았다. 나중에는 유진과 독서 취향도 비슷해져서 서재의 책장을 공유하며 지냈다. 가윤은 우리는 만나도 어떻게 이렇게 네 사람이 묶였을까, 생각한 적이 있었다. 그게 가윤만의 생각은 아니었는지 서희도 고등학생 때 가윤에게 이렇게 말한 적이 있었다.

"우리는 엄마를 바꿔서 잘못 태어났나 봐."

"그런가? 그래서 한집에 살게 됐나 보다."

어쨌든 서희와 가윤은 자신들의 엄마와 이모를 다른 방식으로 사랑했다. 두 사람은 친자매 같은 친구였고 각자에게 엄마가 둘씩 있다고 생각하기로 했다.

이 이상한 생활 공동체는 10년이 넘게 유지되다가, 서희가 가윤보다 먼저 대학에 들어가면서 자취를 시작하고, 재경이 연구소 조직 분쟁 때문에 이직을 고려하면서 변화의 양상을 맞이했다.

지구 밖에서 '터널'이 발견된 것도 그 무렵이었다.

터널은 화성 근처에서 나타났다. 화성 궤도상에 위치한 정체를 알 수 없는 천체가 발견되었을 때, 물리학자들은 관측 장비에 문제가 생긴 것이라고 생각했다. 무인 탐사선이 천체에 접근해 촬영해 온 영상에서 처음으로 터널의 외관이 드러났다. 터널은 아주 작은 초소형 블랙홀 같았다. 실제로 터널 근처로 접근한 물질들은 터널로 빨려 들어가는 것처럼 보였다. 그러나 관측 데이터가 세계 각국에서 분석되면서 이 터널은 기존의 천체도 블랙홀도 아닌 새로운 무언가이며, 인류가 밝혀내지 못한 시공간과 관련되어 있을지도 모른다는 가설이 힘을 얻었다.

무인 실험 스테이션이 터널 근처로 출발했다. 스테이션은 매일 실험 대상을 바꾸어가며 터널 너머로 물질들을 전송했다. 처음에는 그 안에 들어간 물질들이 결국 어떻게 되는지를 관측할 수 없다는 문제가 있었는데, 누군가가 양자얽힘을 이용한 통신 시스템을 이 터널 진입 문제에 도입했다.

거듭된 실험 끝에 한 가지 사실이 분명해졌다. 물질은 터널을 통과할 수 있다. 하지만 제 형체대로는 아니다. 양자 통신 시스템은 완전히 형체를 잃은 물질이 질량만을 유지한 채로 우주 어딘가에 도달했음을 알려주었다. 그렇다면 물질은 어디로 가는 것일까?

과학자들은 물체가 원모습을 유지하며 터널을 통과하는 방법을 연구하는 데에 전력을 기울였다. 가장 먼저 성공한 실험 대상은 압축된 고분자 큐브였다. 하지만 그것만으로 터널의 쓸모를 찾기는 어려웠다. 후속 연구는 극한환경용 재난구조로봇을 이용한 실험이었다. 터널을 지난 로봇은 비록 카메라가 깨진 상태였고 짧은 양자 통신 메시지를 겨우 남긴 이후에는 완전히 가동을 중지해버렸지만, 터널 너머에 어떤 '다른 우주', 즉 우주의 저편이 있다는 사실을 밝혀냈다. 그 우주는 태양계와는 아주 멀리 떨어진 곳, 우주의 반대편이라고도 할 수 있는 장소였다.

계속된 실험을 통해 연구진은 터널 통과 조건을 밝혀냈다. 터널에 진입하는 순간 물체는 어마어마한 중력가속도와 압력을 버텨내야 한다. 터널을 통과한 이후에 형체를 유지한 실험 물체가 별로 없는 것도 당연했다. 터널 진입을 위한 '캡슐'이 개발되었지만 부피와 질량의 제한이 있었다. 결코 쉬운 상황은 아니었지만, 터널 너머로 보낼 장비들을 작은 분리형 모듈로 만들어서 전송한 다음 통신을 이용해서 조립할 수 있을 것이라는 아이디어가 제안되었다. 터널 너머에 처음으로 작은 위성의 부품들이 전송되었다. 위성은 얼마 가지 못하고 금세 가동을 멈추었다. 그러나 일련의 연구들은 작은 희망을 남겼다. 어쩌면 인간이 우주의 저편으로 진출할 수 있을지도 모른다는.

문제는 생명체가 터널을 통과한 전례가 없다는 것이었다. 현재 기술력으로 터널 통과에 요구되는 압력과 중력가속도로부터 기내 생명체를 보호하는 캡슐을 만들려면, 통과 가능한 부피와 질량을 훨씬 넘어버린다. 터널 문제가 점차 미궁으로 빠져들 때쯤 항공우주국이 제안한 새로운 방식은, 기존의 생명체가 아니라 변형된 생명체를 터널 너머로 보낸다는 발상이었다.

판트로피, 우주의 극한 환경에 맞추어 생명체를 개조한다는 아이디어는 지금껏 소설 속 상상으로만 존재했을 뿐 실행된 적이 없었다. 지구를 떠나 다른 세계에 적응하여 살았던 세대가 없었기 때문이다. 하지만 최초의 판트로피, 훗날 사이보그 그라인딩이라는 정식 명칭이 붙은 이 프로젝트는 인간을 우주 거주구에 적응하게 만들거나 다른 행성에서 살아가기 위해서가 아니라, 인간을 우주의 저편으로 보내기 위해서 가동되었다. 실험실에서 개조 과정을 거친 초파리와 쥐, 앵무새, 개가 터널을 넘었다. 항공우주국은 이제 인간을 터널 너머로 보낼 때라고 생각했다.

그리고 재경은 그 최초의 개조 우주비행사 프로젝트에 지원했고, 후보군에 합격했으며, 반년간의 훈련과 검증 과정을 거쳐 최종 비행사로 선발되었다.

재경은 최종 훈련에 합류하기 위해 워싱턴 본부로 옮겨 가기 전 한국에 들렀다. 네 사람은 몇 달 만에 한집에 모여서 송별 파티를 열었다. 중년 여성 둘과 이제 막 어른이 된 한 명, 그리고 청소년. 이상한 구성의 이 가족이 다시 한자리에 모일 날은 아마 오지 않거나 오더라도 아주 먼 미래가 될 것임을 모두 알고 있었다. 그래서 그 자리는 더욱 시끌벅적하고 유쾌했다. 가윤은 재경 이모에게 반드시 최초로 우주 저편을 보는 사람이 되어서 가문의 영광을 드높여 달라고 말했다.

재경의 우주비행사 선발을 둘러싸고 많은 논란이 있었다는 것을 가윤도 알고 있었다. 다만 재경이 그런 이야기를 가윤에게는 잘 하지 않았기에, 나중에 서희에게 들은 구체적인 실상은 생각보다도 당황스러웠다.

재경은 훌륭한 경력을 가진 수석 연구원이었고 항공우주국과도 많은 공동 프로젝트를 진행했다. 재경은 전정기관 이상 외에는 큰 건강 문제도 없었고 국제 미션 수행에 필요한 언어들을 유창하게 구사했다. 심지어 그 엄격하다는 스택마인드의 검증 절차를 통과했으니 사실상 우주비행사가 될 자격은 이미 충분히 증명하고도 남았다. 그러나 사람들이 생각하는 완벽한, 표준적인 우주비행사의 모습에 재경은 잘 들어맞지 않았다.

발표 이후에 한 관계자의 익명 인터뷰에서 '성별과 인종 쿼터를 신경쓸 수밖에 없었다'라는 답변이 나오면서 논란은 더욱 거세졌다. 재경의 자격에 대한 의심과 비난이 이어지자 항공우주국은 훈련 과정에서 재경이 탁월한 실력을 보였다는 서류들을 일부 공개했다. 온라인에서는 재경이 정말로 실력이 있는 것이 맞는지, 훈련 과정들에서 그녀의 실력에 대한 '보정'이 작용했던 것은 아닌지 논의하는 글들이 다국적의 언어로 게시되었다.

재경에게 쏟아지는 의심의 반대편에는 재경에 대한 열광과 찬사가 있었다. 재경은 우주비행사가 된 그해에만 여러 단체에서 선정하는 '올해의 여성'에 수십 번 뽑혔고, 소녀들에게 용기와 응원을 주는 인터뷰를 수도 없이 진행했으며, 비혼모들을 후원하는 국제 캠페인의 홍보 모델로 선정되었고, 여성과학자들의 컨퍼런스가 열릴 때마다 주요 연사로 초청되었다.

어떤 사람들은 재경이 인류를 대표하기에 불충분한 사람이라고 말했다. 동시에 어떤 사람들은 재경이 인류의 소외된 사람들을 대표하여 우주로 나가는 것이라고 말했다. 재경은 과소대표되면서 동시에 과대대표되었다.

재경은 그 많은 요청을 수락했고 일정이 허락하는 한 모든 행사에 참석했지만, 한편으로는 조금 지쳐 보였다고 서희는 나중에 회상했다.

항공우주국은 재경 이모의 마지막 선택을 조직적으로 은폐했다. 당시 항공우주국은 캡슐 폭파 사고의 여파로 국제적인 비난을 받고 있었다. 그 와중에 우주비행사 중 한 명이 미션을 수행하지 않고 바다로 뛰어들었다는 사실까지 공표하면 치명적인 타격을 받으리라고 판단한 것일 수도 있다. 실제로 캡슐이 발사되는 장면이 전 세계로 생중계되던 그 순간부터 사고 소식이 들려오던 최후의 순간까지, 대부분의 사람들은 비행사가 세 명이라고 굳게 믿고 있었다.

가윤이 진실을 알게 된 며칠 뒤에 어디선가 정보가 늦게 새어나갔던 모양이었다. '우주비행사 최재경의 충격적 진실'이라는 타이틀을 달고 기사가 보도되었다. 어떤 시사방

송에서는 '최재경 스캔들'을 아예 특집으로 편성하고 싶어 했는데, 서희와 가윤에게 전화 수십 통을 걸어 괴롭히더니 정작 별달리 캐낼 정보가 없다고 판단했는지 방송이 나오지는 않았다.

그도 그럴 것이, 가윤은 이 사태에 대해 달리 할 말이 없었다. 재경은 도망치기 직전까지는 너무나 성실하고 유능한 우주비행사였다. 재경이 참여한 세 번의 우주 미션은 모두 성공적이었고, 그중 한 번은 정거장 모듈이 예상치 못하게 분리될 위기 상황을 재경의 기지로 넘겨서 팀원들을 구한 공로를 인정받기도 했다. 물론 한 가지 미심쩍은 것은 재경이 타기로 예정되어 있었던 캡슐이 결국 폭파 사고로 미션에 실패했다는 것인데, 가윤은 만약 재경이 그 사실을 예견했다고 해도 전날 도망칠 만한 인물은 아니라고 생각했다. 재경은 마음먹은 일을 끝까지 하는 사람이었던 것이다.

어쨌든 누군가가 그 사실을 공개해버린 이후로 재경의 선택에 대한 뒤늦은 비난이 쏟아졌다. 캡슐에 탑승해서 끝까지 미션을 수행했던 두 명의 우주비행사 '영웅', 그리고 비겁하게 도망친 '배신자' 재경의 삶을 대조하는 기사들이 나왔다. 외신에서도 파문이 일었지만 가장 비난에 앞장선 것은 해외가 아닌 국내 언론이었다. 그들은 재경을 갖가지 표현으로 신랄하게 공격했다. '국고를 낭비한', '망신살을 뻗치게 한', '국제적 망신이 된' 여자 우주비행사. 재경은 이미 떠났으므로 그 공격에 대응할 수가 없었다.

재경이 최후에 그런 선택을 한 이유에 대해서도 많은 추측이 오갔다. 칼럼과 분석 기사도 쏟아져 나왔다. 대부분은 최재경이 막대한 부담감을 이겨내지 못했을 것이라고 추정했다. 재경은 당시 유일한 여성, 동양인, 비혼모라는 눈에 띄는 특성들을 가지고 인류를 대표하는 자리에 올라야 했는데, 그녀에게 향하는 엄격한 검증의 시선들을 감당하기에는 재경의 그릇이 그만큼 크지 않았고 압박감을 이기지 못한 나머지 결국 자살했을 것이라는 주장이었다. 그런 주장들은 인류를 대표하는 자리에 안정적인 배경과 건강한 몸과 마음을 가진 사람들을 적절히 선발하여 배치하는 것이 얼마나 중요한지를 거듭 말했고, 결국 이 '최재경 참사'가 인재를 적재적소에 제대로 발탁하지 못해서 일어난 인재(人災)라는 식의 결론으로 이어졌다.

가윤도 재경이 왜 그런 선택을 했는지 가장 궁금한 사람이었지만, 저런 기사를 쓰는 사람들이 해대는 추측이 그 이유일 것 같지는 않았다. 가윤은 헛소리를 해대는 신문 기사마다 '화나요' 버튼을 누르다가 정말로 화가 나서 태블릿을 그냥 침대 위로 던져버렸다.

재경의 두 번째 스캔들이 퍼져나가는 동안, 가윤의 사이보그 그라인딩은 이제 막 시작 단계에 들어섰다.

프로젝트가 시작되고 워싱턴에 숙소를 배정받았을 때 가윤은 재경 이모도 이런 방에서 잤을까 생각해보았다. 숙소는 가윤이 그동안 머물렀던 어느 집보다도 쾌적했다. 하지만 혼자 쓰기에는 너무 넓은 방이었고, 지나치게 깔끔한 환경에 어딘가 쓸쓸한 기분도 들었다.

의료진은 가윤에게 앞으로의 일정을 설명해주었다. 개조 과정은 재경이 겪었던 과정과 비슷했다. 다만 그때보다는 기간이 단축되었고, 기술적으로 진보한 장치들을 사용할 것이라고 했다. 처음에는 체액을 나노 솔루션으로 대체하기 시작하고, 나노 솔루션에 몸이 적응하면 약한 장기들을 인공 장기들로 교환하며, 마지막에는 피부와 혈관을 교체하게 된다. 의료진이 모델링 프로그램으로 보여준 사이보그화된 가윤은 초등학생이 그린 상상과학화 속의 엑스트라 배우처럼 보였다. 실제로는 피부를 원래 피부색과 비슷하게 조절할 수 있으니 크게 이질감이 들지 않겠지만,

그럼에도 모델링 이미지는 마치 가윤이 곧 인간과는 다른 어떤 존재가 된다는 선언처럼 보였다. 가윤은 이미지를 낯선 기분으로 계속 들여다보았다. 이제 재경 이모와 같은 개조 과정과 훈련을 겪게 될 거라는 것도, 그리고 어쩌면 재경과 같은 고민에 도달하리라는 것도 아직은 실감이 나지 않았다.

서희는 워싱턴에 도착한 가윤을 위해 간식 꾸러미를 숙소로 보냈다. 하지만 나노 솔루션 투여를 시작하자 입에 무엇도 대기 힘들었다. 의료진은 일반적인 부작용이라며 별다른 도움을 주지 않았다. 영상통화를 걸어온 서희는 가윤의 낯빛이 창백하자 조금 놀랐지만, 이내 담담하게 받아들였다.

가윤과 서희는 시시콜콜한 대화를 나누었다. 가윤은 최근 대학으로 직장을 옮겨 변한 일상에 적응 중인 서희의 이야기를 들었다. 극비 시설인 사이보그 센터 내부를 궁금해하는 서희를 위해 가윤은 복도를 가득 채운 용도 불명의 수상한 장비들 이야기를 해주었다. 그러다가 가윤은 문득 생각난 질문을 했다.

"그런데 재경 이모는 왜 자살했을까?"

"그걸 자살이라고 하고 싶지는 않아."

서희는 단호히 말했다.

"그걸 자살이라고 하기에는 많은 것이 이상해."

그 말에는 가윤도 동의했다. 미심쩍은 점이 많았다. 가윤이 물었다.

"서희 언니는 지금까지 궁금했던 적 없어? 재경 이모가 정말 자기 선택으로 바다에 뛰어든 건지, 그게 아니면 다른 사람이 개입되어 있거나, 엄청난 음모가 있다거나, 사고사일 수도 있잖아. 언니도 알다시피 재경 이모, 도망칠 사람도 아니고 그렇게 죽을 사람도 아닌데."

"당연히 궁금해했지."

서희는 고개를 끄덕였다.

"항공우주국에 묻는 게 다 내 몫이었어. 유진 이모는 그때 무슨 말을 꺼낼 상황이 아니었거든. 내가 담당자에게 미친듯이 따지고 언론에 풀어버릴 거라고 협박하니까, 항공우주국에서는 폐쇄회로 카메라에 찍힌 엄마의 마지막을 보여줬어. 영상까지 남아 있으면서 정작 그 순간에 가서 말릴 사람은 거기에 대체 왜 없었나 궁금했는데, 영상을 보니까 할 말이 없더라."

"왜?"

"그건 해안 절벽의 전망대를 촬영한 영상이었어. 영상의 프레임 끝에서 엄마가 나타났는데, 그 순간부터 눈을 뗄 수가 없었어."

서희의 목소리는 슬픈 기색이 없었다.

"최재경은 한순간도 망설이지 않았어. 마치 아주 오랫동안 기다려왔던 결정적인 암살 계획의 저격탄을 날리는 것처럼, 정확히 절벽으로 달려가 정확히 바다로 뛰어내렸지. 놀라운 자세였어. 무슨 멀리뛰기 스포츠 선수나 다이빙 선수 같았어."

"……."

"그게 무슨 자살이야? 누가 자살을 그렇게 해."

서희가 코웃음을 쳤다. 이야기를 듣고 나니 가윤은 서희가 왜 재경의 죽음에 슬퍼하기보다 어이없어하는 것에 가까운 태도를 취했는지 이해할 수 있었다.

재경은 왜 마지막 순간에 우주가 아닌 바다로 갔을까. 서희의 말대로 그건 심리적 압박감을 못 이겨 내몰린 자살이라고 하기에는 좀 이상했다.

다음 주에 가윤은 서희가 보내온 간식과 함께 재경이 남긴 한 꾸러미의 낙서 뭉치를 받았다. 몇 군데에 보란 듯이 플래그가 달려 있었는데, 서희가 붙인 것 같았다. 가윤은 그중 신경 쓰이는 흔적들을 발견했다.

첫 번째 페이지는 지금까지 알려진 터널 시스템에 관한 메모였다. 통과할 수 있는 최대 부피, 최대 질량, 견뎌야 하는 압력, 그리고 인체 개조를 통해 향상된 인간이 버틸 수 있는 터널의 환경…….

그다음 페이지에는 또다른 메모가 있었는데, 이번에는 터널에 관한 것이 아니었다. 그 메모는 심해에 관한 것이었다.

계산식을 훑어보던 가윤은 조금 머리가 식는 기분이었다. 그건 사이보그 그라인딩으로 개조된 인체가 심해에서 생존할 수 있을 것인가를 추정하는 계산식이었다.

특수 제조된 나노봇 솔루션을 두 달 동안 복용하자 가윤 스스로 느끼기에도 분명한 몸의 변화가 나타났다. 평소 숙소에서 휴식을 취할 때나 페이퍼 워크를 할 때보다, 오히려 격렬한 훈련을 할 때 몸이 더 가뿐하게 느껴졌다. 의료진은 개조된 신체가 극한 환경에서 더 편안하게 느끼도록 설계되었으므로 개조가 잘 진행되고 있다는 증거라고 말했다. 판트로피의 진짜 효과가 나타나기 시작한 것이다.

가윤은 새로운 강화 훈련 프로그램의 목록을 받았다. 공교롭게도 심해 다이빙 훈련이 눈에 띄었다. 무중력 상태에 적응하기 위한 중성부력 시설 훈련이 우주비행사들의 트레이닝 코스에 포함된 건 이미 수십 년 전이었지만, 심해 다이빙은 터널 우주비행사들의 훈련에만 포함된 것이었다. 사이보그 신체에는 단순한 수조 다이빙 정도로는 유의미한 압박을 가할 수 없기 때문에 심해 훈련을 하는 것이라고 트레이너는 설명했다.

개조는 아직 초반이었지만 우주비행사들은 인간의 잠수 능력보다 다섯 배에 달하는 깊이로 내려갈 수 있었다. 개조가 완벽하게 끝나면 훨씬 더 깊은 심해로 갈 수 있을 것이라고 했다. 물론 심해는 어디까지나 우주의 터널을 넘기 위한 극한 환경 시뮬레이션에 불과하다. 그 자체가 목적은 아니다.

하지만 바다 밑으로 내려가는 동안 가윤은 기묘한 자유로움을 느꼈다.

만약 바다에서 인간이 자유를 느낄 수 있다면, 그 자체가 목적이 되지 않을 이유가 있을까? 문득 가윤은 재경의 마지막 선택을 생각했다.

다음 번 서희와의 통화에서 가윤은 생각난 가설을 말했다.

"내 생각에 재경 이모는 인어가 되고 싶었던 것 같아."

"무슨 소릴 하는 거야. 훈련이 너무 힘들어?"

서희는 이제 재경보다 가윤을 더 걱정하는 눈치였다. 하지만 심해로 내려가는 순간, 그리고 새로운 몸이 극한의 환경에서 더 편안하다는 것을 인지하는 순간 가윤은 놀라운 해방감을 경험했다. 만약 재경도 비슷한 경험을 했다면, 재경이 정말로 원했던 것은 터널로 가는 것이 아니라 새로운 인간으로의 재탄생, 그러니까 사이보그 그라인딩 그 자체였을지도 모른다는 생각이 들었다.

언젠가 인터뷰에서도 재경은 말하지 않았던가. 인간은 너무 불완전한 몸을 가지고 있다고. 혹시 이모는 두 번째 몸이 필요했던 것일까?

불명예의 우주비행사 최재경을 향해 쏟아지던 비난은 어느 순간 화살을 돌려 가윤에게도 향하기 시작했다.

항공우주국에서는 가윤과 재경이 법률적인 관계가 없다는 사실을 재차 확인한 이후 더는 문제 삼지 않았다. 하지만 사람들은 가윤과 재경의 관계에 책임을 묻고자 했다.

"이모가 그런 선택을 했다는 걸 언제부터 알고 있었나요? 왜 그 사실을 알리지 않고 지원했죠?"

"최재경 씨처럼 도망치지 않을 거라는 걸 어떻게 믿나

요? 우려하는 국민들을 위해 당찬 각오 한마디 부탁드립니다."

사람들은 재경과 가윤의 공통점을 쉽게 발견했다. 가윤이 인터뷰에서 어떤 대답을 하든 그것은 재경과 유사한 정서불안의 단서로 해석되었다. 재경을 약간이라도 옹호하는 듯한 표현을 하면 저 비행사도 재경처럼 도망치려고 한다는 반응이 돌아왔다. 말 한마디 한마디에 얼마나 꼬투리를 잡혔는지, 나중에는 서희가 전화를 걸어서 "그냥 누가 물어보면 우리 엄마, 대역죄인이라고 해. 저는 안 그럴 거예요, 하고 선 그어. 그런 말 듣는다고 기분 나빠할 사람도 아니고" 하고 먼저 말할 정도였다.

가족과도 같은 관계였다면 왜 진작 재경의 자살을 막지 못했냐거나, 진짜 이유를 알면서도 모른 척하고 있는 것이 아니냐는 물음 앞에서 가윤은 입을 다물었다. 어떻게 답해도 비참해지는 질문이었다. 가윤은 그 질문을 듣는 자리에 서희와 유진이 없어서 다행이라고 생각했다.

"이모에게는 우주에 가지 않는 것이 해방인 게 아니었을까?"

한 달 내내 시달린 끝에 서희와 했던 통화에서 가윤은 또 다른 가설을 제안했다. 그렇게 시달리고 보니 모든 걸

내려놓고 어디론가 떠나고 싶어 했을 재경의 심정이 이해가 되었다. 서희의 동조를 바라며 한 말은 아니었다. 그런데 뜻밖에 서희는 고개를 끄덕였다.

"그럴 수도 있지. 좀 사람이 삐딱했으니까."

가윤은 재경이 겪었던 일들을 다시 떠올려보았다.

"이번에 재경 이모 사건이 알려지고 온갖 말을 다 들었잖아."

"그랬지."

"뭐, 좀 욕먹을 만한 일이기도 했고."

"그건 그래."

"그런데 만약에 이모가 아닌 다른 사람이 그랬어도 다들 똑같은 말을 했을까?"

재경은 이미 사라지고 없는데 사람들은 재경을 닮은 다른 약한 사람들을 난도질하고 있었다. 이래서 결함이 있는 존재를 중요한 자리에 올리면 안 된다고, 표준인간의 기준을 다시 세워야 한다고 말하고 있었다.

하지만 어떤 비난들은 분명히 재경의 잘못은 아니었다. 어떤 사람의 실패는 그가 속한 집단 전부의 실패가 되는데, 어떤 사람의 실패는 그렇지 않다.

"사실 나도, 재경 이모가 비행사로 선발되었을 때 들었던 말들을 비슷하게 들었잖아. 진짜 이 악물고 했었지. 더 잘하면 될 거라고 생각했어. 근데 그렇게 해도 듣는 말은 결국 같은 거야."

가윤은 잠시 침묵했다가 입을 열었다.

"이모는 어쩌면 그 굴레 자체를 벗어나는 하나의 방법을 시도해봤는지도 몰라."

서희는 고개를 약간 기울였다가 "그럴 수도 있겠네." 짧게 중얼거리곤 입을 다물었다. 그건 그동안 가윤과 서희가 해왔던 수많은 추측 게임의 가설 중 하나일 뿐이었고, 이모의 선택을 완전히 설명해주는 것은 아니었다. 두 사람은 또다시 생각에 잠겼다가 긴 침묵 끝에 그날의 영상 통화를 끝냈다.

시간은 빠르게 흘렀다. 가윤은 최종 테스트를 통과했다.

화성 궤도로 가는 우주선이 발사되기 일주일 전 우주비행사들은 마지막 면회 시간을 얻었다. 터널 미션은 위험했다. 처음 시도에서 그랬던 것처럼, 살아 돌아오지 못할 확률도 있었다. 항공우주국에서 제공해준 면회실은 마지막이 될 수도 있는 인사를 나누기에는 충분히 좋은 시설이었지만, 오직 면회권을 받은 사람만 엄격한 통제를 거쳐

출입할 수 있었다. 무슨 사형장에 들어가는 죄수도 아니고 통제된 면회실이라니, 조금 우스웠지만 아마 이것도 재경이 남긴 일종의 흔적이 아닐까 가윤은 생각했다.

가윤은 대기실에서 서희를 만났다. 유진은 면회를 오는 대신 가윤에게 잘 다녀오라는 메시지를 남겼다. 가윤은 엄마가 이 터널 미션 이후에 세상에서 가장 친한 친구를 잃었다는 트라우마에 시달렸던 것을 기억해냈다. 가윤은 꼭 돌아오겠다는 답장을 보냈다.

서희는 가윤이 좋아하는 초콜릿을 가져왔다. 식단 제한이 있어서 먹지 못한다고 하니 아쉬워하는 눈치였다. 재경의 미션 직전에는 너무 긴장해서 뭘 챙겨 올 정신조차 없었고, 제한이 있는 줄도 몰랐다고 했다. 어차피 신체 개조가 거의 완료된 시점부터는 예전처럼 음식 맛을 즐길 수도 없었다. 사이보그가 되는 대가로 잃는 감각 중 하나가 미각이었다. 생각해보면 재경은 그런 이야기를 해준 적이 없었다. 유진이 잔뜩 보내오는 간식들을 매번 맛있게 잘 먹고 있다고 말했을 뿐이다.

두 사람은 초콜릿을 테이블 한구석으로 밀어놓고 일상적인 대화를 나누었다. 일부러 터널에 대해서는 말하지 않았다. 그런 것들은 아주 멀리 있는 것처럼, 그리고 당연히 곧 지구로 돌아오는 것처럼 이야기를 했다.

면회 시간이 거의 끝나갈 무렵 서희는 말했다.

"고민을 좀 해봤는데 말야."

"응?"

"나, 우리 엄마가 왜 그랬는지 알 것 같아."

서희는 대수롭지 않다는 듯 말했고 가윤은 웃었다.

"그걸 지금 나한테 말해주면, 나도 이모의 선례를 따르지 않을까? 그런 걱정은 안 해봤어?"

농담이었지만 서희는 진지하게 고개를 저었다.

"그게 아니라는 확신이 있으니까 지금 말하는 거지."

"그럼 들어보자."

가윤은 턱을 살짝 치켜들었다. 대단한 답을 기대하는 건 아니었다.

"재경 이모가 왜 그랬는데?"

"엄마가 한번 술에 취해서 나에게 영상 메시지를 보냈던 적이 있거든. 그냥 힘들다고, 사람들이 자신에게 기대와 증오를 동시에 보내는 게 지긋지긋하다고 투덜거리는 얘기였는데, 평소에도 잔뜩 듣던 이야기니까 그냥 적당히 들어주면서 무시했지. 근데 그날 엄마가 이렇게 말했어. '나는 이 정도면 할 만큼 했는데. 그렇지?'라고."

"뭘 할 만큼 했다는 거야. 정작 중요한 일은 안 해놓고."

그렇게 말했지만 가윤은 사실 재경 이모가 정말로 많은 것을 했다는 사실을 알고 있었다. 재경은 분명히 우주 영웅이었다. 재경은 세계를 돌아다녔고, 여러 번의 우주 미션을 성공적으로 수행했다. 재경은 수많은 소녀들의 삶을 바꾸었을지도 모른다. 최후에 다른 선택을 했다고 해서 재경이 바꾸었던 숱한 삶의 경로들이 되돌려지는 것은 아니다. 가윤이 바로 그 증거 중 하나였다. 가윤은 한때 재경을 보며 우주의 꿈을 꾸던 소녀였고, 이제 재경 다음에 온 사람이 되었다.

서희가 또 하나 떠오른 듯이 키득거리며 말했다.

"그러고 보면, 한번은 우주의 저편에 대해서 무슨 말을 했는지 알아? 이렇게 많은 돈을 써가면서 굳이 볼 필요가 있을까. 그냥 똑같은 우주일 것 같은데, 이랬다니까."

"그게 그 돈으로 사이보그 우주비행사가 된 사람이 할 말이야?"

"내 말이."

가윤은 고개를 내저었다.

"재경 이모는 애초에 터널을 넘을 생각이 없었나 봐."

서희가 어깨를 으쓱하며 말했다.

"맞아. 부정하고 싶었는데, 생각할수록 네 추정이 맞는 것 같아. 처음부터 할 만큼만 하고 마지막에는 바다로 갈 생각이었던 거지. 혼자서 심해를 보려고 한 거야. 이기적 이지. 그 프로젝트에 들어간 돈이 얼마인데."

어쩐지 그게 가장 해답에 근접한 것 같았다. 두 사람은 서로를 마주보며 웃었다. 뒤늦게 알게 된 재경의 삐딱한 성질머리가 너무나 원래 알고 지냈던 재경다워서, 그냥 웃음이 나왔다.

"모두 비난해도 나는 못 하겠어."

서희는 말했다. 가윤도 고개를 끄덕였다.

"나도 그래."

그날 밤 가윤은 뜬눈으로 밤을 새우며 생각했다. 재경 이모는 심해에서, 마침내 자신이 찾아 헤매던 목적지에 도 달했을까.

심해를 유유자적 유영하는 재경 이모를 상상하는 것은 우주에 있는 이모를 상상하는 것보다 차라리 쉬웠다. 심해 로 내려간 재경 이모. 그건 너무 아득하고 비현실적이어서 오히려 아무렇게나 그려도 될 것 같은 그림이었다. 이모는 새로 단 아가미로 숨을 쉬고 있을 것이다. 까마득한 어둠

속에서 희미한 빛을 따라 헤엄치겠지. 그러면서 지상에서 일어나는 이 모든 한심한 일들을 마음껏 비웃고 있을 것이다. 가윤은 그곳의 깊은 어둠이 우주와도 닮아 있으리라고, 그래서 이모는 망설임 없이 바닷속으로 떠났으리라고 생각해보았다. 그런데 가윤은 아직 한 가지가 궁금했다. 이모는, 우주의 저편을 보지 못한 것을 그래도 조금은 아쉬워할까?

* * *

화성까지는 광자 추진 엔진을 단 우주선으로 일주일이 걸렸다. 일주일 동안 우주비행사들은 지구에서 전송되는 환호의 영상 메시지들을 보았다. 인류의 미래, 우주의 확장, 대기권을 벗어나는 동안 무수히 쏟아지던 통신 메시지들. 거대한 단어들이 무중력 상태에서 어깨를 짓누르는 동안 가윤은 화성 궤도로 가는 이 우주선에 애초에 타고 있지도 않았을 재경 이모를 생각했다. 화성 궤도에 접근하자 터널 인근에 설치된 무인스테이션이 보였다. 여기까지 타고 온 우주선을 스테이션에 정박하고, 캡슐로 갈아탄 다음 터널 진입 미션을 시작하는 순서였다.

가까이서 본 터널은 그간 사진과 영상으로 본 것보다도 눈에 띄지 않는 모습이었다. 저 터널이 다른 우주로 통하는 통로일 것이라고 처음 추론한 천문학자들은 보이는 것보다 숫자를 믿어야 한다고 주장할 지독한 데이터 맹신자들일 것이다. 겉으로 보기에 터널은 아무런 가치도 없어 보이는, 그냥 우주에 뻥 뚫린 검은 구멍 같았다.

하루를 대기하는 동안 가윤은 전망실에 머무르며 터널을 보았다. 다른 비행사들은 가윤이 감상에 젖은 줄로 알고 있었는지 어깨를 토닥이며 지나갔다. 사실 가윤은 다른 생각을 하고 있었다. 정말로, 여기까지 왔는데, 별것 없으면 어떡하지. 그런데 그게 차라리 나은 걸까.

재경 이모는 터널을 통과할 위대한 기회를 코웃음치며 허공에 날려버렸다. '굳이 뭐 볼 필요가 있을까.' 하지만 가윤은 재경이 그렇게 비웃으며 폐기해버린 기회를 굳이 되살려 이곳까지 왔다.

여전히 가윤은 지상의 사람들이 부여한 책임을 짊어졌지만, 큰 압박감은 느껴지지 않았다. 어쩌면 재경이 그 모든 무게를 가지고 바다로 가버린 탓인지도 모른다.

재경 때문에 가윤은 심해로 간 최초의 사이보그가 될 기회를 잃었다. 이제 가윤은 재경의 전적을 뒤쫓는 대신, 터널 너머로 간 최초의 인간이 될 예정이었다.

챔버에 올라탔을 때 오퍼레이터가 브리핑을 시작했다. 모든 것은 시뮬레이션대로 진행될 것이며, 중요한 것은 짧은 의식 상실 이후에 깨어나려는 의지와 강력한 정신력이라고. 완전한 기계 몸을 가진 것이 아닌 이상 터널 진입 시의 무의식 상태를 아주 막을 수는 없었다. 미션의 성공 여부를 결정하는 수많은 조건과 상황이 있겠지만, 최초로 의식을 되찾는 것만은 비행사 스스로 해야 했다. 눈을 뜨는 순간에는 이미 다른 우주에 도달해 있을 것이다. 미션에 실패한다면 다시 눈을 뜰 수 없을 테니까.

오퍼레이터는 말했다.

"사랑하는 사람의 얼굴을 떠올리면 도움이 될 겁니다."

챔버의 문이 닫히고 바닥부터 액체가 차올랐다. 숨을 들이쉬거나 내쉬는 것은 곧 폐 속으로 밀려드는 나노 솔루션으로 인해 무의미해졌다. 수백 번을 겪어도 익숙해지지 않는 이 느낌. 폐가 아닌 온몸의 혈관으로 호흡하는 감각.

가윤은 긴장감에 토하고 싶었지만 이제는 그럴 수도 없었다.

사랑하는 사람을 떠올리라고? 가윤은 지금 당장 너무

보고 싶은 세 사람이 있었고, 그들을 모두 호명하면 이미 모든 것이 끝나 있을 것이라고 생각했다. 카운트다운이 시작되자 머릿속이 긴장으로 하얗게 변했다.

그리고 전원을 내린 듯 모든 감각이 차단되었다.

가윤은 몸을 짓누르는 물의 압력 속에서 눈을 떴다. 점성 높은 액체가 시야를 가려 보이는 것이 없었고, 귀와 코, 눈 속으로 밀려드는 감각이 기묘했다. 다섯 번쯤 눈을 깜빡였을 때 가윤은 마침내 생각해냈다.

환호와 카운트다운이 있었다.

그리고…… 이제 가윤은 터널을 지나온 것이다.

미칠 듯한 어지러움과 함께 주위의 풍경이 빙글 돌았다.

가윤은 손을 내려 바닥을 더듬었다. 챔버 하단의 액체 배출 버튼을 누르자 짓누르던 감각이 서서히 꿈틀거리며 흐려졌다. 몸 밖으로 나노 솔루션이 빠져나가는 것이 느껴졌다.

챔버가 열렸다. 가윤은 크게 호흡했다. 기침을 하며 쓴맛이 나는 액체를 뱉어냈다. 바로 옆에는 닫힌 챔버 안에서 눈을 감고 있는 두 사람의 동료 비행사들이 보였다. 가윤은 동료들의 챔버에 달린 개방 버튼을 눌렀다. 웅웅거리는 소음과 함께 유리 안쪽의 나노 솔루션이 회전하기 시작했다.

양자 교신기 너머에서 지직거리는 소리, 그리고 내부 상황을 묻는 목소리가 들렸다. 가윤은 손을 뻗어서 여전히 응답을 요청하고 있는 양자 교신기를 들었다.

"통과했어요."

진입 성공을 알리자 짧은 정적이 흘렀다.

두 번의 램프 점등 후에 교신기 너머에서 노이즈가 섞인 환호성이 들려왔다.

"상황을 확인하겠습니다."

캡슐을 조망 모드로 전환하자 격벽이 걷히고 캡슐 끝 구역의 조망대가 드러났다. 검은 육각 프레임 너머로 새로운 우주가 보였다. 터널 너머의 우주였다. 가윤은 휘청거리며 벽면의 손잡이를 잡았다. 벽을 밀며 조망대로 다가갔다.

별들과 뿌옇게 흩어진 성운이 보였다. 더 많은 별이 보인다고 생각했지만, 이미 수도 없이 보았던 저쪽 우주와 별다를 바도 없었다.

재경의 목소리가 들려오는 것 같았다. 그래, 굳이 거기까지 가서 볼 필요는 없다니까. 재경의 말이 맞았다. 솔직히 목숨을 걸고 올 만큼 대단한 광경은 아니었다. 하지만 가윤은 이 우주에 와야만 했다. 이 우주를 보고 싶었다. 가윤은 조망대에 서서 시간이 허락하는 한까지 천천히 우주의 모습을 눈에 담았다.

언젠가 자신의 우주 영웅을 다시 만난다면, 그에게 우주 저편의 풍경이 꽤 멋졌다고 말해줄 것이다.

아름다운 존재들의 제자리를 찾아서

해설 | 인아영(문학평론가)

김초엽의 SF소설이 우리에게 보여주는 것은 미래다. 동시대 현실에서는 아직 가능하지 않은 미래의 과학기술이 우리를 다채롭고 신비로운 세계로 데려간다. 그 세계 안에서 우리는 인간배아도 디자인할 수 있고, 외계에 사는 지성 생명체와도 교류할 수 있으며, 데이터 시뮬레이션으로 죽은 가족과도 만날 수 있다. 그 안에서 우리는 언젠가는 닿을지도 모를 유토피아를 꿈꿀 수 있다. 하지만 그렇게 먼 미래는 아니다. 김초엽이 그려내는 소설 세계는 지금 여기의 사회 문제들을 예리하게 가로지르고 있기 때문이다. 여전히 여성, 장애인, 이주민, 비혼모를 비롯한 약자와 소수자들에 대한 차별은 선명하고, 성과 위주의 시스템 속에서 비경제적인 가치는 배제되며, 정상성이라는 기준에 부합하지 않은 존재들은 역사의 기록에서 배제된다. 첨단 과학기술로 인류가 도달한 세계는 정말로 더 살기 좋은 세상이 되었을까? 지금 여기에서 우리가 겪고 있는 차별, 억압, 소외, 고통은 더 나은 방향으로 바뀔 수 있을까?

과학기술 자체가 더 좋은 세상을 담보하는 것이 아니라면, 우리에게 필요한 것은 과학기술 발전의 귀결이 유토피아인지 디스토피아인지를 따져 묻는 이분법적인 질문은 아닐 것이다. 중요한 것은 우리가 사는 세계와 복잡하게 연루되어 있는 유토피아 혹은 디스토피아를 구체적으로 상상해보는 과정 자체일지 모른다. 그 과정에서 우리는 비정상으로 규정되어 오랫동안 잊혔던 존재를 떠올려볼 수도 있고, 각기 다른 모양을 가진 존재들에게 각기 마땅한 가치를 부여해볼 수도 있으며, 과학기술이 누군가를 배제하는 것이 아니라 더불어 사는 법을 알려주는 세상을 꿈꿔볼 수도 있다. 그 아름다운 모험의 길을 김초엽의 소설은 우리에게 마련해주었다.

잊혀간 이들을 위한 항해

김초엽의 소설에서 진실은 주어지는 것이 아니라 찾아가는 과정이다. 그래서 누군가가 사라지거나 실종된 상황에서 출발하여 그의 궤적을 따라가며 서서히 진실을 깨닫는 서사가 등장하곤 한다. 그런데 그것은 어떤 진실일까?

「관내분실」에는 죽은 사람들의 생애 정보를 데이터로 이식한 '마인드'를 수집하는 도서관이 나온다. 마인드와 접속하면 망자의 영혼과 조우할 수 있기에 사람들은 망자를 추모하거나 만나기 위해 도서관을 찾는다. 지민은 3년 전에 엄마의 영혼이 담긴 마인드의 인덱스가 도서관 내에서 분실되었다는 것을 알게 되면서 엄마의 흔적을 찾아 나서기 시작한다. 생전에 우울증으로 인해 자신에게 너무나 많은 상처를 준 엄마를 그리워하지 않던 지민은, 죽은 후에 분실되어 이중으로 자리가 지워진 엄마의 진실을 궁금해하기 시작한다. 그 과정에서 지민이 알게 되는 것은 단지 엄마가 디자이너로 일하다가 임신으로 인해 일을 중단하면서 산후우울증을 겪기 시작했다는 사실뿐만이 아니라, 인덱스가 지워지기 전에도 이미 엄마의 삶은 세계에서 분리되어 있었다는 깨달음이다. 이 깨달음은 마침 임신 8주 차로서 아이에게 모성을 느끼지 못하는 자신의 처지와 맞물리면서, 결혼과 임신을 거치며 여성들이 세상과 단절되는 상황에 대한 이해로 확장된다. 결국 다시 엄마의 영혼과 조우한 지민은 엄마를 정면으로 바라보며 어렵게 말을 꺼낸다. 무슨 말로도 엄마의 지난 삶을 위로할 수는 없겠지만, 이제 엄마를 이해한다고. 지민이 용기 내어 건넨 이 말은, 불화를 겪었던 엄마에게 보내는 화해의 메시지를 넘어 세상과 단절된 여성들을 세상과 연결된 끈을 찾아주고 싶은 마음일 것이다.

　이 마음은 「우리가 빛의 속도로 갈 수 없다면」에 등장하는 여성 과학자에게로 이어진다. 우주 행성 간 이동이 가능해진 시대에 슬렌포니아라는 제3행성에 가기 위해 100년 넘게 우주정류장에서 혼자 우주선을 기다리고 있는 170세 노인 안나의 이야기다. 우주 데브리를 폐기하고 회수하기 위해 안나를 찾아온 직원에 의해 조금씩 밝혀지는 바에 따르면, 안나는 우주개척시대의 서막이 열리던 시대에 인체를 냉동 수면하는 딥프리징 기술을 연구하는 과학자였다. 그러나 우주 공간을 왜곡해 빛보다 빠르게 이동할 수 있는 워프 항법이 개발된 이후에 그보다 훨씬 능률적인 웜홀 통로의 존재가 밝혀지자, 경제적인 효율을 따지는 우주 연방의 일방적인 통보로 인해 안나는 먼저 남편과 아이를 떠나보낸 먼 슬렌포니아 행성으로 갈 수 없게 된다. 그러나 안나는 여전히 우주 한복판에 홀로 남아 딥프리징 기술로 생명을 어렵게 연장하며 슬렌포니아로 가는 꿈을 버리지 않는다. 안나가 가진 구식 셔틀로는 빛의 속도로 가더라도 수만 년이 걸리는 슬렌포니아 행성에 도달하는 것이 불가능하지만, 결국 "나는 내가 가야 할 곳을 정확히 알고 있어"라는 말과 함께 유유히 정거장을 떠난다.

경제적인 효율만을 계산하는 우주 연방의 기획에 의해 꿈이 가로막힌 여성 과학자가 이미 죽었을 가족에게 품고 있는 100년의 그리움은, 광속으로 수만 년 떨어진 성간 거리와 더불어 더욱 슬프고 아득하다. 안나의 마지막 항해는 결국 죽음을 향하겠지만, 실패가 예견된 이 여정은 결코 무의미하지 않다. 시간이 흐르며 저물어가는 것들의 결을 섬세하게 쓸어보면서 잊히고 사라진 누군가의 흔적은 다시 의미가 되어 떠오르기 때문이다. 빛의 속도로도 갈 수도 없고, 죽은 사람도 되돌릴 수 없으며, 우주를 개척하는 것도 아니지만, 불가능이라는 조건 속에서도 망각의 힘을 거슬러, 안나

와 이 소설은 움직여본다. 잊혀간 사람들이 간직한 마음의
진실을 기억하기 위해서.

정상성을 묻는 사이보그

「나의 우주 영웅에 관하여」에도 역사에서 배제된 여성 과
학자가 등장한다. 그러나 출산을 겪은 48세의 동양인 비혼
모로서 우주비행사에 선발된 최재경은 역사가 자신에게 부
여한 역할을 찢고 나간 주체적인 인물이다. 만성 전정기관
이상이라는 부적격 건강상태를 가진 데다가 항공우주국 본
부 출신의 백인 남성들과 함께 선발되었다는 사실로 인해,
재경은 소수자의 성공서사 모델로서 전 세계의 주목을 받는
다. 그러나 우주 너머보다는 인간 몸의 한계를 뛰어넘는 일
에 관심 있는 재경은 18개월의 신체개조 장기프로젝트로
다져진 사이보그의 몸으로 우주 대신 깊은 바다로 홀연히
떠난다. 이기적인 이유로 우주비행사의 의무를 다하지 않고
사라졌다는 세간의 비판은 소수자에 대한 편견과 더해져 부
풀려진다. 하지만 이모 재경을 동경하여 우주비행사가 된
가윤은 사라진 재경의 자리를 몸소 체험해보면서, 성공서사

라는 미명 아래 소수자에게 가해지는 과도한 기대를 자유롭게 벗어던진 재경의 선택에서 어떤 해방을 본다. 시스템의 요구나 세간의 기대에 함몰되지 않고 신체의 물리적인 한계를 넘어서는 데 집중한 중년의 비혼모 우주비행사의 선택은 아랫세대인 여성 우주비행사 가윤에게로 이어진다. 가윤 역시 소수자를 대표하면서도 별다른 압박감 없이 우주비행사로서 성공적인 출발을 할 수 있었던 것은, 재경이 온갖 편견과 기대를 헤쳐내고 만들어놓은 길 덕분이기 때문이다. 비혼모 온라인 커뮤니티에서 만난 인연으로 형성된 대안가족 안에서 이러한 세대감각이 이어진다는 점 또한 중년의 동양인 비혼모 우주비행사가 받아야 하는 차별적 시선과 더불어 무엇이 '정상적'인지 묻게 한다.

「순례자들은 왜 돌아오지 않는가」에 등장하는 릴리 다우드나 역시 사회에서 제시하는 정상성 개념을 물음에 부친다. 이 소설에서 2035년에 콜롬비아 보고타에서 태어나 미국 보스턴으로 이주해 성공적으로 커리어를 쌓던 엘리트 과학자 릴리는 20대 중반의 나이에 갑자기 사라진다. 그러나 인간배아를 완벽하게 디자인하는 바이오해커 '디엔'으로 다시 세상에 나타나 아름답고 유능하며 질병이 없고 수명도

긴 '신인류'를 만들어내기 시작한다. 유전병으로 인해 얼굴의 흉측한 흉터를 가지고 있어 스스로를 괴물 같다고 생각했던 릴리는 아름답고 완전한 몸을 가진 인간들만 존재하는 유토피아를 건설하고 싶었을 것이다. 그러나 아이러니하게도 인간배아 디자인으로 인해 완벽한 개조인과 그렇지 않은 비개조인 사이의 위계서열이 심해지는 디스토피아가 도래하자, 릴리는 결함이 있는 아이들로만 구성되어 차별과 배제가 없는 지구 밖 '마을'을 건설한다. 그렇다면 이 마을은 행복으로 가득한 유토피아가 되었을까?

마을에서 나고 자란 화자 데이지의 목소리를 직접 들려주면서, 소설은 쉬운 답을 거부하고 이 질문을 더 밀고 나간다. 마을의 아이들은 성년이 되면 지구로 순례를 떠나게 되는데 매번 귀환하지 않는 순례자들이 있다는 사실을 데이지는 문득 깨닫게 된다. 결국 마을의 탄생 비밀을 알게 된 데이지는 이렇게 묻는다. 마을이 유토피아라면, 순례자들은 왜 돌아오지 않는가? 이 물음은 장애를 비장애로, 디스토피아를 유토피아로, 불완전함을 완전함으로 간편하게 뒤집는 대신 오히려 그 이분법적인 항들의 관계를 사유하게 한다. 마을의 아이들이 서로 사랑에 빠지지 않고 낭만적 감정도 성애도 없는 이유를 고민하며 지구로 떠나는 데이지는 어쩌면 이렇게 생각했을 것이다. 진정한 유토피아란 신체적인 결함이 말끔하게 소거된 세상도, 그렇다고 장애를 가진 사람들만을 격리해놓은 세상도 아닐지 모른다고. 오히려 장애와 더불어 차별을, 사랑과 더불어 배제를, 완벽함과 더불어 고통을 함께 붙잡고 고민하는 세상일지 모른다고. 어쩌면 폐기해야 할 것은 소수자들의 신체적 결함이나 질병 그 자체가 아니라 그것을 극복해야 할 것으로 규정하는 정상성 개념 그 자체일지도 모른다고 말이다.

외계 지성 생명체와의 기나긴 만남

그렇다면 여성, 장애인, 이주민, 비혼모를 비롯한 약자와 소수자들이 더불어 사는 세상은 어떻게 꿈꿔볼 수 있을까? 정상성이라는 개념이 다른 조건을 가진 존재들을 분리하여 위계적으로 구획하는 원리라면, 나와 다른 타자들을 우리는 어떻게 받아들여야 할까? 우리는 타자를 어떻게 이해하고 그들과 공존할 수 있을까? 김초엽의 소설은 인간의 오랜 타자였던 외계 생명체를 불러들여 와 그 가능성에 대한 사고

실험을 해본다.

「스펙트럼」은 우주 탐사를 떠났다가 실종된 40여 년 동안 태양계 바깥의 행성에서 외계 지성 생명체와 조우한 여성 생물학자 희진의 이야기다. 우주항공 연구소의 촉망받는 연구원으로서 35세에 우주로 떠났다가 조난당한 희진은 한 외계 행성에서 외계 지성 생명체과 마주친다. 인간에 비해 훨씬 키가 크고 회색의 피부를 가졌으며 이족보행을 하는 외계 생명체 루이. 누군가의 공격으로부터 자신을 구해준 루이의 동굴에서 함께 살게 되면서 희진은 루이와 우정을 나누기 시작한다. 루이는 수명이 3~5년에 불과하고, 죽은 후에는 영혼이 다른 루이로 이어지며, 색채를 단위로 삼는 언어체계를 가지고 있어서 인간과 소통할 수 없다는 사실을 조금씩 알아가면서, 희진은 나름의 감각과 이해 방식으로 루이의 영혼을 연구하며 받아들이게 된다. 시간이 흘러 극적으로 셔틀 신호를 수신하여 40년 만에 지구로 돌아온 희진은 외계 지성 생명체를 최초로 발견했다고 주장하지만, 정작 그 행성에 대한 정보는 발설하지 않아 허언증 환자로 몰린다. 하지만 손녀 '나'에게만큼은 소중하게 간직해온 루이의 이야기를 자세하게 들려준다. 죽은 루이가 다른 개체로 이어지듯 할머니의 이야기를 전해 듣는 '나'는, 인간의 감각으로는 도저히 이해할 수 없는 타자 곁에 머물며 그 불가능성을 껴안아보는 법을 배우게 된다. 그리고 인간이라는 작고 연약한 생명체를 이해하지 못했을 루이가 할머니 희진을 관찰하며 색채로 이루어진 흔적으로 남겼다는 이 잊지 못할 문장을 듣게 된다. "그는 놀랍도록 아름다운 생물이다." 타자를 온전하게 이해할 수 없다는 불가능 속에서도, 우리는 서로를 놀라워하고 또 아름다워할 수 있다. 타자에게 느끼는 놀라움과 아름다움을 기록하는 루이에게서, 그것을 나름의 언어로 번역하여 손녀에게 들려주는 희진에게서, 그리고 그 문장을 잊지 않고 오래 기억하는 '나'에게서, 이해 불가능성이 만들어내는 어떤 이해 가능성을 우리는 본다.

「공생 가설」은 미지의 타자인 외계 생명체를 인간의 몸속으로 더 깊숙이 끌어들여 온다. 모스크바의 한 보육원에서 자란 류드밀라 마르코프는 다섯 살 때부터 색연필로 몽환적이고 아름다운 행성을 그려내면서 전 세계 사람들에게 인정받는 예술가가 된다. 류드밀라가 자신의 고향이라고 주장하며 일관되게 그려온 행성의 풍경을 사람들은 기이할 정도로 사랑한다. 그러던 어느 날 천문대의 오퍼레이터들에게 새롭게 관측된 행성의 데이터가 류드밀라의 행성과 놀라울 만큼 일치하는 것으로 알려지자, 류드밀라 행성에 대한 논의는 증폭된다. 같은 시각 서울 광진구의 뇌 해석 연구소에서 일하는 수빈과 한나가 뉴런 활성화 패턴을 분석하는 이미징 기술을 통해 '사고언어'라고 불리는 순수한 생각 형태를 분석하면서 새로운 사실이 밝혀진다. 바로 신생아의 뇌 속에 류드밀라 행성에서 왔다고 추정되는 외계 생명체들이 물리적인 형태 없이 공생하고 있었다는 사실이 그것이다. 이 외계 생명체들은 수만 년 전부터 신생아의 몸속에 깃들어 사랑, 윤리, 이타심과 같은 가치를 가르쳤고 그렇기 때문에 류드밀라의 그림이 그토록 사람들에게 그리움과 감동을 주었던 것이다.

루이와 마찬가지로 이 외계의 존재들이 지적인 사고체계와 소통능력을 가진 '지성' 생명체라는 설정은 중요하다. 이 소설의 사고실험은 단지 외계의 존재에 대한 호기심에 의해 추동되고 있지 않으며 그보다는 이들과 맺는 관계에 관심이 있기 때문이다. 희진과 루이, 류드밀라 행성의 외계 생명체와 인간의 만남은 어느 한순간에 맞닥뜨리는 잠깐의 접촉이 아니다. 이 소설들에서 그 시간은 짧게는 10년, 길게는 수만 년으로 이어지며, 이 기나긴 시간은 외계 생명체라는 타자와 오래 뒤얽히며 공존하는 감각을 구체적으로 상상하게 한다. 가장 인간적이라고 여겨져 왔던 가치가 실은 외부 생명체에 의해 유입된 것이며 애초에 인간 지성의 진화와 문명이 그들과의 공생에서 촉발되었다면, 인간에게 그보다 더 깊고 내밀한 관계 맺음이 어디 있겠는가. 이토록 깊고 내밀한 외계 생명체와의 관계에서 우리는 이해할 수도 소통할 수도 없는 타자와 공생하는 꿈을 꾸게 된다.

어쩌면, 아주 오랜 시간이 흐른 끝에

이 책에서 가장 귀여운 소설인 「감정의 물성」에 대해 말할 차례다. 잡지 기자인 정하는 어느 날 행복, 침착, 공포, 우울과 같은 감정을 조형화한 제품인 '감정의 물성'이 인기를 끄는 현상에 관심을 갖게 된다. 하지만 정하는 침착의 비누를 만지작거리면 마음이 차분해지고, 설렘 초콜릿을 한 조각 먹으면 마음이 두근거리는 효과가 그저 유사과학이나 상술에 불과한 것이라고 의심한다. 게다가 평소에 사소한 소품들을 수집하는 취미를 가진 연인 보현이 우울체 제품들에 빠져 있자, 사람들이 굳이 우울, 분노, 공포와 같은 부정적인 감정을 사는 이유를 납득하지 못하겠다며 보현과 다투게 된다. 우울이라는 감정을 손으로 쓰다듬고 만지는 방식으로 감각하고 싶다며 언쟁 끝에 방을 박차고 나간 보현이 떠난 자리에서 정하는 곰곰이 생각해본다. 아니, 느끼려 해본다. 보현이 빠져나간 빈자리에 남은 감각, 그러니까 보현의 향수 냄새, 탁자의 뒤틀린 나뭇결, 현관의 차가운 질감, 그리고 고요한 공기를.

이 소설에서 생생하고 감각되는 감정의 물성은 어쩌면 김초엽의 첫 소설집인 이 책의 질감과 맞닿아 있다. 동시대 현실에서 가능하지 않은 미래의 추상적인 과학기술은 김초엽이 섬세하게 축조해놓은 소설 세계 안에서 구체적으로 감각되기 때문이다. 3년 전에 죽은 엄마의 영혼은 생애 정보를 데이터로 이식하여 언제든 꺼내볼 수 있는 마인드로, 소수자가 겪는 억압으로부터의 해방은 깊은 바다로 떠나는 사이보그의 몸으로, 이해할 수 없는 타자와의 관계는 외계 생명체 루이의 색채 그림으로, 우리에게 전해져 온다.

글을 시작하며 던졌던 물음을 다시 꺼내본다. 첨단 과학기술로 인류가 도달한 세계는 정말로 더 살기 좋은 세상이 되었을까? 지금 여기에서 우리가 겪고 있는 차별, 억압, 소외, 고통은 더 나은 방향으로 바뀔 수 있을까? 정답을 알 수는 없지만, 김초엽의 소설 세계 안에서 우리는 그간 역사 속에서 잊혀왔던 여성, 장애인, 이주민, 비혼모를 비롯한 소수자들이 이 구체적인 감각들을 경유하며 서서히 제자리를 찾는 아름다운 광경을 본다. 빛의 속도로 가더라도 수만 년이 걸리는 슬렌포니아 행성을 향해 작고 오래된 셔틀만을 가지고 출발했던 안나의 모습처럼. 그녀는 실패가 예견된 항해를 떠나면서 자신이 가야 할 곳을 정확히 알고 있었다. 마치 정지한 것처럼 보이는 머나먼 별들 사이를 가로지르는 안나의 작은 셔틀은 언젠가 정말로 슬렌포니아에 도착할지도 모른다. 그렇게 믿어본다. "어쩌면, 아주 오랜 시간이 흐른 끝에."

작가의 말

언젠가 도서관 안에서 책이 분실되면 찾기 쉽지 않다는 이야기를 본 적이 있다. 그 메모에 '관내분실'이라는 제목을 달아둔 채 잊고 있었다. 공모전 마감을 앞두고 메모를 보며 구상한 글이 「관내분실」이다. 인간의 마음을 데이터로 저장할 수 있다는 발상은 SF에서 아주 흔히 쓰이는 소재이지만, 데이터의 분실을 실제 세계에서의 분실과도 연결 지어볼 수 있을 것 같았다. 분명히 세상 어딘가 존재하지만 찾을 수 없는 사람이 있다면 누구일까. 그런 생각을 따라가다 보니 지금과 같은 이야기로 완성되었다.

「우리가 빛의 속도로 갈 수 없다면」은 SF를 처음 공부하면서 재미있다고 생각했던 초광속 항법에 대한 관심이 반영

된 글이다. 어떤 물질도 빛보다 빠를 수 없다는 우주적 한계를 뛰어넘기 위해 물리학자들과 작가들은 다양한 방법을 고안해냈다. 보통은 그 기술 중 하나를 채택해서 소설에 쓰곤 하지만, 초광속 항법의 패러다임이 바뀌는 시기에 일어나는 일을 다루어보고 싶었다. 우주 정거장에서 우주선을 기다리는 안나의 이야기는 '가짜 버스 정류장'에 대한 기사를 보고 떠올렸다. 독일에 있는 이 정류장은 아무리 기다려도 버스가 오지 않는데, 요양원 노인들이 시설을 나와 길을 잃는 것을 막기 위해 설치되었다고 한다. 해가 저물고 노인들을 데려가는 것은 버스가 아닌 시설 직원이다.

나는 사람이 물질에 기반을 둔 존재라는 것에 항상 흥미를 느꼈다. 화학을 전공했던 이유 중 상당 부분도 그 때문이었다. 감정의 물질성, 추상적인 것과 구체적인 것의 전환을 자주 생각하곤 한다. 사람들이 어떤 물질을 소유하고 그것으로부터 정서적 욕구를 충족한다면, 어쩌면 감정 그 자체를 소유하고 싶어 할 수도 있지 않을까? 그 질문에서 시작된 글이 「감정의 물성」이다. 나중에는 이 주제로 긴 글도 써보려고 한다.

「스펙트럼」을 쓰던 시기에는 기술로 인해 변형된 인간의 감각에 관심이 많았다. 과학 교과서에는 늘 지식의 발견과 더불어 그 지식을 발견 가능하게 했던 도구, 장치, 실험 설계가 함께 제시된다. 우리가 여러 가지 도구들 - 망원경과 현미경, 현대 실험실의 주축인 실험장비들 - 을 통해 어떻게 세계를 탐구하고 확장해왔는지를 생각하면 흥미롭다. 그리고 그렇게 확장된 감각에만 익숙했던 한 과학자가, 인간의 감각만으로는 인지할 수 없는 세계와 타인을 만난다면 어떤 감정을 느낄지가 궁금했다.

「순례자들은 왜 돌아오지 않는가」는 유토피아와 디스토피아를 나누어 쓰는 기획 단편선에 참여했던 작품이다. 처음에 별 고민 없이 유토피아를 쓰겠다고 했다가, 유토피아의 모습을 도저히 상상할 수 없어서 고민에 빠졌다. 누군가를 배제하지 않는 기술이라는 것이 가능할까? 이 글을 쓰며 그런 질문을 거듭했다. 여전히 답은 내리지 못했지만, 계속 그 답을 찾아보고 싶다.

「공생 가설」은 가장 즐겁게 썼던 글이다. SF에서 인간이 외계인을 만나면 보통은 큰 갈등이 생기는데, 생각해보면 당연한 결과이기는 하지만, 그래도 완전히 다른 존재들이 공생 관계를 맺는 글을 써보고 싶었다.

「나의 우주 영웅에 관하여」는 소설집에 수록하기 위해 새로 쓴 단편이다. 심각한 이야기는 이미 여러 편 실었으니 산뜻한 글을 써보려고 했다. 하지만 이상하게도 이 글을 쓰던 시기에는 이야기가 그렇게 흘러가지 않았다. 재경은 가상의 한 인물이지만, 어딘가 실제로 존재하는 사람이라고 생각하며 쓴 인물이기도 하다. 지금도 정말로 재경이 심해 어딘가를 유영하고 있을 것처럼 느껴진다.

탐구하고 천착하는 사람들이 도저히 이해할 수 없는 무엇을 이해해보려는 이야기를 좋아한다. 언젠가 우리는 지금과 다른 모습으로 다른 세계에서 살아가게 되겠지만, 그렇게 먼 미래에도 누군가는 외롭고 고독하며 닿기를 갈망할 것이다. 어디서 어느 시대를 살아가든 서로를 이해하려는 일을 포기하지 않고 싶다. 앞으로 소설을 계속 써나가며 그 이해의 단편들을, 맞부딪히는 존재들이 함께 살아가는 이야기를 찾아보려고 한다.

첫 책이 나오기까지 도움을 준 고마운 분들께 감사드리고 싶다. 모든 글을 세심히 읽고 아낌없이 조언해주신 조유나 편집자님 덕분에 이 책이 나올 수 있었다. 보여주기 부끄러워 일부러 읽어달란 말을 하지 않았는데도 나의 첫 소설이 좋다며 동네방네 알려준 친구들, 그리고 동생들의 응원에 늘 용기를 얻었다.

매번 흔쾌히 나의 첫 번째 독자가 되어주는, 아름다운 문장을 쓰는 시인 엄마에게 감사드린다. 엄마가 재미있게 읽어준 글은 다른 독자에게도 재미있을 거라는 신념을 갖고 있다. 최고의 음악가이자 바리스타인 아빠의 격려와 새벽 3시의 완벽한 커피는 마감을 앞둔 위기상황에서 큰 힘이 되곤 했다. 사랑하는 두 분에게 특별한 감사의 마음을 전한다.

수록작품 발표 지면

1. 순례자들은 왜 돌아오지 않는가 : 『전쟁은 끝났어요』 (요다, 2019.)
2. 스펙트럼(원제: 나를 키우는 주인들은 너무 빨리 죽어버린다)
   : 《월간 현대문학》 (2018.09.)
3. 공생 가설 : 《크로스로드》 (2019.01.)
4. 우리가 빛의 속도로 갈 수 없다면 : 제2회 한국과학문학상 가작 수상작,
   『제2회 한국과학문학상 수상작품집』 (허블, 2018.)
5. 감정의 물성 : 《과학뒤켠》 (2018.03.)
6. 관내분실 : 제2회 한국과학문학상 대상 수상작,
   『제2회 한국과학문학상 수상작품집』 (허블, 2018.)
7. 나의 우주 영웅에 관하여 : 미발표작

우리가 빛의 속도로 갈 수 없다면

© 김초엽, 2019. Printed in Seoul, Korea

초판 1쇄 펴낸날	2019년 6월 24일
초판 63쇄 펴낸날	2024년 12월 10일
지은이	김초엽
펴낸이	한성봉
편집	김학제·안태운·박소연
디자인	최세정
마케팅	박신용·오주형·박민지·이예지
경영지원	국지연·송인경
펴낸곳	허블
등록	2017년 4월 24일 제2017-000050호
주소	서울시 중구 필동로8길 73 [예장동 1-42] 동아시아빌딩
페이스북	www.facebook.com/dongasiabooks
인스타그램	www.instagram.com/dongasiabook
트위터	www.twitter.com/in_hubble
홈페이지	hubble.page
전자우편	dongasiabook@naver.com
블로그	blog.naver.com/dongasiabook
전화	02) 757-9724, 5
팩스	02) 757-9726

ISBN	979-11-90090-01-8 03810

이 도서의 국립중앙도서관 출판예정도서목록(CIP)은
서지정보유통지원시스템 홈페이지(http://seoji.nl.go.kr)와
국가자료공동목록시스템(http://www.nl.go.kr/kolisnet)에서
이용하실 수 있습니다.(CIP제어번호: CIP2019021585)

※ 이 책은 서울문화재단 '2019년 첫 책 발간 지원사업'의 지원을 받았습니다.
※ 허블은 동아시아 출판사의 과학문학 브랜드입니다.
※ 잘못된 책은 구입하신 서점에서 바꿔드립니다.

만든 사람들

책임편집	조유나
크로스교열	안상준
디자인	전혜진
일러스트	이규태